W0212746

EVA REICHL

Mühlviertler Leichen-schmaus

DUNKLER TOD »Mir bleibt aber auch nichts erspart«, ächzt Chefinspektor Oskar Stern, während er in das Wolfsgehege des Tierparks Altenfelden hinabsteigt, um die dort liegende Leiche zu begutachten. Doch nicht die Wölfe haben den Mann getötet, wie es zunächst scheint, sondern er wurde erschossen. Mehrere Schrotkugeln stecken in seiner Brust. Unklar bleibt, wie der Mann überhaupt in das Wolfsgehege kam. War er da noch am Leben? Stern und sein Team ermitteln zwischen Bauwirtschaft, zerrütteten Ehen, dunklen Familiengeheimnissen und Erbstreitigkeiten, während in den sozialen Medien immer skurrilere Theorien über die Todesursache des Opfers gesponnen werden. Als der Dienststellenleiter vom Landeskriminalamt erkrankt, muss Stern ihn neben den Mordermittlungen auf einer Pressekonferenz vertreten, was ihn mächtig ins Schwitzen bringt. Und als wäre das nicht schon genug, lässt sich zudem Sterns Enkelin von einem Freund zum Stehlen verleiten. Stern ist nicht nur als Ermittler, sondern ebenso als Großvater geforderter denn je.

© Franz Bodingbauer

Eva Reichl wurde in Oberösterreich geboren und lebt mit ihrer Familie im unteren Mühlviertel. Schon früh entdeckte sie ihre Leidenschaft für kreative Ausdrucksformen und hat vieles ausprobiert. Glas- und Materialkunst, Malen. Geblieben ist das Schreiben, da Worte kraftvoll sind und eigene Welten erschaffen können. Mit ihrer Mühlviertler Krimiserie mit Chefinspektor Oskar Stern und den Thrillern rund um Diana Heller verwandelt sie ihre Heimat, das wunderschöne Mühlviertel, in einen Tatort getreu dem Motto: Warum in die Ferne schweifen, wenn das Böse liegt so nah?

EVA REICHL

Mühlviertler Leichenschmaus

KRIMINALROMAN

GMEINER

Personen und Handlung sind frei erfunden.
Ähnlichkeiten mit lebenden oder toten Personen
sind rein zufällig und nicht beabsichtigt.

Die automatisierte Analyse des Werkes, um daraus Informationen insbesondere über Muster, Trends und Korrelationen gemäß § 44b UrhG (»Text und Data Mining«) zu gewinnen, ist untersagt.

Immer informiert

NEWSLETTER

Spannung pur – mit unserem Newsletter informieren wir Sie regelmäßig über Wissenswertes aus unserer Bücherwelt.

Gefällt mir!

Facebook: @Gmeiner.Verlag
Instagram: @gmeinerverlag

FSC
www.fsc.org
MIX
Papier | Fördert gute Waldnutzung
FSC® C014496

Besuchen Sie uns im Internet:
www.gmeiner-verlag.de

© 2024 – Gmeiner-Verlag GmbH
Im Ehnried 5, 88605 Meßkirch
Telefon 07575/2095-0
info@gmeiner-verlag.de
Alle Rechte vorbehalten
1. Auflage 2024

Herstellung: Mirjam Hecht
Umschlaggestaltung: U.O.R.G. Lutz Eberle, Stuttgart
unter Verwendung eines Fotos von: © Eva Reichl
Druck: GGP Media GmbH, Pößneck
Printed in Germany
ISBN 978-3-8392-0717-8

Für Mama!

Eine Mutter ist der einzige Mensch auf der Welt,
der dich schon liebt, bevor er dich kennt.
Johann Heinrich Pestalozzi

1. KAPITEL

»Jetzt schaust du wie ein richtiger Opa aus«, sagte Tobias und deutete auf die Brille, die auf Sterns Nase thronte.

Der Chefinspektor wusste nicht, ob er beleidigt sein sollte, denn immerhin war er ja tatsächlich der Großvater des Jungen, wenngleich er sich dafür nicht alt genug fühlte. Aber es war nun mal, wie es war. Stern ging auf die 60 zu und haderte mit dem Älterwerden, das sich vorwiegend körperlich bemerkbar machte. Nicht alles funktionierte mehr, wie es sollte. Die nachlassende Sehkraft seiner Augen war nur eines dieser untrüglichen Zeichen. Und dass der Sehbehelf auf seiner Nase ihn sich älter fühlen lassen würde, hatte er bereits befürchtet, bevor er den Gang zum Augenarzt angetreten war. Doch dass sein Enkel dieses Gefühl nun auch noch in Worte kleidete, schmerzte ihn. Wie sagte der Volksmund so passend? Kindermund tut Wahrheit kund. Stern seufzte, zog mit seinem Läufer über das Schachbrett und schlug Tobias' Turm.

»Autsch!«, kommentierte sein Enkel den Zug, was Stern ein Schmunzeln entlockte.

»Jetzt schaust du aber, was der Opa so alles draufhat, gell?« So schnell ließ er sich nicht zum alten Eisen zählen, auch wenn es bei ihm hin und wieder schon mal wo zwickte und zwackte und sich die Kilos um seinen Bauch ansammelten wie die Erinnerungen an vergangene Sommer in seinem Gedächtnis. Jedes Jahr schien ein Kilo dazuzukommen. Ein gelegentlich auftauchendes Stechen im Knie und erhöhte Cholesterinwerte beschäftigten lediglich seinen Arzt bei seinen seltenen Besuchen, Stern ignorierte beides. Nur das mit der Brille war nicht länger aufschiebbar gewesen. Seine Armlänge hatte nicht mehr ausgereicht, um zu lesen, und bei manchen Texten hatte er deren Inhalt fast schon erraten müssen. Das war bei Obduktionsberichten, die die Todesursachen von Mordopfern beinhalteten, äußerst unvorteilhaft. Natürlich konnte Stern selbst mit seinem Sehdefizit eine Schusswunde von einem zertrümmerten Schädel unterscheiden, aber die Feinheiten blieben ihm dann doch verborgen. Und oftmals waren es genau die, die zur Aufklärung eines Mordfalls führten.

»Nimm du das!« Tobias holte zum Gegenschlag aus, sprang mit dem Pferd über einen gegnerischen Bauern und bedrohte Sterns König. »Schach!« Der Elfjährige rieb sich die Hände und ließ das Spielbrett nicht aus den Augen. Er war aufgeregt, das sah Stern ihm an. Doch diese Aufregung, ausgelöst durch die Chance, seinen Großvater zu besiegen, ließ ihn unaufmerksam werden.

Mit dem Läufer könnte Stern Tobias' Pferd schlagen. Der Chefinspektor überlegte sich die nächsten Züge. Nicht lange, und der König seines Enkels wäre schachmatt.

Aber wollte er das?

Damit wäre das Spiel vorbei und Tobias wahrscheinlich nicht mehr so gut gelaunt. Wenn er ihn jedoch gewinnen ließe, würde der Junge nie lernen, mit Niederlagen fertigzuwerden. Das Leben war nicht rosig, und schon gar nicht war es einfach. Enttäuschungen warteten an jeder Ecke, da war es nicht verkehrt, wenn Kinder rechtzeitig darauf vorbereitet wurden.

Stern hatte sich entschieden, griff nach seinem Läufer und …

Sein Diensthandy läutete.

»Opa! Du hast gesagt, du schaltest es aus«, maulte Tobias.

»Äh … Ich schau nur rasch, wer anruft.« Stern ließ den Läufer los und schnappte sich sein Smartphone, das neben ihm auf dem Tisch lag. Auf dem Display stand der Name seiner Kollegin Mara Grünbrecht. »Ich rede nur rasch mit Mara und danach spielen wir weiter.«

»Opa!«, protestierte Tobias gegen die Unterbrechung und verschränkte schmollend die Arme vor der Brust.

»Ja, Mara?« Stern drehte sich zur Seite, um sich besser auf das Telefonat konzentrieren zu können und nicht das traurige Gesicht seines Enkels sehen zu müssen, der bereits siegessicher gewesen war. Nun aber war ungewiss, ob sie das Spiel überhaupt zu Ende bringen konnten.

»Grüß dich, Oskar. Wir haben einen Toten in Altenfelden. Angeblich wurde er von Wölfen angefallen«, erklärte Grünbrecht.

»Dann ist es kein Fall für uns. Wir verhaften keine Tiere«, erwiderte Stern in der Hoffnung, dass seine Befürchtung nicht wahr werden würde. Doch wegen eines Unfalls würde Grünbrecht ihn nicht an seinem freien Tag anrufen.

»Die Beamten, die hingefahren sind, nachdem ein Tierpfleger den Notruf gewählt hat, meinen, dass der Tote ermordet worden sein könnte und die Wölfe ihn erst hernach ein wenig … na ja, sagen wir mal angeknabbert haben.«

»Wo?«, fragte Stern und lugte zu Tobias hinüber, der ihn finster anstarrte.

»Im Tierpark. Angeblich liegt er im Wolfsgehege. Mehr weiß ich nicht. Ich mach mich jetzt auf den Weg dorthin. Soll ich dich abholen?«

»Nein, fahr du schon mal los, ich muss noch etwas erledigen. Gibst du bitte Kolanski und Heinze Bescheid?«

»Natürlich, Chef!«

Selbstverständlich. Es war überflüssig gewesen, Grünbrecht darum zu bitten, aber so hatte er noch ein klein wenig Zeit gewonnen, denn er scheute das bevorstehende Gespräch mit seinem Enkel.

»Bis nachher!« Mara Grünbrecht verabschiedete sich.

Stern sah die Enttäuschung in Tobias' Gesicht. Innerlich verfluchte er den Toten in Altenfelden, dass er sich ausgerechnet heute von Wölfen hatte anfressen lassen. »Tobi, es …«

»Es tut dir nicht leid!«, schrie der Junge ihn an. »Sonst wäre es nicht jedes Mal so! Wenn ich mal alleine bei dir bin, ohne dass Meli auch da ist, und nur wir beide etwas unternehmen könnten, läutet irgendwann dein Handy und du musst weg!«

»Das stimmt doch …«

»Sicher stimmt das!«, ließ Tobias ihn nicht ausreden. Tränen kullerten über seine Wangen.

Stern fühlte sich wie ein schlechter Großvater. Er war schon kein guter Vater gewesen und hatte viele Geburtstage und Schulveranstaltungen seiner Tochter versäumt, weil er im Einsatz gewesen war, und nun machte er den gleichen Fehler bei seinen Enkeln.

Das durfte er nicht zulassen!

Aber wie sollte er sich entscheiden?

Immerhin hatte er heute frei, obwohl das bei einem Mord nur bedingt galt. Als Chefinspektor der Mordgruppe war er quasi dauernd im Dienst, wenn jemand umgebracht wurde. Auf der anderen Seite war Tobias heute bei ihm, weil seine Tochter Barbara mit Melanie einkaufen ging, um ihre Beziehung zu stärken, die durch Melanies pubertäres Verhalten belastet war. Wenn er Barbara jetzt anriefe und ihr mitteilte, dass er sich nicht mehr länger um Tobias kümmern könne, zerstörte er auch diese Bemühungen. »Willst du mitfahren?«, fragte er.

Augenblicklich hörte Tobias auf zu weinen und starrte seinen Großvater ungläubig an. »Ist das dein Ernst?«

»Mein voller Ernst«, erwiderte Stern, wenngleich er noch nicht wusste, wie er das anstellen sollte. Den Mord aufzuklären und gleichzeitig auf seinen Enkel aufzupassen, erschien ihm unmöglich. Schon einmal hatte er das versucht und war kläglich gescheitert. Tobias hatte bei den Gleisen der Summerauer Bahnstrecke den abgetrennten Kopf eines Opfers gefunden, und Barbara war wochenlang sauer auf ihn gewesen, was Stern natürlich verstehen konnte.

»Wohin fahren wir?« Tobias wischte sich mit den Ärmeln seines Shirts, auf dem vorne ein Rennwagen aufgedruckt war, die Wangen trocken.

»In den Tierpark«, antwortete Stern.

»In den Tierpark?«, wiederholte Tobias misstrauisch. »Wieso denn in den Tierpark? Ich dachte, du musst zu einem Fall.«

»Und der ist im Tierpark. Beeil dich, es geht gleich los.«

»*Nice*!« Tobias sprang auf, wodurch der Tisch wackelte und einige Figuren auf dem Schachbrett umfielen. Doch das schien dem Jungen egal zu sein.

»Es ist jemand gestorben, so etwas ist nie *nice*«, rügte Stern ihn, wenn auch nur halbherzig, denn er freute sich, dass der Tag für seinen Enkel nun doch besser verlief als erwartet. Über die aktuelle Jugendsprache wunderte er sich jedoch. Was früher cool gewesen war, wurde heute als *nice* bezeichnet.

»Klar«, antwortete Tobias, lächelte aber trotzdem weiter. Schnell zog er seine Sneakers an und streichelte Miro, die zuvor auf der Couch gelegen hatte und nun nachschauen kam, weshalb plötzlich so ein Tumult in Sterns Wohnung herrschte. Der Chefinspektor füllte rasch den Napf der Katze mit reichlich Futter. Er war sich sicher, dass er heute erst spät nach Hause kommen würde.

Während der Fahrt nach Altenfelden, die dank eines jüngst von Stern absolvierten Fahrtrainings auf dem ÖAMTC-Gelände in Marchtrenk nun etwas zügiger vonstattenging, fiel dem Chefinspektor auf, dass sich der Herbst bereits bemerkbar machte. Die Blätter der Bäume verfärbten sich in Gold- und Rottöne, und die meisten Getreidefelder neben der Rohrbacher Straße waren abgeerntet. Der Kukuruz, wie der Mais hierzulande genannt wurde, reifte jedoch weiter, ebenso die Zuckerrüben. Ihre Köpfe steckten noch tief in der Erde.

»Wenn wir im Zoo sind, schaust du dir die Tiere an, während ich … Na, du weißt schon«, sagte Stern zu seinem Enkel, als sie an der Abzweigung nach St. Martin im Mühlkreis vorbeifuhren, wo Oberösterreichs größte Diskothek für ausgelassene Stimmung bei Jugendlichen und jungen Erwachsenen sorgte. Sterns Enkelin lag ihrer Mutter ständig in den Ohren, dass sie mit ihren Freundinnen unbedingt dort hingehen wolle und diese es ihr doch endlich erlauben solle. Aber dafür war die 14-Jährige eindeutig noch zu jung.

»Während du dir die Leiche anschaust, Opa. Ich bin kein Baby mehr, das kannst du ruhig sagen. Ich bin schon fast jugendlich und darf bald ohne Kindersitz vorne im Auto sitzen«, behauptete Tobias.

»Jugendlich ist man ab 14«, korrigierte der Chefinspektor seinen Enkel. »Und solange du einen Kindersitz brauchst, reden wir nicht über Mordfälle, verstanden? Deine Mutter reißt mir sonst den Kopf ab.«

»Du musst es ihr ja nicht erzählen«, meinte Tobias altklug.

»So etwas kommt immer raus. Wenn nicht heute, irgendwann bestimmt.«

Tobias schüttelte genervt den Kopf, das sah Stern im Rückspiegel. Er entschied sich, nicht darauf einzugehen und das Thema zu wechseln. »Die haben dort Wildschweine und Affen.«

»Und Wölfe«, ergänzte Tobias die Aufzählung. »Die schaue ich mir als Erstes an.«

»Äh …«

»Was? Darf ich das nicht?«

»Ich … ich hab doch gar nichts gesagt«, verteidigte sich Stern.

»Aber du wolltest es mir verbieten, stimmt's?« Tobias schien sich da ganz sicher zu sein.

»Du musst verstehen, dass das nicht geht, weil genau dort der Tote liegt«, erklärte Stern endlich.

»Was? Hat ihn etwa ein Wolf gefressen?« Tobias lockerte seinen Gurt, rutschte nach vorne und quetschte sich zwischen den Vordersitzen hindurch, um seinem Großvater ganz nah zu sein und alles genau zu hören.

»Das weiß ich noch nicht, wir fahren ja erst hin und machen uns ein Bild von der Sache.«

»Klasse!«

»Mit ›wir‹ meine ich meine Kollegen und …«

»Wenn ihn ein Wolf gefressen hat, muss ich das sehen, Opa! Dem hängen sicher die Eingeweide heraus«, rief Tobias aufgedreht.

Stern war entsetzt. »Und das willst du dir anschauen?«

»Klar, du nicht?«

»Nein!« Stern setzte den Blinker und bog in die Straße ab, die zum Tierpark führte. In wenigen Augenblicken erreichten sie ihr Ziel, aber er hatte immer noch keine Lösung parat, wie er das hinkriegen sollte, dass Tobias nicht zu viel von dem Todesfall mitbekam und keinesfalls einen Blick auf die Leiche mit den heraushängenden Därmen erhaschen konnte. Denn wenn der Tote tatsächlich von Wölfen übel zugerichtet worden war, würden den Jungen gewiss bald nachts Albträume plagen, und dann brauchte er seiner Tochter gar nicht mehr gegenüberzutreten.

Stern lenkte den Audi A6 zuerst an dem Gasthaus Wildparkwirt und anschließend an Tierparkbesuchern vorbei, die den Zoo nun nicht besuchen durften. Vor dem Eingang hatte sich eine ansehnliche Schlange gebildet, die bis auf den Parkplatz zurückreichte. Ein Uniformierter teilte Stern mit, wohin er fahren musste, ließ den Schranken hochgehen und den Audi passieren.

»Dort sind Hirsche, Opa!« Tobias deutete nach rechts, wo besagte Tiere in einem riesigen, eingezäunten Areal ästen. Sie schienen sich nicht darum zu scheren, was im Gehege der Wölfe los war. Unaufgeregt kauten sie ihre Nahrung wieder.

Stern, der sich aufs Fahren konzentrierte und nicht auf die Tiere, verringerte das Tempo und schlug vor: »Soll ich dich aussteigen lassen? Dann kannst du dir die Hirsche in Ruhe anschauen. Du hast eh dein Handy …«

»Und dort sind Eulen, Opa!« Tobias wies nach vorne, wo rechts neben der Straße Voliere und Einzäunungen aufgestellt waren, die diesen Schluss zuließen. Ein Schild mit entsprechender Aufschrift bestätigte die Annahme.

Stern brummte, da Tobias ihm ohnehin nicht mehr zuhörte.

»Da gibt es etwas zu essen, Opa, ich hab Hunger!« Tobias starrte auf das Besucherzentrum in dem alten Bauernhof, an dem sie gerade vorbeifuhren und wo an normalen Tagen Speisen und Getränke an Tierparkgäste verkauft wurden, während nebenan die Vögel ihre Rufe und Lieder hören ließen.

»Ich geb dir Geld, Tobi. Vielleicht ist das Buffet trotzdem offen, dann kannst du …«

»Nachher, Opa. Zuerst schauen wir uns die Leiche an, deswegen sind wir schließlich hergefahren.« Tobias drückte seine Nase an der Scheibe des Seitenfensters platt.

Stern verdrehte die Augen. Er wusste nicht genau, wie der Tag heute enden würde, nur eines war klar: nicht gut für ihn. Barbara würde stocksauer sein, dass er Tobias hierher mitgenommen hatte, doch das ließ sich jetzt nicht mehr ändern. Er seufzte und bemerkte gleichzeitig, dass die Straße in ein Wäldchen mündete. Am Fahrbahnrand standen mehrere Einsatzfahrzeuge mit blau blinkenden Lichtern. Stern stellte den Audi als Letztes in die Reihe. Rechts davon erstreckte sich ein Gehege in den abschüssigen Wald hinein, davor war eine überdachte hölzerne Tribüne, auf der mehrere Polizeibeamte versammelt standen und in die Tiefe schauten. Unter ihnen machte er die Gruppeninspektoren Mara Grünbrecht und Martin Heinze aus.

»Du wartest bitte im Wagen«, sagte er zu seinem Enkel.

»Sicher nicht, Opa!« Tobias löste den Gurt, stieß die Autotür auf und sprang hinaus, bevor Stern auch nur nach Luft schnappen konnte. Dann lief der Junge geradewegs auf die Aussichtsplattform zu.

Stern dachte, wie gut es war, dass die Kollegen nicht

mitbekamen, wie wenig Autorität er gegenüber seinem Enkel besaß, und stieg aus. Er beobachtete, wie sich Tobias auf der Plattform zwischen die Beamten hindurchdrängte, über das Geländer beugte und ebenfalls nach unten schaute. Anschließend drehte er sich um und deutete seinem Großvater, er möge sich beeilen.

Das tat Stern, wenngleich genervt, weil er die Sache nicht unter Kontrolle hatte.

»Grüß dich, Oskar!« Heinze und Grünbrecht warteten nicht nur auf ihren Chef, sondern ebenso auf eine Erklärung, warum dieser seinen Enkel zum Tatort mitgebracht hatte. Das erkannte Stern an ihren Blicken.

»Grüß euch«, sagte er, ging an ihnen vorbei und auf Tobias zu.

»Da unten liegt er, Opa. Er schaut ziemlich grauslich aus. Ganz anders als die Toten in dem Computerspiel. Das viele Blut, und wie das riecht …«

»Welches Computerspiel?«, hakte Stern nach und zog Tobias von dem Geländer weg, um ihm die Sicht auf den Leichnam zu nehmen.

»Das ich mit Fredi *game*. Er hat mir die Zugangsdaten von seinem Bruder gegeben und dann haben wir miteinander gegen die Bösen *gefightet* …« Tobias ahmte die Bewegungen nach, die die Figuren in dem Spiel offenbar machten, wenn es darum ging, den Gegner zu besiegen. Und wie Stern annahm, musste man ihn töten, um in dem Spiel vorwärtszukommen. Also kindgerecht war das gewiss nicht. Genauso wenig wie der Anblick des Opfers in dem Wolfsgehege.

»Wie heißt dieser Fredi weiter?«, fragte er und notierte sich im Geiste, mit diesem ein ernstes Wörtchen zu reden. Oder mit seinen Eltern, je nachdem, wie alt Fredi war.

»Kruger. Er ist in meiner Klasse ... Und was machen wir jetzt?« Tobias konnte kaum stillstehen.

»Du gehst zu Mara und wartest dort!«

»Aber ...«

»Kein Aber, Tobias!«, sagte Stern laut. Er durfte sich vor den Kollegen nicht von seinem Enkel vorführen lassen. Wie sähe das denn aus, wenn er sich nicht gegen ihn durchsetzen konnte? Vor allem bei einer Sache, die nicht gut für den Jungen war. Der Anblick einer Leiche konnte Angststörungen, Albträume und weiß Gott was noch alles auslösen!

»Aber ...«, versuchte Tobias erneut, Einspruch zu erheben.

»Tu, was ich dir sage!«, verlangte Stern streng und sah sich verstohlen um. Die Kollegen beobachteten die Szene auf der Aussichtsplattform. Nun war es wichtig, dass er die Oberhand behielt. Deshalb beugte er sich zu dem Jungen hinab und flüsterte ihm ins Ohr: »Wenn du sofort zu Mara gehst, bekommst du 20 Euro.«

»100«, verlangte Tobias und schaute seinen Großvater kampfbereit an.

»50«, bot Stern an.

»100.« Tobias streckte ihm die Hand entgegen.

Stern stieß die Luft aus und schlug ein.

Tobias wandte sich ab und lief zu der Gruppeninspektorin, die ihn von der Aussichtsplattform wegführte. Stern wusste, dass der Junge bei ihr in guten Händen war, während er sich einen ersten Überblick über den Todesfall verschaffte. Das schätzte er an Grünbrecht, dass er sogar mit Dingen, die nichts mit der Arbeit zu tun hatten, zu ihr kommen konnte und sie ihm half, ohne zu zögern.

Der Chefinspektor wandte sich dem Toten zu, der in dem Gehege der Wölfe lag. Ein paar Personen bildeten in dem eingezäunten Areal eine menschliche Barriere, indem sie sich unterhalb der Aussichtsplattform und mehrere Meter von dem Toten entfernt mit Schaufeln und Stöcken in den Händen im Halbkreis aufgestellt hatten. Dadurch wurden die Tiere von dem Leichnam ferngehalten und die Spurensicherer konnten mit ihrer Arbeit beginnen. Es war ganz klar zu erkennen, dass sich die Wölfe nicht von der potenziellen Beute weglocken ließen und auf diese Weise auf Distanz gehalten werden mussten. Die leeren Augen des Opfers starrten in den Himmel. In seiner Brust klaffte ein Krater. Das Fleisch war ihm an manchen Stellen herausgerissen worden, sodass die darunterliegenden hellen Knochen sichtbar waren. Rund um den Leichnam hatte das Blut das Gras und den Boden dunkel gefärbt. Das Fell der Wölfe, die hinter der menschlichen Barriere patrouillierten und alles genau beobachteten, war rund ums Maul blutrot.

2. KAPITEL

Auf den ersten Blick sah es aus, als hätten die Wölfe versucht, den Toten aufzufressen. Sie mussten entweder dabei gestört worden sein oder sie hatten aus irgendeinem anderen Grund von ihm abgelassen. Zuvor hatten sie aus dem Körper Fleischstücke gerissen.

Doch wie war der Mann in das Gehege gelangt?

Freiwillig wäre er wohl kaum von der Aussichtsplattform in den eingezäunten Bereich gesprungen, wenn er gewusst hatte, dass sich darin Wölfe befanden, und Letzteres stand für Stern außer Zweifel. Die hölzerne Konstruktion, auf der sie sich befanden, war mit zahlreichen Informationstafeln rund um das Raubtier bestückt. Der Text war in einer Größe geschrieben, dass selbst er ihn ohne Brille lesen konnte. Auch ließen die Bilder keine Zweifel aufkommen, was sich in dem Gehege befand.

Also, was war hier passiert?

»Wer hat ihn gefunden?«, fragte er Gruppeninspektor Martin Heinze, der neben ihm mit den Händen in den Hosentaschen wartete, bis sein Chef mit der Begutachtung fertig war. Der Ex-Wiener wusste, dass für Stern der erste Eindruck, den der Tatort und die Leiche auf ihn machten, besonders wichtig war, deshalb ließ er ihm dafür ausreichend Zeit. Jede Kleinigkeit war von Bedeutung, die Stern oftmals nur unbewusst wahrnahm.

»Ein Tierpfleger. Er steht dort drüben bei den Affen.« Heinze deutete auf einen Mann, der eine auffällige Erscheinung bot. Die Arme, die aus den T-Shirt-Ärmeln ragten, und die Schienbeine, die unterhalb der kurzen Hose zu sehen waren, waren mit Tätowierungen überzogen.

»Kennen wir die Identität des Toten?«, fragte der Chefinspektor weiter.

»Noch nicht. Er war kein Mitarbeiter vom Zoo, so viel steht fest. Die Kollegen hätten ihn sicher erkannt, auch wenn er ziemlich übel zugerichtet ist. Das Gesicht ist noch einigermaßen intakt, aber der Bauch … na ja.«

»Und wer sind die Leute, die dort unten die Wölfe in Schach halten?« Stern schaute auf die Frauen und Männer, die sich den Wölfen entgegenstellten, die tatsächlich Abstand hielten. Durch ihre Anwesenheit wurden zwar vermutlich Spuren vernichtet, aber zumindest konnte die Tatortgruppe ihre Arbeit verrichten.

»Die sind vom Tierpark und mit so etwas vertraut. Von uns wäre da niemand reingegangen. Wir wissen ja nicht, wie die Wölfe reagieren, immerhin haben sie bereits Blut geleckt. Vielleicht wollen sie ja einen Nachschlag«, scherzte Heinze. »Und die Wölfe betäuben kommt für die Tierparkmitarbeiter nicht infrage. Ich hab das vorgeschlagen, bin aber abgeblitzt. Sie meinen, sie hätten die Lage im Griff, sie müssten ja auch sonst immer wieder ins Gehege, um Wartungsarbeiten durchzuführen und nach dem Rechten zu sehen.«

»Ich hab mal gelesen, dass ein Wolf unter normalen Umständen keinen Menschen anfällt. Wir Zweibeiner passen nicht in sein Beuteschema«, glaubte Stern, sich zu erinnern. »Was ist da unten also passiert?«

»Das werden wir herausfinden.« Mara Grünbrecht tauchte unerwartet neben Stern und Heinze auf. Ihre schulterlangen dunkelbraunen Locken trug sie zu einem Pferdeschwanz gebunden.

»Wo ist Tobias?« Stern hielt nach seinem Enkel Ausschau. Eigentlich hatte er erwartet, dass sich die Kollegin um den Jungen kümmern würde, solange er hier zu tun hatte.

»Ich hab eine nette Polizistin gebeten, auf ihn aufzupassen. Die beiden erkunden den Tierpark. Keine Sorge, er wird nichts mehr von dem hier mitkriegen.« Grünbrecht deutete hinab auf die Leiche. »Aber wieso hast du ihn überhaupt mitgenommen?«, fragte sie vorwurfsvoll. »Das ist kein Anblick für einen Elfjährigen.«

»Was hätte ich denn tun sollen? Er war heute bei mir, weil Barbara und Melanie shoppen gegangen sind, um ihr Mutter-Tochter-Verhältnis zu verbessern. Die beiden streiten in letzter Zeit nur noch. Melanies pubertäre Ausbrüche sind ziemlich heftig. Und wenn ich das jetzt zunichtegemacht hätte, weil ich nicht auf Tobias aufpassen kann, dann … dann …« Stern rang nach den passenden Worten, die seine Zwangslage erklärten. Denn natürlich hatte er ein schlechtes Gewissen.

»Dann wirst du nicht zum Großvater des Jahres gewählt«, beendete die Gruppeninspektorin den Satz.

Stern seufzte. »So in etwa.«

»Wer will zum Großvater des Jahres gewählt werden?«, fragte eine Stimme hinter den Kriminalbeamten, die sich allesamt umwandten. Dominik Weber betrat die hölzerne Aussichtsplattform und grinste Stern schelmisch an. »Doch nicht etwa du?«

Begleitet wurde der Gerichtsmediziner von Hermann Kolanski, der mit verwaschener Jeans und schwarzer Lederjacke eher wie ein Rocker wirkte als ein Gruppeninspektor vom Landeskriminalamt. Außerdem verstärkten seine nach Sterns Geschmack zu langen, an den Schläfen ergrauten Haare diesen Eindruck. »Von Tobias bekämst du sicher eine Eins«, sagte Kolanski. »Als wir gerade an ihm vorbeigegangen sind, hab ich gehört, wie aufgeregt er ist, dass du ihn hierher mitgenommen hast. Ich will gar nicht wissen, was du dir dabei gedacht hast. Er wird in der Schule allen davon erzählen und der Star sein, auch das hat er gesagt. Von deiner Tochter gibt es dafür allerdings einen glatten Fünfer. Tut mir leid, Großvater des Jahres wirst du nicht.« Mitleidig klopfte er Stern auf die Schulter und trat an das Geländer heran, um einen Blick in die Tiefe zu werfen. »Geh leck!«, stieß er ob des Anblicks, der sich ihm bot, aus.

Der Chefinspektor verzog leidend das Gesicht. Dass sich nun alles um Tobias und ihn drehte, hatte er nicht gewollt. Deshalb antwortete er spitz: »Schön, dass ihr auch endlich da seid.« Und an Weber gewandt fügte er hinzu: »Dein Patient wartet dort unten auf dich.«

»Dass Tote warten, höre ich zum ersten Mal«, konterte Weber.

»Aber die Wölfe tun es.« Stern machte den Gerichtsmediziner auf die Tiere aufmerksam, die das Geschehen in ihrem Revier beobachteten. Auch wenn die Leute vom Tierpark sie fernhielten, würde er sich hüten, dort hinabzusteigen und sich den Toten aus der Nähe anzusehen. Doch Weber musste da jetzt runter. Darum beneidete er ihn keinesfalls.

»Mir bleibt auch nichts erspart«, murmelte der Gerichtsmediziner und verließ die Plattform, um in das Gehege durch eine Gittertür im Zaun ein Stück unterhalb zu gelangen.

Stern wandte sich ab und bat Grünbrecht, den Tierpfleger herzuholen, der den Toten entdeckt hatte. Ihn wollte er als Erstes befragen, die anderen Mitarbeiter des Parks sollten Kolanski und Heinze übernehmen.

»Wie heißen Sie?«, fragte er den Mann, als dieser in Begleitung der Gruppeninspektorin auf ihn zukam.

»Eduard Grückel«, antwortete der Tierpfleger, der nicht nur tätowiert, sondern dessen Körper ein Gesamtkunstwerk war. Die Haare waren auf der einen Seite kurz geschoren und auf der anderen zu kleinen Zöpfen geflochten, die wiederum zu einem großen zusammengebunden waren. Wahrscheinlich, damit sie ihm bei der Arbeit nicht ins mehrfach gepiercte Gesicht fielen.

»Erzählen Sie uns, wie Sie die Leiche entdeckt haben«, forderte Stern den Mann auf, bemüht, ihn nicht anzustarren. Auch wenn viele Leute Vorurteile gegenüber Menschen mit derartigem Aussehen hatten und sich vor ihnen fürchteten, wusste er, dass der Großteil der Verbrechen von unauffällig wirkenden Individuen verübt wurde. Oftmals waren es die lieben, netten Nachbarn, die ein Doppelleben führten.

»Wie ich in der Früh meine Runde g'macht hab, um nachz'schauen, ob eh alles in Ordnung ist und wir den Tierpark aufsperren können, hab ich ihn da unten liegen sehen.« Mit dem Kopf deutete der Tierpfleger in die entsprechende Richtung.

»Kennen Sie den Toten?«

»Ich weiß es ehrlich g'sagt net, so genau hab ich mich net hinschaun g'traut. Aber von uns ist das keiner, da bin ich mir sicher. Die Kollegen sind nämlich alle da, und der Chef ist gerade bei einem Termin. Aber ob das einer von den Nachbarn ist, kann ich net sagen, weil der hat lebend sicher anders ausg'schaut als jetzt.« Grückel fuhr sich mit der Hand über die Seite mit den kurz geschorenen Haaren, was sein Unwohlsein verriet.

Kein Wunder, dachte Stern, ein schöner Anblick war

der Tote freilich nicht, doch das Unbehagen seines Gegenübers könnte genauso gut davon herrühren, dass der Mann etwas mit der Sache zu tun hatte. Durch die Geste mit der Hand entdeckte der Chefinspektor in der Fülle der Tätowierungen einen Wolf. Die Wahl des Motivs lag gewiss daran, dass der Mann hier arbeitete. Stern vermutete keinen Hinweis auf die Todesursache des Opfers darin, denn er machte noch andere Tiere auf der Haut des Befragten aus. »Können Sie sich vorstellen, wie er in das Gehege gelangt ist?«

»Der ist sicher von da runterg'stürzt, anders kann ich mir das net erklären.« Eduard Grückel deutete auf das Geländer.

»Und die Wölfe? Wie reagieren die, wenn plötzlich ein Mensch in ihr Revier fällt?«

»So genau kann man des net sagen. Unsere Wölfe sind zwar in einem Tierpark geboren, trotzdem sind es wilde Tiere. Ich vermute, dass der arme Kerl was g'habt hat, ich meine, eine offene Wunde, aus der Blut g'flossen ist. Entweder hat er sich die bei dem Sturz zu'zogen, oder er war vorher schon verletzt und ist deshalb überhaupt erst da runterg'fallen. Und dann sind die Wölfe auf ihn los'gangen. Die kennen uns Menschen ja, die wissen, dass wir das Futter bringen und net das Futter sind. Wölfe sind intelligente Tiere. Aber wenn da Blut ist, kann ihr Instinkt angesprochen werden und sich ihr Verhalten ändern.«

»Mit was werden die Tiere bei Ihnen gefüttert?«

»Vor allem mit Rindfleisch, aber auch mit verunfalltem Wild. Am meisten mögen's den Pansen von den Wiederkäuern, wenn er noch warm ist.«

»Hat einer von Ihren Wölfen schon einmal einen Menschen angefallen?«

»Sicher net! Aber wie gesagt, wenn der Mann bereits verletzt war, wie er da reing'fallen ist, und sie das Blut g'rochen haben, kann es sein, dass sie g'schaut haben, ob das ein verwundetes Beutetier ist, und wollten wissen, wie das schmeckt. Sind halt auch neugierig. Und wenn der dann vor ihnen davonlaufen wollt, hat das vielleicht ihren Jagdtrieb g'weckt.«

»Gut, danke«, sagte Stern.

»Ich glaub net, dass unsere Wölfe einfach so über ihn herg'fallen sind. Das machen die net, verstehen S'? Da muss vorher schon was passiert sein«, wiederholte der Tierpfleger seine Einschätzung.

»Wir schauen uns das an, seien Sie unbesorgt. Und wenn es so abgelaufen ist, wie Sie sagen, finden wir das heraus«, versuchte Stern, den Mann zu beruhigen.

»Wissen S', negative Publicity können wir net g'brauchen. Der Wolf hat eh schon ein schlechtes Image, was allerdings gar net g'rechtfertigt ist. Natürlich gibt es Wölfe, die Probleme bereiten, aber das sind einzelne Exemplare, und sofort werden alle verteufelt. Das ist wie bei den Menschen: Manche Ausländer tun schlimme Dinge und schon wird gegen sämtliche Asylwerber gewettert. Gleichzeitig gibt es kaum ein Tier, das uns ähnlicher ist als der Wolf«, erzählte der Mann. »Diese Tiere leben wie wir in Familienverbänden, kümmern sich um Familienmitglieder und kranke Artgenossen und verteidigen sie gegenüber anderen. Wölfe sind sehr soziale und intelligente Wesen.« Die tätowierten Oberarme des Mannes spannten sich an, offensichtlich regte ihn das Thema auf, wie das auch bei einem Großteil der Bevölkerung im Land der Fall war. Stern kannte die Diskussionen aus den Medien, die teilweise hitzig geführt wurden. Während die einen für die Neuansiedelung des Wolfes plädierten, wollten andere die Tiere abschießen. Vor allem nach Schaf- oder Ziegenrissen wurden Stimmen laut, die Letzteres forderten.

»Gibt es in der Gegend freilaufende Wölfe?«, fragte Stern.

»Klar. Die Wälder im Mühl- und Waldviertel sind wie g'schaffen für sie. Gelegentlich besuchen uns sogar welche aus Tschechien, aber meistens kriegen wir das gar net mit. So ein Wolf legt pro Tag schon mal 200 Kilometer zurück. Wenn es in der Nähe eine Wolfssichtung gibt, rufen die Leute bei uns an und fragen, ob unsere Wölfe eh noch alle eing'sperrt sind, weil's glauben, einer von denen läuft da draußen herum. Dann wäre die Sache schnell erledigt, wenn wir den wieder einfangen täten. Das war allerdings noch nie der Fall«, erzählte Eduard Grückel.

»Ist in Altenfelden schon mal ein Schaf oder ein anderes Nutztier von einem Wolf gerissen worden?«, hakte Stern nach. Vielleicht hatte es deshalb Streit gegeben und der Tote war daran beteiligt gewesen. Möglicherweise hatte ihn sein Kontrahent über das Geländer gestoßen. Dann wäre es Mord, auch wenn die Wölfe den Rest erledigt hatten. Es war aber auch denkbar, dass einer das Sprichwort »Jemanden den Wölfen zum Fraß vorwerfen« zu wörtlich genommen hatte, ohne dass es überhaupt einen Vorfall mit einem Wolf gegeben hatte.

»Vor zwei Monaten hat einer einen Wolf g'sehen. Soviel ich weiß, hat er kein Nutztier g'rissen. Ich will gar net sagen, dass so etwas net vorkommt, es ist jedoch die Ausnahme. Entgegen dem Bild, das häufig in den Medien von den Wölfen gezeichnet wird, sind sie keine blindwütigen Killer. Wenn sie jagen, dann meist alte oder kranke Tiere. Der Wolf hat einen ausgezeichneten Geruchssinn, er riecht es, wenn Wildtiere krank sind, bevor ein menschlicher Jäger überhaupt Symptome bemerkt. Er würde den heimischen Wildbestand g'sund halten, und Seuchenausbrüche wie etwa bei der Afrikanischen Schweinepest, der Gamsräude oder auch bei Tuberkulose würden sich erheblich verringern – aber leider lässt man das net zu.«

»Was ist nach dieser Wolfssichtung passiert?« Stern witterte eine mögliche Spur.

»Nix.« Der Tierpfleger zuckte mit den Schultern. »Der Wolf ist weiterg'zogen und seither net mehr aufg'taucht.«

»Und wie war hernach die Stimmung im Ort?«

»Die Leute haben sich kurz darüber aufg'regt, dann war wieder alles beim Alten. Das ist auch gut so, weil ...«

Das Aufheulen eines Motors zog die Aufmerksamkeit von Stern auf sich. Ein weißer Wagen mit der Aufschrift des Zoos fuhr auf der schmalen Straße durch den Tierpark heran, bremste hinter den Fahrzeugen der Polizei und blieb stehen. Die Fahrertür ging auf und ein schlanker Mann mit schütterem Haar stieg aus. Seine Gesichtsfarbe war unnatürlich rot, als hätte er zu lange in der Sonne gelegen. Zweifelsohne hatte er es eilig. Mit athletischem Gang näherte er sich der Aussichtsplattform und rief den Beamten zu: »Was ist hier los?«

Gruppeninspektor Hermann Kolanski stellte sich ihm in den Weg und stoppte ihn mit den Worten: »Sie können nicht weiter. Das ist ein Tatort. Ich muss Sie bitten, dort hinten zu warten und ...«

»Das heißt, jemand hat den Wölfen etwas ang'tan, stimmt's? Waren es militante Wolfsgegner? Wenn ja, sind sie dieses Mal zu weit gegangen! Oder haben Tierschützer das Gehege aufg'macht und die Wölfe freig'lassen? Dann können die was erleben!« Es war dem Mann anzusehen, dass ihm das Wohl der Tiere sehr am Herzen lag und ihm das Großaufgebot an Einsatzkräften Sorgen bereitete.

Kolanski zog seinen Dienstausweis aus der Tasche seiner Lederjacke und hielt ihn dem Echauffierten unter die Nase. »Hermann Kolanski. Gruppeninspektor im Landeskriminalamt Oberösterreich, Mordgruppe …«

»Wieso Mordgruppe?« Der Mann wirkte irritiert.

Stern beugte sich zu dem Tierpfleger hinüber und fragte: »Wer ist dieser Herr?«

»Harald Koman, mein Chef«, erwiderte Eduard Grückel.

Stern machte ein paar Schritte auf den Mann zu. »Herr Koman, ich bin Chefinspektor Oskar Stern und leite die Ermittlungen.«

»Was ist denn passiert? Niemand will mir etwas sagen, Ihre Kollegen beim Eingang wollten mich erst gar net reinlassen. Und von meinen Mitarbeitern geht keiner ans Telefon …«

»Von woher kommen Sie jetzt?«, fragte Stern.

»Ich bin in Wien g'wesen und sofort herg'fahren, als mich die Laura ang'rufen hat, dass etwas mit den Wölfen passiert ist. Dass da überall Blut ist. Die hat rumg'stottert und g'heult, ich hab nix verstanden und mich direkt ins Auto g'setzt«, antwortete Koman. »Später auf der Autobahn hab ich noch mal ang'rufen, weil ich mehr wissen wollt, aber es ging keiner ran.«

»Weswegen waren Sie in Wien?«, hakte Stern nach.

»Ich hab mich mit dem Direktor vom Schönbrunner Tiergarten g'troffen. Wir tauschen uns regelmäßig aus, um uns weiterzuentwickeln. Um die Haltung der Tiere zu verbessern und die Artenvielfalt, die wir präsentieren, zu erhöhen. Solche Dinge«, erklärte Koman. »Aber was ist denn nun passiert? Ist mit den Wölfen alles in Ordnung?«

»Waren denn schon mal Tierschützer hier und haben etwas getan, was sie nicht sollten?«, fragte Mara Grünbrecht, die bislang zugehört hatte.

»Die haben einige Gatter aufg'macht und leider gar keine Ahnung g'habt, was sie damit anstellen. Die glauben, unsere Tiere freilassen zu müssen, weil es gegen die Natur ist, dass die eing'sperrt sind, wissen aber net, dass fast alle unsere Tiere bei uns geboren oder aus anderen Parks zu uns g'kommen sind. Die finden sich in der freien Natur gar net zurecht und kehren nach ein paar Stunden zurück, wenn ihre Neugierde befriedigt ist oder sie der Hunger heimtreibt. Damals sind sie vor dem Zaun g'standen und haben darauf g'wartet, dass wir sie reinlassen.«

»Waren darunter auch Raubtiere?«, fragte Stern beunruhigt.

»Gott sei Dank net. Aber es ist blöd genug, wenn in der Gegend Tiere herumlaufen, die bei uns im Mühlviertel net heimisch sind wie zum Beispiel Kängurus oder Steinböcke.« Koman schaute an den Inspektoren vorbei in Richtung Wolfsgehege und versuchte, einen Blick auf das Geschehen zu erhaschen.

Stern verstand, warum der Tierparkleiter so aufgeregt war. Die Sorge um das Wohlbefinden der Tiere trieb ihn um. »Den Wölfen geht es gut, nicht aber dem Mann, der in dem Gehege liegt«, sagte er und beobachtete sein Gegenüber genau.

»Ein Mann?« Koman schluckte. »Ist es einer von uns?«

»Davon gehen wir nicht aus. Mehr kann ich Ihnen zum jetzigen Zeitpunkt nicht sagen, die Identifizierung steht noch aus.«

»Da kann ich vielleicht helfen«, unterbrach Gruppeninspektor Martin Heinze das Gespräch und trat heran. In der Hand hielt er einen Beweismittelbeutel mit einer Geldbörse. »Wir wissen jetzt, wer der Tote ist.«

»Bist du etwa im Wolfsgehege gewesen?« Stern musterte den Kollegen, als prüfte er, ob er unversehrt war. Doch außer dass Heinzes lockige blonde Haare zerzaust vom Kopf abstanden, schien alles in Ordnung zu sein.

»War halb so wild. Der Fundort der Leiche ist ja gut bewacht, da kann einem nichts passieren. Außerdem ist Weber auch unten. Wenn ein Wolf Appetit bekommen hätte, hätte ich ihn nach vorne geschubst.« Heinze grinste und blickte amüsiert in die Runde.

»Nicht lustig, gar nicht lustig«, erwiderte Grünbrecht und machte ihren Kollegen auf das entsetzte Gesicht des Tierparkleiters aufmerksam.

Heinze räusperte sich. »Also, der Tote heißt Walter Zechner. Laut seiner E-Card war er 49 Jahre alt, und einer Visitenkarte nach zu urteilen, gehörte ihm eine Baufirma in Ottensheim. Bau-Newtech GmbH. Er war Inhaber und Geschäftsführer. Hier steht die Firmenadresse.«

»Kennen Sie ihn?«, fragte Stern den Tierparkleiter.

»Nicht persönlich, aber ich weiß, wo das Unternehmen seinen Sitz hat. Wenn Sie von Altenfelden nach Linz fahren, sehen Sie von der Straße aus ein riesiges Firmenschild mit diesem Namen.«

»Danke, das war es vorerst. Wir werden sicher noch Fragen an Sie und Ihre Leute haben, also bleiben Sie bitte auf dem Tierparkgelände«, entließ Stern den Mann, der sich daraufhin zu einer Gruppe von Tiergartenmitarbeitern gesellte. Gewiss würde Eduard Grückel, der den Toten entdeckt hatte, seine Geschichte nun noch einmal erzählen müssen.

»Hast du auch die Privatadresse von Walter Zechner?«,

wandte sich Stern an Heinze. »Wir müssen die Familie über seinen Tod informieren.«

»Warte, ich google mal.« Der Ex-Wiener tippte auf seinem Smartphone herum.

»Hostauerstraße in Ottensheim«, warf Grünbrecht ein und steckte zufrieden lächelnd ihr Handy weg.

»Dann fahren Mara und ich dorthin, nachdem wir mit Weber geredet haben. Hoffentlich hat er schon erste Ergebnisse. Und ihr beide«, Stern deutete auf Heinze und Kolanski, »befragt die restlichen Leute vom Tierpark.«

»Und was ist mit Tobias?«, rief Grünbrecht ihrem Chef seinen Enkel in Erinnerung.

Stern schloss die Augen. Den Jungen hatte er völlig vergessen. »Ich … ja … klar. Ich rufe Barbara an und frage, ob sie ihn abholen kann.« Es half nichts, er konnte nicht länger die Dienste der Polizistin in Anspruch nehmen, die ganz andere Aufgaben wahrzunehmen hatte, als auf seinen Enkel aufzupassen.

Stern wählte die Nummer seiner Tochter und schaute von der Plattform in das Wolfsgehege hinab. Der Gerichtsmediziner zog gerade die blutigen Handschuhe aus und klappte den Koffer zu. Nicht eine Sekunde beneidete Stern ihn und die Kollegen von der Tatortgruppe um ihren Job so nahe bei den Wölfen.

Am anderen Ende der Leitung läutete es. Stern hoffte, dass Barbara ihr Handy während des Shoppens nicht auf lautlos gestellt hatte. Als er schon damit rechnete, dass gleich die Mailbox anspringen würde, vernahm er schließlich ihre Stimme. »Ja, Papa?«

»Schatz, es tut mir leid, aber ich muss dich bitten, Tobias abzuholen. Wir haben einen neuen Mordfall, und ich kann nicht mehr länger …«

»Schon gut«, unterbrach Barbara ihren Vater. »Wo seid ihr denn?«

Stern war überrascht, dass ihn seine Tochter nicht mit Vorwürfen überhäufte. »Alles in Ordnung bei euch?«, fragte er deshalb.

Barbara schluchzte. »Nichts ist in Ordnung.«

»Was ist passiert?«

»Das heute war eine totale Schnapsidee! Wir haben uns gestritten, und Melanie ist einfach im Shoppingcenter davongelaufen. Ich hab über eine Stunde auf sie gewartet, doch sie ist nicht zurückgekommen. Ich bin dann nach Hause gefahren. Melanie kann eh die Straßenbahn nehmen.«

»Das tut mir leid.« Stern würde seine Tochter jetzt gerne in den Arm nehmen. Und Melanie hätte er am liebsten ordentlich die Leviten gelesen und sie danach ebenfalls in den Arm genommen – wenn die 14-Jährige es zugelassen hätte.

Stattdessen beobachtete er, wie Weber das Gehege durch die Gittertür unter der Plattform verließ. Grünbrecht deutete ihm mit der Hand, dass sie sich dort hinbegeben sollten, um die Einschätzungen des Gerichtsmediziners zu der Todesursache und dem Todeszeitpunkt zu erfahren.

»Ich weiß nicht, was ich tun soll, Papa! Es wird jeden Tag schlimmer. Sie hasst mich …« Barbara weinte.

»Sie hasst dich nicht, Schatz! Sie macht gerade eine schwierige Phase durch. Deine Mutter hat sich ständig über dich beklagt, als du in dem Alter gewesen bist. Ihr habt euch andauernd gestritten, und wenn es einmal keinen Grund gab, hast du einfach einen erfunden, um einen Streit vom Zaun zu brechen. Die Pubertät ist nicht umsonst so gefürchtet«, versuchte Stern, seine Tochter zu trösten.

»War ich wirklich so schlimm?«

»Wenn ich deiner Mutter Glauben schenke – und das tue ich –, dann sogar noch schlimmer, als Melanie es heute ist.«

»Es tut mir leid, jetzt, wo ich weiß, wie sich das für Eltern anfühlt.«

»Bei mir musst du dich nicht entschuldigen, das meiste hat Mama abbekommen. Ich war dafür viel zu selten zu Hause.«

»Ich erinnere mich. Reden wir nicht darüber …«

Weber gab Stern nun ebenfalls mit Handzeichen zu verstehen, dass er beabsichtigte, alsbald zu fahren, und der Chefinspektor sich sputen müsse, wenn er von ihm noch etwas erfahren wolle.

»Ich muss Schluss machen, Schatz. Kannst du Tobias vom Tierpark in Altenfelden abholen?«

»Ihr seid im Tiergarten? Ich dachte, ihr wolltet Schach spielen.«

»Das haben wir auch getan, aber dann kam eine Leiche dazwischen. Tobias wird dir alles erzählen …«

»Er hat die Leiche gesehen?« Entsetzen schwang in Barbaras Stimme mit.

»Das ließ sich leider nicht vermeiden.« Dass Tobias den Anblick als gar nicht so grausig empfunden hatte, verschwieg Stern.

»Ich fahr gleich los.«

»Danke, Schatz, ich hab dich lieb!«

»Wenigstens jemand, der mich mag«, antwortete Barbara.

»Jeder mag dich, auch Melanie. Sie weiß es im Augenblick nur nicht.«

»Danke, Papa.«

Stern beendete das Telefonat.

»Schwierigkeiten?«, fragte Grünbrecht.

»Die Pubertät hat wieder einmal heimtückisch zugeschlagen.« Stern erzählte seiner Kollegin stichwortartig, was er von seiner Tochter erfahren hatte.

»Bis heute Abend ist Melanie wieder zu Hause«, sagte Grünbrecht zuversichtlich.

»Wenn nicht, kann die junge Dame etwas erleben«, brummte Stern. »Aber jetzt lass uns hören, was Weber über die Todesursache und den Todeszeitpunkt schon sagen kann.«

3. KAPITEL

»Opa! Opa!«, rief Tobias und entfernte sich von der Polizistin, die ihn durch den Tierpark begleitete. Aufgeregt rannte der Junge auf Stern zu. »Du musst dir unbedingt die Wildschweine anschauen! Die haben gerade Junge, und Waltraud sagt, dass man die vielleicht als Haustier halten kann und die gar nicht so wild sind und dass das Wilde nur in ihrem Namen drinsteckt. Krieg ich so eines? Biiiiitte, Opa!«

»Wer ist Waltraud?«, hakte Stern nach und vermutete die junge Frau in Uniform, die ebenfalls näher kam.

»Die nette Polizistin.« Tobias deutete auf seine Begleitung.

Aus den Augenwinkeln sah Stern, dass Dominik Weber ungeduldig auf seine Armbanduhr aufmerksam machte. »Darüber reden wir später. Ich kläre noch schnell ein paar Sachen mit meinem Kollegen«, sagte er zu seinem Enkel.

»Waltraud und ich schauen uns so lange die Geparden an, Opa. Die sind vorhin nur faul herumgelegen, aber jetzt wandern sie durch das Gehege. Wahrscheinlich ist bald Fütterungszeit.« Tobias nahm die Polizistin an der Hand und zog sie hinter sich her.

»Viel Spaß dabei!«, rief Stern den beiden nach und war froh, dass sich sein Enkel so gut ablenken ließ und mit dem Ersatzprogramm zufrieden zu sein schien. Ebenso wirkte die junge Frau, als bereitete ihr die Abwechslung Freude. Darüber war Stern wirklich dankbar, denn dadurch hatte er eine Sorge weniger.

Dominik Weber hingegen wartete ungeduldig. Offenbar war der Gerichtsmediziner im Stress, was in letzter Zeit öfter vorkam. Der Ärztemangel machte sich auch in der forensischen Medizin bemerkbar, wodurch die Arbeitsbelastung für jeden einzelnen Gerichtsmediziner weiter anwuchs.

»Was kannst du uns über den Toten sagen?«, fragte Stern beim Näherkommen, um keine Zeit mehr zu verlieren.

»Woran der Mann gestorben ist, ist ja eigentlich ersichtlich«, warf Grünbrecht ein. »Nach der Tatwaffe müssen wir dieses Mal nicht suchen. Die läuft dort unten herum und beobachtet uns.«

»Das würde ich so nicht behaupten«, überraschte Weber die Kriminalbeamten. »Wie so oft trügt der Schein.«

»Willst du etwa sagen, dass die Wölfe den Mann nicht getötet haben? Das Gemetzel dort unten hat doch kein Mensch verursacht, und das Fell der Wölfe ist schließlich blutig.« Grünbrecht wollte offenbar nicht von ihrer Meinung abrücken.

»Das schon, aber ich bin mir sicher, dass die Wölfe keine Schrotflinte bedienen können.« Weber klappte seinen Koffer auf und holte einen Asservatenbeutel heraus. Den hielt er den Kriminalbeamten vor die Nase. Schrotkügelchen steckten darin.

»Woher stammen die?«, fragte Stern.

»Die hab ich dem Opfer aus der Brust geholt. Ich gehe davon aus, dass ich bei der Obduktion noch weitere finden werde. Und im Kot der Wölfe natürlich auch. Die haben sich nämlich am Fleisch des Mannes gütlich getan und einen Teil der Schrotladung gefressen, vermute ich. Irgendwer soll die Ausscheidungen der Tiere in den nächsten Tagen einsammeln.«

»Das heißt, jemand hat den Mann erschossen und im Wolfsgehege entsorgt, damit die Wölfe die Spuren vernichten, indem sie ihn auffressen«, fasste Stern das Gehörte zusammen.

»Ich hab mal gelesen, dass Wölfe zwischen drei bis vier Kilo Fleisch pro Tag brauchen. Wir haben hier zwei erwachsene Tiere, die hätten unser Opfer verschwinden lassen können, aber nicht in einer Nacht. Deshalb ist der Großteil des Körpers noch erhalten.« Grünbrecht deutete auf das Opfer und schüttelte den Kopf. »Da ist bei der Leichenentsorgung aber gehörig etwas schiefgelaufen.«

»Vielleicht war es auch ganz anders«, kündigte Weber eine Theorie an. Das war ungewöhnlich für ihn, denn das Spekulieren, wie die Tat abgelaufen sein könnte, überließ er meist Stern und seinem Team. »Der Täter hat das Opfer hinuntergestoßen, als es noch gelebt hat, in der Hoffnung, die Wölfe würden es anfallen und töten. Als sie das nicht getan haben, weil der Mensch nun mal nicht in ihr Beuteschema passt und in diesem Fall sogar der Futterbringer ist, hat der Täter nachgeholfen und sein Opfer von der Aussichtsplattform aus erschossen. Und erst, als die Wölfe das Blut gerochen haben und der Mann zusammengebrochen ist, sind sie über ihn hergefallen.«

»Das wäre denkbar«, brummte Stern.

»Damit sind die Wölfe weder die Täter noch die Tatwaffe«, fasste Weber sichtlich zufrieden zusammen.

»Und das gefällt dir, weil …?« Stern ließ den Satz offen.

»Weil ich sie für großartige Tiere halte, denen *wir* den Lebensraum weggenommen haben, und nicht umgekehrt«, erklärte der Gerichtsmediziner.

»Fängst du jetzt auch noch mit diesem Thema an?« Stern war überrascht. So viel Tierliebe hatte er Weber gar nicht zugetraut. Viel eher hatte er angenommen, da der Gerichtsmediziner gerne wandern ging, dass er es schätzen würde, dies in wolffreier Umgebung tun zu können. Aus so manchen Zeitungsartikel wusste Stern, dass sich Spaziergänger nicht mehr in den Wald trauten, wenn in der Nähe Wolfssichtungen für Schlagzeilen gesorgt hatten.

»Wer denn noch?«, hakte Weber nach.

»Die Leute aus dem Tierpark.« Stern dachte an den Pfleger und den Tierparkleiter, denen beiden sehr daran gelegen war, die Wölfe in einem guten Licht darzustellen.

»Und das wundert dich? Die versuchen, ihre Tiere zu schützen. Wird eh schon so viel darüber gestritten, ob der Wolf bei uns eine Existenzberechtigung hat oder nicht.«

»Und? Hat er die?« Stern interessierte die Meinung des Gerichtsmediziners.

»Wenn es nicht zu viele Wölfe sind, die durch unsere Wälder streifen, und die Landwirte für die Schäden, die diese Tiere anrichten, entschädigt werden, schon. Tatsächlich brauchen wir den Wolf für unsere Wälder. Sie sind in einem schlechten Zustand, weil wir viel zu viel Wild haben. Wir Menschen kriegen es nicht hin, den Bestand ordentlich zu regulieren, da leider oftmals andere Interessen Vorrang haben.«

Stern brummte. Bislang hatte er geglaubt, dass ihn das Thema Wolf persönlich nicht beträfe. Immerhin lebte er in Linz, so weit würde sich kein Wolf vorwagen, der bei Sinnen war. Nun aber würde er sich damit auseinandersetzen müssen.

»Hast du einen Todeszeitpunkt für uns?«, fragte Grünbrecht den Gerichtsmediziner. »Wenn wir Glück haben, hat einer den Schuss gehört. In dieser Gegend ist es sonst ziemlich ruhig, hier sind nur ein paar Häuser, Wiesen und der Wald.«

»Der Körpertemperatur und der einsetzenden Totenstarre nach zu urteilen denke ich, dass der Exitus zwischen Mitternacht und 4 Uhr morgens eingetreten ist«, sagte Weber, steckte den Beutel mit den Schrotkügelchen in den Koffer und ließ ihn zuschnappen. »Ich hoffe, das genügt vorerst, ich muss nämlich zurück in die Gerichtsmedizin. Auf mich warten noch eine Frau, die mitten auf der Linzer Landstraße beim Shoppen tot zusammengebrochen ist und Schaum vor dem Mund hatte, was auf eine Vergiftung hindeutet, und ein Autofahrer, der während der Fahrt gestorben und in einen Zaun gekracht ist. Auch da muss geklärt werden, was seinen Tod verursacht hat, denn angeblich hatte er, bevor er ins Auto gestiegen ist, mit seinem Bruder einen gehörigen Streit. Ich sag euch, der viele Stress in unserer hektischen Zeit macht die Leute ganz verrückt. Sie reden nicht mehr miteinander, sondern wählen gleich Mord und Totschlag, um ihre Probleme aus der Welt zu schaffen.«

»Da hast du leider recht«, pflichtete Stern dem Gerichtsmediziner bei.

»Mir wäre es lieber, ich würde mich irren.« Weber hob den Koffer an und wandte sich zum Gehen.

»Danke dir, Dominik.« Stern winkte zum Abschied, was der Gerichtsmediziner ihm gleichtat. Danach stieg dieser in den Wagen, wendete und fuhr davon.

Stern trat wieder an das Geländer der Aussichtsplattform und schaute zu, wie im Gehege der Wölfe der Leichnam in einen Blechsarg gehievt wurde. »Wo sind Kolanski und Heinze?«, fragte er Grünbrecht.

»Die haben mit der Vernehmung der Tierparkangestellten angefangen. Koman stellt ihnen dafür einen Raum im

Besucherzentrum zur Verfügung«, berichtete die Gruppeninspektorin.

»Sag ihnen, dass sie sich bei den Anrainern erkundigen sollen, ob jemand in der Nacht einen Schuss gehört hat. Dass unser Opfer erschossen wurde, wissen Kolanski und Heinze noch gar nicht.«

»Ich geb ihnen gleich Bescheid.« Grünbrecht machte sich auf den Weg zu dem umgebauten Bauernhof, in dem die Gruppeninspektoren die Befragungen durchführten.

»Und danach fahren wir zu der Adresse des Toten«, rief Stern ihr hinterher. »Wissen wir, ob er verheiratet war?«

»Ich kümmere mich darum«, antwortete Grünbrecht und ging weiter.

Stern hielt nach Tobias und der Polizistin Ausschau. Er entdeckte sie vor dem Gehege der Geparden.

»Schau, Opa, das sind Sambesi und Ajo, die können bis zu 130 Kilometer pro Stunde laufen. Der Gepard ist das schnellste Tier an Land, das steht dort auf der Tafel. Lediglich der Wanderfalke ist schneller, aber das auch nur dann, wenn er im Sturzflug zur Erde rast. Das steht nicht auf der Tafel, das hat Waltraud gewusst. Und außerdem ist der Falke ein Vogel, also zählt der nicht wirklich.«

»Das ist in der Tat beachtlich.« Stern gewann den Eindruck, als wenn die Großkatzen in ihrem Gehege auf etwas zu warten schienen, da sie ihren Blick auf den umgebauten Bauernhof richteten, wo neben dem Besucherzentrum die Arbeits- und Lagerräume des Tiergartens untergebracht waren. Wahrscheinlich hatte Tobias recht und es nahte die Fütterung.

»Müssen wir denn schon fahren?«, fragte ihn der Junge. Die Begeisterung war aus seiner Stimme gewichen, und Enttäuschung machte sich auf seinem Gesicht breit.

Stern kannte diesen Ausdruck nur zu gut, früher hatte er ihn oft bei seiner Tochter gesehen. An ihren Geburtstagen. Zu Weihnachten. Bei Schulveranstaltungen. Jedes Mal, wenn Stern überraschend weggemusst hatte.

»Du kannst noch ein bisschen bleiben, Tobi. Deine Mutter ist auf dem Weg hierher, ich hab sie angerufen. Wir holen unser Schachspiel nach, das verspreche ich dir! Und dann besiege ich dich.« Stern klopfte seinem Enkel auf die Schulter.

Tobias tippte gegen seine eigene Brust und sagte: »*Ich* werde *dich* besiegen, Opa!« Bei dem Wort »dich« wechselte sein Finger auf die Brust des Großvaters.

Stern lächelte und drückte seinem Enkel einen Kuss auf die Stirn. »Das werden wir ja sehen. Und noch etwas: Sei lieb zu deiner Mama. Sie und Melanie haben gestritten …«

»Schon wieder?« Tobias verdrehte die Augen.

»Ja, leider.« Stern seufzte.

»Die beiden streiten andauern. Werde ich auch so doof, wenn ich in der Pubertät bin, Opa?«

»Das hoffe ich nicht.«

»Kann man dagegen etwas tun?«

»Du musst dir bewusst machen, dass deine Eltern das Beste für dich wollen. Sie wollen dir nicht schaden und dir auch nicht wehtun. Sie lieben dich, egal, was du tust.«

»Das ist alles?«

»Nein, so einfach ist es leider nicht. Aber es ist das Wichtigste, und du darfst es niemals vergessen.«

»Und Meli hat es vergessen?«

»Sie denkt wahrscheinlich nicht daran.«

»Ich sag es ihr, damit sie sich wieder erinnert. So wie das jetzt zwischen ihr und Mama läuft, halte ich das nicht mehr länger aus.«

»Das ist eine gute Idee.« Stern drückte Tobias an sich. Die Polizistin fragte er, ob sie noch so lange auf seinen Enkel aufpassen könne, bis dessen Mutter da sei. Als sie bejahte, bedankte er sich bei ihr und verabschiedete sich.

Anschließend ging er Richtung Besucherzentrum. Bevor Grünbrecht und er der Familie die Todesnachricht überbringen würden, wollte er erfahren, ob es in dem Tierpark Kameras gab.

»Opa?«, rief Tobias ihm hinterher.

Der Chefinspektor drehte sich um. »Ja?«

»Darf ich jetzt zu den Wölfen?«

Stern dachte daran, dass die Tatortgruppe dort nach wie vor ihre Arbeit verrichtete und auch noch Blutspuren vorhanden waren, vor allem an der Stelle, wo der Tote gelegen hatte. Außerdem war das Fell der Wölfe ums Maul und auf der Brust rot gefärbt, was Rückschlüsse darauf zuließ, was passiert war. Gewiss kurbelte das die Fantasie des Jungen an. Doch der Anblick des Toten war weitaus schlimmer gewesen als das, was es jetzt noch zu sehen gab. Deshalb brachte Stern es nicht übers Herz, seinem Enkel erneut eine Absage zu erteilen. »Ja, aber du bleibst bei Waltraud und weichst ihr nicht von der Seite, ist das klar? Und du befolgst, was …«

»Klar, Opa!« Tobias rannte los, ehe Stern den Satz beenden konnte.

Der Chefinspektor seufzte. An seiner Autorität seinem Enkel gegenüber musste er dringend arbeiten.

4. KAPITEL

Der alte Bauernhof inmitten des Tierparks beherbergte neben einem Buffet auch ein Jagdkulturmuseum, dessen Aufgabe es war, den Besuchern die Geschichte und die Traditionen der Jagd näherzubringen. Als Stern es betrat, stach ihm eine Informationstafel über die Entwicklung der Jagd von der Steinzeit bis zur Gegenwart ins Auge. Der Chefinspektor selber griff nicht gerne zur Waffe, weder im Dienst noch in der Freizeit, doch er wusste, dass die Jagdkultur aus viel mehr bestand, als bloß auf Tiere zu schießen. Die meisten Jäger verbrachten weitaus mehr Stunden damit, die Tiere zu hegen und zu pflegen, als sie zu erlegen. Dem ungeachtet sollten die Kollegen feststellen, wer von den Tierparkmitarbeitern einen Waffenschein besaß und mit einem Gewehr umgehen konnte, denn irgendjemand hatte dem Opfer eine Schrotladung in die Brust geballert, und es war nicht auszuschließen, dass der Täter aus dem Umfeld des Parks stammte. Die in dem Museum ausgestellten Waffen würden alle von der Spurensicherung untersucht werden müssen.

Stern verließ die Museumsräumlichkeiten und trat hinaus in den Garten, der Teil des Besucherzentrums war. Dort hörte er Stimmen, die aus einem Gebäude gegenüber kamen. Auf einem Schild über dessen Eingangstür stand »Jagahäusl«, und auf dem Rasen davor waren mehrere Tische mit Bänken aufgestellt, an denen sich während der Öffnungszeiten gewiss zahlreiche hungrige Tierparkbesucher stärkten. Jetzt waren die Bänke beinahe leer, nur ein paar Tierparkmitarbeiter saßen dort, unter ihnen Eduard Grückel. Stern querte die Grünfläche und steuerte auf Letzteren zu.

»Sind meine Kollegen da drinnen?«, fragte er und deutete auf das Jagahäusl.

Eduard Grückel nickte.

»Und wen befragen sie gerade?«

»Den Chef.« Grückel nahm einen Schluck aus einem Häferl, das vor ihm auf dem Tisch stand.

Stern setzte sich dem Tierpfleger gegenüber und lugte in dessen Tasse. Ein Espresso würde ihm jetzt auch guttun, dachte er, fragte aber: »Gibt es im Park Videokameras?«

»Ja, schon«, erwiderte Grückel. »Sie können sich gar net vorstellen, zu was manche Leut' fähig sind.«

»Glauben Sie mir, ich kann mir vieles vorstellen«, warf Stern ein.

»Dann wissen S' auch, dass einige mutwillig was zerstören. Einfach so, weil ihnen g'rade danach ist. Das hat es leider notwendig g'macht, Kameras zu installieren. Schräg, was? Aber wir haben net überall welche. Bei den Wölfen sind leider keine.«

»Das wäre auch zu schön gewesen.« Stern seufzte.

»Wir haben natürlich net damit g'rechnet, dass bei uns einer um'bracht wird«, erwiderte Grückel, als müsste er sich dafür entschuldigen.

»Sind die Waffen in dem Museum funktionsfähig?«, fragte Stern.

»Nein, das darf doch gar net sein. Bei denen fehlen die Schussbolzen, damit niemand auf blöde Ideen kommt«, erzählte Grückel.

»Damit ist es unwahrscheinlich, dass eine davon die Tatwaffe ist«, resümierte der Chefinspektor, wollte aber dennoch, dass alle Gewehre und Flinten auf Grückels Aussage hin überprüft wurden. Vielleicht hatte man ja bei einer Waffe vergessen, sie schussunfähig zu machen. »Wie verhalten sich die Wölfe eigentlich, wenn plötzlich ein Mensch in ihrem Gehege auftaucht, der, sagen wir mal, nicht verletzt ist?«

»Sie würden ihn beobachten, ihn anknurren und zu vertreiben versuchen. Das ist schließlich ihr Revier. Wie würden Sie reagieren, wenn plötzlich jemand in Ihrem Haus oder in Ihrer Wohnung steht?«

»Die Wölfe würden ihm nichts tun?«

»Wahrscheinlich net. Außer sie fühlen sich in die Enge g'trieben, dann würden sie sich verteidigen, aber das ist völlig normal. Selbst eine Ratte würde Sie attackieren, wenn sie sich von Ihnen bedroht fühlt.«

»Schon klar«, brummte Stern, dem es mehr um den Tathergang ging als um tierische Verteidigungsstrategien.

»Wichtig ist, dass Sie aufrecht stehen und sich möglichst groß machen, das flößt den Wölfen Respekt ein. Wenn Sie am Boden liegen, würde ich nicht wetten wollen.« Grückel zuckte mit den Schultern.

»Danke für den Tipp, den ich hoffentlich nie brauchen werde.«

»Gehören Sie zu denjenigen, die die Wölfe am liebsten ausrotten wollen, oder zu denen, die sie fair behandeln möchten wie alle anderen Lebewesen auch?« Grückel behielt Stern im Blick, als er ihm diese Frage stellte.

»Weder noch«, antwortete der Chefinspektor. »Ich muss gestehen, dass ich mir darüber nie den Kopf zerbrochen hab.«

Grückel stieß genervt die Luft aus. »Die Wenigsten zerbrechen sich den Kopf darüber, was Sinn macht und was net. Bei den Wölfen ist das net anders. Wie viele Verkehrstote haben wir in Österreich jährlich? Im letzten Jahr sind es 359 g'wesen. Und niemand kommt auf die Idee, deswegen die Autos, LKWs oder Motorräder zu verbieten. Wie viele Menschen sterben, weil sie zu viel Alkohol trinken? Über 1.800 sind es jährlich, und trotzdem saufen wir munter weiter Wein, Bier und Schnaps. Schlechte beziehungsweise falsche Ernährung ist die Ursache für jeden fünften Toten weltweit. Und was tun wir? Nix, wir stopfen uns mit Fast Food und Fertigprodukten voll und ignorieren das Naheliegende. Aber wie viele Menschen sind im vorigen Jahr in Österreich durch einen Wolf g'storben? Oder in dem Jahr davor? Oder noch ein Jahr früher?« Grückel machte eine bedeutungsvolle Pause, um seine Worte wirken zu lassen. »Keiner! Und trotzdem verteufeln wir den Wolf und net die Autos, den Alkohol oder die ung'sunde Ernährung. Vom Rauchen rede ich erst gar net.«

»Sie haben wahrscheinlich recht«, pflichtete Stern dem Tierpfleger bei. »Aber ich bin nicht hier, um mich für den Wolf einzusetzen, damit er in unserer Gesellschaft akzeptiert wird. Ich bin da, um den Mord an einem Menschen aufzuklären.« Stern stand auf und ging zum Jagahäusl.

»Trotzdem sollten Sie darüber nachdenken«, rief ihm der Tierpfleger nach.

»Das werde ich«, brummte Stern.

Im selben Augenblick ging die Tür des alten Gebäudes auf und Grünbrecht kam heraus. Hinter ihr war die aufgeregte Stimme von Harald Koman zu hören. Der Tierparkleiter beschwerte sich gerade darüber, dass der Zoo vorerst geschlossen bleiben musste, bis die Tatortgruppe mit ihrer Arbeit fertig war, und dass niemand ihm sagen konnte, wie lange das dauern würde.

»Was hältst du von ihm?«, fragte Stern die Kollegin.

»Von Koman?«

»Ja. Er regt sich ziemlich schnell auf, finde ich.«

»Da hast du recht, das tut er«, stimmte Grünbrecht ihrem Chef zu.

»Wir sollten prüfen, ob es zwischen ihm und dem Opfer nicht doch eine Verbindung gibt, auch wenn er behauptet hat, nur das Unternehmen zu kennen.«

»Er macht sich halt Sorgen um seine Wölfe und dass es wieder schlechte Schlagzeilen gibt.«

»Wenn jemand ermordet wurde, gibt es nun mal keine guten Nachrichten.«

»Du weißt, was ich meine«, erwiderte Grünbrecht.

»Lassen wir Kolanski und Heinze ihren Job erledigen, und jemand soll sich die Videoaufnahmen von den Kameras ansehen. Wir beide fahren zu den Angehörigen. Was wissen wir über die familiären Umstände des Opfers?«, wechselte der Chefinspektor das Thema.

»Die Kollegen von der Dienststelle haben mir die Infos bereits zukommen lassen. Warte, ich hab sie vorhin nur kurz überflogen …« Grünbrecht zog ihr Handy aus der Tasche und wischte über das Display. Dann las sie von dort ab, dass der Tote verheiratet sei und zwei Kinder habe. Zwei Mädchen im Alter von 14 und 16 Jahren. Außerdem habe niemand den Toten als vermisst gemeldet. Demnach gehe die Familie wahrscheinlich davon aus, dass alles in Ordnung sei.

Stern seufzte. Todesnachrichten zu überbringen, war eine der schwersten Aufgaben, die er als Ermittler bei der Mordgruppe erledigen musste. Daran würde er sich nie gewöhnen. »Na, dann mal los.«

Da sowohl Grünbrecht als auch er mit dem Dienstauto nach Altenfelden gekommen waren, machten sie sich getrennt auf den Weg zu Walter Zechners Familie in der Hostauerstraße in Ottensheim. Als Stern seinen Audi durch den geöffneten Schranken beim Tierparkeingang lenkte, empfing ihn eine ansehnliche Schar von Reportern mit Kameras und Aufnahmegeräten. Darunter hatten sich einige Neugierige gemischt, die mit ihren Smartphones Fotos und Videos machten, bestimmt, um diese später in den sozialen Medien zu posten. Die Menschen traten zur Seite und ließen ihn vorbeifahren, die Kameras auf ihn gerichtet. Im Rückspiegel sah er, dass Grünbrecht die Menge ebenfalls bald passierte.

Plötzlich wurde ihm bewusst, dass die Gruppeninspektorin an ihrem Tacho ablesen konnte, welche Geschwindigkeit er vorlegte. Also musste er sich zusammenreißen, damit sie nicht wieder nörgelte, dass er zu langsam unterwegs und sein gemächliches Tempo eines Chefinspektors vom Landeskriminalamt unwürdig sei. Seit ihrem gemeinsamen ÖAMTC-Fahrtraining hatte sich das nämlich geändert. Da hatte er nicht nur gelernt, beherzter aufs Gaspedal zu treten, sondern hatte von Grünbrecht deswegen sogar Anerkennung erhalten. Doch nun stand er genau aus diesem Grund unter Druck und schielte unentwegt auf den Tachometer.

Als sie Ottensheim erreichten, war er nicht nur froh, sondern auch durchgeschwitzt. Mit exakten 50 Kilometer je Stunde fuhren sie in die Hostauerstraße ein. Wenig später hielten sie vor einem schmucken Einfamilienhaus, dem man schon von außen ansah, dass es von einem Architekten geplant worden war. Bevor Stern ausstieg, atmete er tief durch und wischte sich den Schweiß von der Stirn.

Er war gespannt, ob Grünbrecht ein Wort über seinen Fahrstil verlieren würde. Wenn nicht, hatte er alles richtig gemacht. Auf der Straße sorgte eine leichte Brise für Abkühlung und trocknete seinen Schweiß. Gleich fühlte sich Stern wieder besser.

»Wow! Das ist eine schöne Villa«, tat Grünbrecht ihre Meinung über das moderne Gebäude kund. »Darin würde ich auch gerne wohnen.« Sie trat neben Stern und betrachtete das Bauwerk.

»Was bringt der Familie das tolle Haus, wenn sie gleich erfährt, dass der Ehemann und Vater tot ist?«, fragte Stern mehr rhetorisch.

»Wenn sie es verkauft, einen Batzen Geld«, war die nüchterne Antwort der Gruppeninspektorin.

»Schaut nicht so aus, als ob sie das nötig hätte.« Stern stellte erleichtert fest, dass Grünbrecht seinen Fahrstil nicht kommentiert hatte.

»Du hast ja gehört, was Weber gesagt hat: Oftmals trügt der Schein. Vielleicht ist das auch hier der Fall.«

»Gut möglich. Komm, bringen wir es hinter uns.« Stern ging los und drückte auf die Klingel. Augenblicke später hörte er drinnen Geräusche und die Haustür schwang auf.

»Ja?« Eine Frau mit langen blonden Haaren stand vor den Kriminalbeamten. Sie war braun gebrannt, trug eine legere beige Hose und ein übergroßes weißes T-Shirt. Für den heutigen Herbsttag wirkte sie auf Stern zu leicht gekleidet, wenngleich sich die Sonne hin und wieder durch die Wolken kämpfte. Trotzdem kletterten die Temperaturen kaum über die 20-Grad-Marke.

»Carla Zechner?«, fragte Stern, um sich zu vergewissern, dass sie der richtigen Person die Todesnachricht überbrachten.

»Ja.« Die Frau sah die Kriminalbeamten neugierig an.

»Chefinspektor Oskar Stern vom Landeskriminalamt Oberösterreich. Das ist meine Kollegin Gruppeninspektorin Mara Grünbrecht …«

»Ist etwas passiert?«

»Wir müssen Ihnen leider mitteilen, dass Ihr Mann tot aufgefunden wurde. Es tut uns sehr leid …«

»Walter?«

Stern nickte.

»Aber … das kann net sein … Er ist gestern Abend bei einem Termin g'wesen und hat dann … Ich … ich ruf ihn gleich an.« Die Frau machte auf dem Absatz kehrt.

Die Inspektoren folgten ihr ins Haus, das mit edlen Holzböden und teuren Möbeln ausgestattet war. An den Wänden hingen Schwarz-Weiß-Fotografien von unterschiedlichen Landschaften. Berge, Flüsse, das Meer. Jemand drückte hier seine Sehnsucht nach der Ferne aus, fand Stern.

»Er geht net ran …« Die Frau schaute die Kriminalbeamten mit großen Augen an, in der Hand ihr Handy.

»Es tut uns sehr leid, Frau Zechner, Ihr Mann ist tot. Sollen wir jemanden für Sie anrufen, der sich um Sie kümmert?«, fragte Grünbrecht sanft.

»Ich … Ich …« Die Frau fing an zu schluchzen und setzte sich auf einen Stuhl. Den Kopf in die Hände gestützt wurde sie von Weinkrämpfen durchgeschüttelt.

Die Inspektoren ließen ihr Zeit, und Grünbrecht forderte das Kriseninterventionsteam an. Die geschulten Frauen und Männer würden die Familie bei den ersten Schritten begleiten, das Geschehene zu akzeptieren. Sie waren so etwas wie ein Rettungsdienst für die Seele, den die Kriminalbeamten nicht zu leisten vermochten.

»Wo sind denn Ihre Töchter, Frau Zechner?«, fragte Grünbrecht.

Die Witwe schaute auf. In ihren verweinten Augen flackerte nun auch noch die Angst, die grauenvolle Nachricht den Mädchen beibringen zu müssen. Ihnen sagen zu müssen, dass der Vater nicht mehr nach Hause kam … Sie schrie auf und weinte bitterlich.

Grünbrecht trat zu ihr und nahm sie in die Arme. Drückte sie an sich, um sie aufzufangen. Um sie spüren zu lassen, dass sie nicht alleine war.

Dafür bewunderte Stern die Kollegin. Sie schien immer zu wissen, was das Richtige für den Augenblick war, während er sich angesichts solcher Emotionen hilflos fühlte.

Im Obergeschoss waren Geräusche zu hören. Wahrscheinlich waren die Teenager durch die Schreie der Mutter alarmiert worden. Sie redeten im Flur und erschienen kurz darauf in der Tür. In ihren Gesichtern lag Überraschung und Ratlosigkeit zugleich.

»Mama? Was ist passiert?«, fragte die Größere und rannte zu ihrer Mutter.

Grünbrecht trat zur Seite und machte den Mädchen Platz. Die Witwe streckte die Arme aus, in die die Jugendlichen fielen. »Papa …«, krächzte sie und schüttelte den Kopf, weil der Rest der Worte in ihrer Kehle stecken blieb. Die Mädchen begriffen sofort und drängten sich weinend an die Mutter.

Für Stern schien es endlos lange zu dauern, bis es endlich an der Tür läutete und Frauen und Männer vom Kriseninterventionsteam das Haus betraten.

»Von der Familie erfahren wir heute nichts mehr«, meinte Grünbrecht nach einer Weile.

»Frau Zechner hat doch gesagt, dass ihr Mann gestern Abend bei einem Termin gewesen ist. Wahrscheinlich hat er dort in der Nähe übernachtet. Die in der Firma wissen bestimmt, wo dieser Termin stattgefunden hat«, resümierte Stern und begab sich Richtung Haustür. Die Familie befand sich in professionellen Händen, sie konnten guten Gewissens gehen.

»Mit wem auch immer Zechner diesen Termin hatte, diese Person ist eine der letzten, die Walter Zechner lebend gesehen hat.« Grünbrecht folgte ihrem Chef nach draußen.

»Oder sie ist sein Mörder.«

5. KAPITEL

Das große Firmenschild der Bau-Newtech GmbH leitete Grünbrecht und Stern durch Ottensheim. Schon beim Herfahren hatten sie es von der Rohrbacher Straße aus gesehen, genau wie Harald Koman es beschrieben hatte. Der grün-gelb gestaltete Schriftzug war ebenso auf den Fahrzeugen aufgedruckt, die das Firmengelände verließen oder von Baustellen angefahren kamen.

»Sieht nach einem florierenden Unternehmen aus«, kommentierte Stern das geschäftige Treiben auf dem Betriebsgelände.

»Bei den derzeitigen Baukosten frage ich mich, wer es sich heutzutage noch leisten kann, ein Haus zu errichten. Verdienen kann das doch kein Mensch mehr, da musst du geerbt haben, sonst ist das nicht machbar«, tat Grünbrecht ihre Meinung vom Beifahrersitz aus kund. Sie hatten sich entschieden, mit einem Fahrzeug weiterzufahren, oder besser gesagt, Grünbrecht hatte darauf bestanden – der Umwelt zuliebe. Ganz unrecht hatte die Gruppeninspektorin damit nicht. Ein verstärktes Umweltbewusstsein würde auch ihm nicht schaden, dachte Stern, immerhin war die Klimaerwärmung in aller Munde.

»Oder man hat reiche Eltern, die einen unterstützen«, sagte er. Er selbst lebte in einer Dreizimmerwohnung in der Linzer Herrenstraße, was er als völlig ausreichend empfand. Sogar für Katze Miro war genügend Platz.

»Reiche Eltern haben die Wenigsten«, erwiderte Grünbrecht.

»Irgendwann wird es wieder anders werden, wenn den Baufirmen durch die horrenden Preise die normalen Häuslbauer wegbrechen. Lediglich mit Aufträgen von Firmen werden die sich nicht halten können. Da werden ein paar von denen gehörige finanzielle Probleme bekommen oder gar in Konkurs gehen«, meinte Stern und stellte den Audi neben dem gläsernen Eingangsportal der Firma ab.

»Manche behaupten, dass einige Unternehmen den Preis für ihre Produkte während der Energiekrise angehoben haben, auch wenn es gar nicht nötig gewesen wäre. Das moderne Raubrittertum hat in dieser Zeit Einzug gehalten.« Grünbrecht stieg aus dem Wagen und sah sich um.

Stern tat es ihr gleich und sperrte den Audi ab. »Du hast recht. Viele Menschen probieren aus, was möglich ist, und stopfen sich die Hälse voll. Einige überschreiten dabei die Gesetze, und gerade deshalb haben wir ja einen Job.«

»Hast du mal überlegt, etwas anderes zu machen?«, fragte Grünbrecht für Stern völlig unerwartet.

»Äh … nein, eigentlich nicht. Ich mag es, die Bösen zur Strecke zu bringen.« Stern lächelte, denn genau das war der Grund, warum er Polizist geworden war. Daran hatte sich in den 40 Jahren, die er diese Arbeit nun schon erledigte, nichts geändert.

»Das ist schön, wenn man das sagen kann.« Grünbrecht ging auf das gläserne Portal zu.

Stern folgte ihr misstrauisch. Es gab gewiss eine Ursache, warum sie ausgerechnet jetzt dieses Thema ansprach. Als ihr Lebensgefährte Edwin Mirscher bei einem Polizeieinsatz ums Leben gekommen war, hatte Stern befürchtet, dass sie das Handtuch werfen und alles hinschmeißen könnte. Eigentlich hatte er gedacht, dass diese Phase des Zweifelns inzwischen hinter ihr läge. Und damit auch hinter ihm. Er hoffte, dass Grünbrecht nach seiner Pensionierung in seine Fußstapfen treten und zur gegebenen Zeit die Leitung des Teams übernehmen würde. Das Zeug dazu hätte sie jedenfalls.

»Hast du …? Willst du etwa …?«, stotterte er unbeholfen.

Grünbrecht blieb stehen und drehte sich zu ihm um. »Will ich was?«

»Willst *du* denn etwas anderes machen?« Stern schloss zu ihr auf und wartete gespannt auf eine Antwort.

»Wie kommst du darauf?«

»Na, weil du mich gefragt hast, ob ich jemals etwas anderes … Ich meine … da hab ich geglaubt, dass du vielleicht …«

Grünbrecht lachte. »Ich liebe es, wenn du so verlegen bist. Keine Bange, Oskar. So schnell wirst du mich nicht los – und die Bösen auch nicht.«

»Wieso hast du dann gefragt, ob ich …?«

»Wir hinterfragen doch ständig, ob es richtig ist, was wir tun. Welche Meinung wir anderen gegenüber vertreten. Wie wir sie beurteilen«, erklärte Grünbrecht ihre Beweggründe. »Wie wissen wir, ob wir auf der richtigen Seite stehen?«

»Indem wir die Informationen abwägen, die wir durch unsere Ermittlungen erhalten. Wir sind keine Richter, wir fällen die Urteile nicht. Das ist Sache der Gerichte. Wir schaffen lediglich Beweise heran. Und noch stehen wir auf niemandes Seite, außer auf der des Gesetzes und des Opfers. Aber du hast vorhin meine Frage nicht klar beantwortet, Mara. Willst du etwas anderes machen?«

»Hin und wieder denke ich darüber nach, komme jedoch stets zu dem Schluss, dass es okay ist, so wie es ist.«

»Das ist doch gut, oder?«

»Ich denke schon.« Grünbrecht lächelte.

»Dann lass uns gehen und den Bösen einfangen!«

»Oder die Böse! Auch hier gilt Gleichberechtigung, Oskar.« Grünbrecht lachte und schritt ihrem Vorgesetzten voran.

Im Inneren des Gebäudes empfing die Inspektoren kühle Moderne und eine Dame hinter einem Pult mit Headset und einer auffallend großen Brille. Obwohl mehrere Lämpchen auf der Telefonanlage rot blinkten, wandte sie sich freundlich den Eintretenden zu.

»Chefinspektor Oskar Stern, das ist meine Kollegin Gruppeninspektorin Mara Grünbrecht«, stellte Stern sie beide vor. »Wir wollen mit dem Vertreter von Herrn Walter Zechner sprechen … Oder seiner Vertreterin«, fügte Stern rasch hinzu, um beide Geschlechter einzubeziehen. Doch dann fiel ihm ein, dass es ja durchaus möglich war, dass sich die Person, zu der sie wollten, weder als das eine noch das andere fühlte. Musste er das auch verbal berücksichtigen? Stern war mit dem Gendern manchmal wirklich überfordert.

»Herr Zechner hat keine direkte Vertretung. Wenn Sie mir sagen, um was es geht, kann ich den richtigen Ansprechpartner für Sie finden«, erwiderte die Frau.

Stern wollte nicht gleich beim Empfang verkünden, dass der Chef tot war. Das musste anders vonstattengehen. »Wie wäre es mit seiner Sekretärin?«, schlug er deshalb vor. Diese wusste bestimmt, mit wem sich Walter Zechner gestern Abend getroffen hatte. Oder natürlich der Sekretär, falls dieser ein Mann war, dachte er, behielt es jedoch für sich.

»Das ist Frau Strauss. Warten Sie, ich gebe ihr Bescheid.« Die Empfangsdame drückte auf der Telefonanlage ein paar Tasten. »Hier sind zwei Polizisten, die mit Ihnen reden wollen ... Ich weiß net, weshalb sie da sind ... Ich kann hier net ... Ach!« Um Beherrschtheit bemüht nahm die Frau das Headset ab, stand auf, rückte ihren Rock gerade und lächelte wieder freundlich. »Wenn Sie mir bitte folgen würden. Ich bringe Sie zu Frau Strauss.«

»Sehr schön, danke.«

Stern und Grünbrecht schritten der Empfangsdame hinterher. Nach zwei Stockwerken mit dem Lift und einem Flur mit mehreren Bürotüren betraten sie das Vorzimmer von Walter Zechner, in dem hinter einem riesigen Schreibtisch eine Frau thronte, die gerade jemanden am Telefon zur Schnecke machte. Als sie die Inspektoren sah, legte sie ohne eine Verabschiedung auf.

»Ja?«, bellte sie ihnen entgegen.

»Das sind die angekündigten Herrschaften von der Polizei«, informierte die Empfangsdame sie knapp und trat hinaus in den Flur.

»Doris ...!«, rief ihr Zechners Sekretärin hinterher.

Die Empfangsdame reagierte nun nicht mehr ganz so freundlich. »Ich muss wieder runter. Wenn der Chef kommt und der Empfang leer ist, weiß ich nicht, wie er reagiert.« Nach diesen Worten fiel die Tür hinter ihr ins Schloss.

Stern kam es in dem Büro plötzlich eiskalt vor. Viel kälter als draußen, wo eine frische Herbstbrise wehte. Vielleicht bildete er sich das auch bloß ein.

Die Frau hinter dem Schreibtisch stand auf und kam nach vorne. »Es tut mir leid, der Herr Zechner ist net da, das hab ich der Doris auch schon g'sagt. Ich weiß net, ob ich Ihnen weiterhelfen kann. Ursula Strauss, ich bin seine Sekretärin.« Sie streckte den Kriminalbeamten die Hand entgegen.

»Ursula Strauss? Wie die berühmte Schauspielerin?« Stern war über die Namensgleichheit überrascht, wenngleich sich die beiden Frauen in keiner Weiser ähnelten. Jene, die vor ihnen stand, hatte kupfer gefärbte Haare, die zu einem kinnlangen Bob geschnitten waren und ein faltiges Gesicht einrahmten. Stern schätzte sie um einiges älter als sich selbst, und er schloss daraus, dass sie so lange weiterarbeiten würde, bis ihr jemand mitteilte, dass sie den Platz für eine Jüngere freimachen solle. Hoffentlich war dieser Zeitpunkt nicht mit dem Tod ihres Chefs gekommen, schoss es Stern durch den Kopf, und er empfand unerwartet Mitleid mit der Frau.

»Keine blöden Scherze deswegen!«, keifte ihn die Dame an. »Die höre ich am Tag hundertmal! Und ein paar besonders Kluge wollen dann, dass ich etwas Adäquates von mir gebe, als wäre ich jemals auf einer Schauspielschule gewesen. Pah!«

Stern erschrak ob des harschen Tonfalls, und sein Mitleid verpuffte. Irgendwie erinnerte ihn die Frau an seine Lehrerin. Die hatte ihn nie ausreden lassen und ihm jedes Wort im Mund umgedreht. »Das … das tut mir leid, ich wollte auch gar nicht …«

»Dann behalten Sie es für sich! Also, was wollen Sie von Herrn Zechner? Wie gesagt, er ist net da und ich weiß net, wann er kommt und ob er das heute überhaupt tut. Hier macht ohnehin jeder, was er will. Rufen Sie morgen noch mal an! Ich hab zu tun! Wenn der Herr Firmenchef sich net blicken lässt, bleibt alles an mir hängen.« Sie setzte sich hinter ihren übergroßen Schreibtisch. Offenbar betrachtete sie das Gespräch für beendet.

»Frau Strauss …«, probierte Stern es erneut, als das Telefon klingelte.

Die Sekretärin schaute ihn nicht einmal an und hob ab. »Ja?«, bellte sie hinein, sodass Stern innerlich zusammenzuckte. Die Frau hatte Haare auf den Zähnen. Hilfesuchend sah er zu Grünbrecht hinüber, die das Schauspiel amüsiert beobachtete. Als sie seinen Blick auffing, schien ihr sofort klar zu sein, was Sache war.

In dem Moment, als Ursula Strauss wegen einer Angelegenheit, die ihr durch die Telefonleitung zugetragen wurde, genervt Luft holte, sagte Grünbrecht: »Ihr Chef kommt nicht. Sagen Sie seine sämtlichen Termine heute ab – und die morgigen auch.«

Ursula Strauss riss empört die Augen auf. Dann knallte sie den Hörer auf die Gabel und setzte zu einer verbalen Attacke an, was sich Grünbrecht erlaube, das spürte Stern ganz deutlich. So hatte seine Lehrerin auch immer ausgesehen, wenn er etwas angestellt hatte oder vorlaut gewesen war.

Doch bevor die Chefsekretärin auch nur einen einzigen Ton in Richtung Grünbrecht abfeuern konnte, legte diese nach: »Walter Zechner ist tot. Er wird nie wieder kommen, ist das klar? Und wenn wir uns alle ein wenig beruhigt haben, reden wir in Ruhe weiter.«

Ursula Strauss schnappte nach Luft.

Stern bekam Angst, dass die Frau gerade einen Herzanfall erlitt. Ein wenig schonender hätte Grünbrecht ihr die Todesnachricht schon beibringen können, dachte er, vielleicht war es so aber auch genau richtig gewesen.

»Deshalb hat er net ang'rufen«, sagte Ursula Strauss leise. Tränen traten in ihre Augen.

Dass sie so emotional reagierte, überraschte Stern. Vielleicht konnte er jetzt seine Frage stellen. »Hat Herr Zechner …?«

»Das ist sonst nämlich net seine Art«, fiel sie ihm ins Wort und überging ihn einfach. »Herr Zechner ist meist pünktlich, und wenn er es mal net rechtzeitig schafft, ruft er an, damit ich seine Termine verschiebe. Man kann ja die Leut' net warten lassen. Die Angestellten vielleicht schon, aber net die Häuslbauer oder die Architekten. Ich kann net glauben, dass er …« Strauss brach ab und schluchzte. Dann zog sie ein Taschentuch aus der Schublade ihres Schreibtisches und schnäuzte sich.

Diese Gelegenheit nutzte Stern. »Wann …?«

»Wie ist er denn g'storben?«, unterbrach Strauss ihn erneut. Ihr Blick haftete auf Grünbrecht. Stern hingegen ignorierte sie, was diesen tief Luft holen ließ.

»Er wurde im Tierpark in Altenfelden tot aufgefunden«, antwortete Grünbrecht.

»Im Tierpark? War er denn mit den Mädchen dort?«, rief die Frau entsetzt.

Grünbrecht schüttelte den Kopf. »Nein, das nicht. Wir haben …«

»Was hat er dort dann gemacht?« Erwartungsvoll sah die Sekretärin die Gruppeninspektorin an. Irgendwie hatte sie es geschafft, dass sie die Fragen stellte und nicht die Kriminalbeamten. Stern fühlte sich in die Schulzeit zurückversetzt und kam sich vor wie bei einer Prüfung. Mit jeder Frage, die er nicht hatte beantworten können, war die nächste noch schwerer geworden.

»Das wissen wir nicht, aber …«

»Was wisst ihr überhaupt?«, keifte die Frau, die den ersten Schock überwunden zu haben schien.

»Frau Strauss, jetzt halten S' einmal die Luft an!«,

platzte Stern heraus. So konnte die Frau doch nicht mit ihnen reden! Das ging einfach nicht! »Wir wollen auf der Stelle wissen, welchen Termin Herr Zechner gestern Abend gehabt hat, mit wem er sich getroffen hat und wo das gewesen ist, aber zackig!«

»Ja, wieso sagen S' das denn net gleich? Da brauchen S' auch gar net so zu schreien, hören tu ich nämlich gut, wie ein Luchs, hat der Arzt erst vorige Woche g'sagt«, erwiderte die Frau konsterniert und vollzog ein paar Mausklicks. »Gestern ist er bei seinem Bruder g'wesen, dem Georg. Die beiden haben irgendein gemeinsames Projekt g'plant, mehr weiß ich leider net. Das ist noch streng geheim, hat der Herr Zechner g'sagt. In der Vorplanungsphase waren sie, was immer das bedeutet. Die beiden waren sich halt noch net ganz einig, glaub ich.«

»Haben Sie eine Adresse von diesem Georg?«, fragte Stern. Endlich hatte er die Oberhand zurückgewonnen. Da durfte er nicht nachlassen.

»Nein, die hab ich net, aber ihr seid ja eh von der Polizei und könnt sie rausfinden, gell?«, erwiderte die Dame spitz.

»Und wie heißt der Georg mit Nachnamen, auch Zechner?«

»Freilich, waren ja Brüder, hab ich doch gerade g'sagt!« Die Frau schüttelte genervt den Kopf, wie damals seine Lehrerin, wenn Stern vor der Klasse stehend keinen einzigen Ton herausgebracht hatte. Schweiß drohte aus seinen Poren zu dringen.

»Hatte der Herr Zechner mit jemandem Streit?«, fragte Grünbrecht.

»Der hat mit allen möglichen Leuten Streit g'habt. Meist mit Lieferanten, weil die das Baumaterial net rechtzeitig auf die Baustellen g'bracht haben. Da reden S' am besten mit dem Herrn Strobl, der weiß darüber Bescheid, der leitet die großen Projekte«, antwortete die Frau durchaus auskunftsfreudig auf Grünbrechts Frage.

Stern gewann den Eindruck, dass sie bloß mit ihm nicht reden wollte. Warum, war ihm ein Rätsel. Also wagte er noch einen Anlauf. »War der Herr Zechner …?«

»Oder Sie sprechen mit der Irmgard Steinerle, das ist die Innenarchitektin, die weiß auch viel. Mit der hat der Herr Zechner eng z'sammeng'arbeitet, oftmals bis spät in die Nacht hinein«, unterbrach die Chefsekretärin Stern abermals.

Nun lag es klar auf der Hand. Die Frau hatte ein Problem mit ihm.

»Wollen Sie damit andeuten, dass der Herr Zechner und die Frau Steinerle eine Affäre gehabt haben?«, hakte Grünbrecht nach. Gleichzeitig schaute sie zu Stern hinüber, weil ihr offenbar seine Schweigsamkeit aufgefallen war, nicht jedoch, dass ihn die Frau nicht zu Wort kommen ließ.

»Ich sag nur, was die Vögel ohnehin von den Dächern pfeifen«, erwiderte Ursula Strauss, zu der der Name überhaupt nicht passte, fand Stern. Er mochte die richtige Ursula Strauss nämlich, sie wirkte auf ihn so sympathisch, was bei seinem Gegenüber allerdings nicht zutraf.

»Aber es gibt doch sicher Gerüchte in der Firma. Was sagt denn der Gangfunk?«, blieb Grünbrecht an der Sache dran und forderte Stern mit Blicken auf, sich endlich an dem Gespräch zu beteiligen. Immerhin hatten sie eine erste Spur. Ein Motiv war eine Affäre allemal.

»Da müssen S' schon die anderen fragen. Mir erzählen die ja nix«, erwiderte Strauss pikiert.

Stern wusste sofort, warum ihr die Kollegen nichts anvertrauten. Mit einer derartigen Person wollte niemand befreundet sein, und Klatsch austauschen war mit so jemandem wohl auch nur halb so schön.

»War der Herr Zechner Jäger?«, nutzte er den kurzen Moment des Schweigens für seine Frage, die er schon länger hatte stellen wollen. Und tatsächlich konnte er sie jetzt beenden.

Beide Frauen sahen ihn überrascht an, sicher aus unterschiedlichen Gründen.

»Was hat das denn mit seinem Tod zu tun?«, stellte ihm Strauss eine Gegenfrage, anstatt die seine zu beantworten.

»Er wurde wahrscheinlich mit einer Schrotflinte erschossen. Vielleicht war es ja ein Unfall, und jemand hat die Leiche in den Tierpark transportiert, um sie dort zu entsorgen und alles zu vertuschen«, erklärte Stern. »Also, war der Herr Zechner nun …?«

»Sie haben mir ja gar net g'sagt, dass er erschossen wurde«, beschwerte sich die Chefsekretärin.

Stern hatte nun endgültig die Schnauze voll und stützte sich auf Ursula Strauss' Schreibtisch mit beiden Händen ab. »War … der … Herr … Zechner … Jäger?«, fragte er langsam. In seiner Stimme schwang ein drohendes Beben mit, das leicht zu einem Ausbruch führen könnte. Er war kein Kind mehr, ging nicht mehr zur Schule und musste sich so ein Verhalten nicht gefallen lassen.

»Nein«, sagte die Frau eingeschüchtert.

Das war gut, fand Stern. Sehr gut sogar. Zufrieden richtete er sich auf.

»Aber der Georg ist Jäger. Der hat irgendwo einen Wald, wo sie wichtige Kunden vom Herrn Zechner, also vom Walter, zur Jagd einladen. Irgendwo oben im Mühlviertel ist der«, wusste die Chefsekretärin.

»Arbeitet der Georg Zechner auch hier?«, fragte Stern und stellte fest, dass ihn die Frau diese Frage ebenfalls bis zur letzten Silbe hatte aussprechen lassen.

»Nein, der hat den Bauernhof der Eltern übernommen, und der Walter hat dieses Bauunternehmen g'gründet. Sind beide sehr tüchtig und haben es zu etwas g'bracht. Sind ang'sehene Leut'.«

»Und warum ist der Walter Zechner dann tot? Er ist ja kein Zufallsopfer, so wie er ermordet wurde. Da steckt mehr dahinter! Wut! Hass! Neid!« Stern wandte sich ab, ohne auf eine Reaktion zu warten. »Auf Wiedersehen, Frau Baumschläger.« Erleichtert, das Büro endlich verlassen zu können, schritt er durch die Tür wie damals, wenn er seiner Lehrerin den Rücken zukehren und sich wieder in die Bankreihe hatte setzen dürfen.

»Wieso hast du die Sekretärin eben Frau Baumschläger genannt?«, fragte Grünbrecht im Lift auf dem Weg nach unten.

»Hab ich das?« Stern war das gar nicht aufgefallen.

»Ja, hast du.«

»So hat meine Lehrerin in der Hauptschule geheißen. Die beiden haben viele Gemeinsamkeiten. Vor allem ihre Angst einflößende Wirkung auf mich«, erzählte Stern.

»Ah, deshalb warst du da drinnen so schweigsam. Ich hab mich schon gewundert.«

»Die Strauss hat mich nicht ausreden lassen, genau wie die alte Baumschläger in der Schule. Der hab ich nie etwas recht machen können. Nie! Die hatte eine Freude daran, mich zu schikanieren, das sage ich dir. Vor der versammelten Klasse hat sie mir Fragen gestellt, die ich unmöglich beantworten konnte, da hätte ich schon Einstein persönlich sein müssen«, war sich Stern sicher. Dass er nicht ausreichend auf den Stoff vorbereitet gewesen war, zog er gar nicht in Betracht.

»Ich hätte nie gedacht, dass du ein Kindheitstrauma hast.«

»Hat das nicht jeder auf irgendeine Weise?«

»Manche haben sogar mehrere ...«

Die Lifttüren gingen auf und entließen die Kriminalbeamten in das Foyer, sodass Stern nicht nachfragen konnte, ob Grünbrecht damit sich selbst gemeint hatte. Er nahm sich vor, dieses Thema bei Gelegenheit noch einmal anzusprechen. Denn eines wunderte ihn schon, und zwar, dass die Gruppeninspektorin nicht über ihren einzig lebenden Verwandten sprach: ihren Vater.

Hinter dem riesigen Pult war die Empfangsdame gerade mit Telefonieren beschäftigt. Die Inspektoren warteten, bis sie damit fertig war. »Hat Ihnen die Frau Strauss weiterhelfen können?«, fragte die Frau freundlich.

»Doris? Nicht wahr?« Stern erinnerte sich daran, welchen Namen die Chefsekretärin der Empfangsdame beim Verlassen ihres Büros nachgebrüllt hatte.

»Ja, Doris Bleicher«, stellte sich die Angesprochene vor.

»Frau Strauss hat uns nicht wirklich helfen können«, sagte er. »Sie meint, sie würde über den Tratsch, der im Haus erzählt wird, nicht ausreichend informiert.«

Doris Bleicher lächelte und legte den Kopf schief. Gleichzeitig schob sie ihre große Brille den Nasenrücken hinauf. »Da ist vielleicht etwas dran. Nun ja, Sie haben sie ja selbst erlebt ...«

»Die Frau hat Haare auf den Zähnen«, sagte Stern mit gedämpfter Stimme, was unnötig war, da sich außer ihnen niemand im Foyer aufhielt.

»Was wollen S' denn wissen?« Doris Bleicher rückte ein Stück näher, um nicht so laut reden zu müssen. Klatsch und Tratsch ließ sich in ruhiger Atmosphäre nun mal besser verbreiten.

»Der Chef und die Innenarchitektin, die Frau Steinerle, haben die eine Affäre?« Auch Stern beugte sich nach vorne, wie es sich gehörte, wenn man heikle Themen austauschte.

Grünbrecht verdrehte die Augen. Ihr schien das Theater zu viel zu sein.

»Ja, aber das haben Sie net von mir.« Doris Bleicher lächelte breit.

»Das versteht sich von selbst«, erwiderte Stern.

»Wie lange dauert das Verhältnis schon?«, mischte sich Grünbrecht nun doch in die Befragung ein.

»Sicher ein paar Wochen oder vielleicht sogar ein paar Monate. Bestimmt aber seit dem Betriebsausflug vor zwei Monaten, da hat es bereits die ersten Gerüchte g'geben«, flüsterte Bleicher.

»Gut, danke!« Stern war mit der Auskunftsfreudigkeit der Frau zufrieden.

»Aber was ist denn nun mit dem Herrn Zechner? Kommt er heute noch?«, fragte Doris Bleicher.

»Es tut uns sehr leid, Ihnen das mitteilen zu müssen. Ihr Chef ist tot«, sagte Stern.

»Wie? Tot?« Entsetzen stand in Doris Bleichers Augen.

»Er wurde im Tierpark …« Weiter kam Stern nicht. Sein Gegenüber kippte ohnmächtig vornüber auf das Pult mit den vielen Knöpfen und Leuchten. Mehrfaches Piepsen war zu hören, auf das ein hoher Pfeifton folgte. Es dauerte nur wenige Augenblicke, und Mitarbeiter kamen aus den unterschiedlichsten Richtungen angelaufen. Auch Ursula Strauss erschien im Foyer.

»Was haben S' denn jetzt schon wieder ang'stellt?«, schnauzte sie Stern an, dem es beim Anblick der Chefsekretärin abermals die Sprache verschlug.

6. KAPITEL

Die Kunde über den Tod des Firmenchefs sprach sich in Windeseile in der Bau-Newtech GmbH herum. Nachdem der Rettungswagen mit der zwar wieder aufgewachten, aber völlig aufgelösten Empfangsdame ins Kepler Universitätsklinikum Med Campus III. abgefahren war, überließen die Kriminalbeamten es Ursula Strauss, das Wenige, das sie von ihnen über die Umstände des Ablebens von Walter Zechner erfahren hatte, unter die Leute zu bringen. Ob das zur Steigerung ihrer Beliebtheit in der Belegschaft beitragen würde, blieb offen.

Grünbrecht saß am Beifahrersitz von Sterns Audi und schaute auf ihr Smartphone. »Es gibt einen Georg Zechner in Altenfelden, der ist Landwirt«, las sie vom Display ab.

Dem Chefinspektor war es ein Rätsel, wie die Gruppeninspektorin all die Informationen aus diesem Gerät holte, während er es gerade mal schaffte, damit zu telefonieren und vielleicht noch Nachrichten zu verschicken, was jedoch ewig dauerte. Seine Finger waren für die kleinen Buchstaben auf der Displaytastatur einfach zu groß, redete er sich ein. »Das könnte der Bruder von unserem Toten sein«, meinte er. »Es wäre schon ein Zufall, wenn er es nicht ist, da wir das Opfer ja dort im Tierpark gefunden haben.«

»Dann hab ich hier noch einen Georg Zechner in der Steiermark, aber der ist es gewiss nicht, der ist nämlich Zahnarzt«, berichtete Grünbrecht.

»Ich würde sagen, wir besuchen den Landwirt in Altenfelden und schauen, was bei der Befragung rauskommt. Wenn uns das nicht weiterbringt, reden wir mit der Frau Steinerle.« Stern startete den Motor und lenkte den Wagen vom Firmengelände der Bau-Newtech GmbH.

»Wenn die Frau Zechner von der Affäre ihres Mannes mit der Steinerle erfahren hat, hat sie ein Motiv«, sagte Grünbrecht.

»Ihre Reaktion, als wir ihr gesagt haben, dass ihr Mann tot ist, erschien mir nicht gespielt«, meinte Stern dazu. »Ihre Überraschung war echt, da bin ich mir ziemlich sicher. Arbeitet sie auch im Unternehmen mit?«

»Das weiß ich nicht, aber ich google mal, vielleicht finde ich etwas über sie heraus.« Grünbrecht setzte das Angekündigte sogleich in die Tat um.

»Es könnte ebenso der Ehemann der Steinerle der Täter sein, falls sie denn verheiratet ist«, zählte Stern weitere Möglichkeiten auf, wer ein Motiv haben könnte. »Aus Eifersucht, weil er es nicht ertragen hat, dass seine Frau mit ihrem Chef ins Bett steigt.«

»Auch das werden wir in Erfahrung bringen«, erwiderte Grünbrecht ganz in ihr Handy vertieft. »Da!«, rief sie. »Ich hab die Frau Zechner gefunden. Carla heißt sie mit Vornamen.«

»Sehr gut. Irgendwelche Informationen über sie?«

»Da steht, dass sie Psychologie studiert und bis zu ihrer Heirat als Psychologin gearbeitet hat.«

»Und weiter?«

»Warte …« Grünbrecht wischte auf ihrem Smartphone herum. »Wie es ausschaut, genießt sie das Leben. Hier sind Fotos von ihr in den sozialen Netzwerken, wie sie und ihr Mann Party machen. Meistens ist sie jedoch alleine oder mit Freunden unterwegs.« Grünbrecht hielt Stern ihr Handy hin.

Doch der hatte seine neue Brille nicht auf und sah das Bild deshalb nur verschwommen. Außerdem wusste Grünbrecht noch gar nicht, dass er beim Augenarzt gewesen war und sich eine Brille zugelegt hatte, wie sie auch keine Kenntnis davon hatte, dass er seit einiger Zeit Probleme beim Lesen hatte. Er fühlte sich dadurch älter, als er war, was blöd war, das war ihm klar. Irgendwann würde er die Brille auch beim Autofahren tragen müssen, aber noch ging es ohne. Er wartete auf den richtigen Zeitpunkt, sich und den anderen einzugestehen, dass er auf eine Sehhilfe angewiesen war. »Es ist kein Verbrechen, das Leben zu genießen«, sagte er und schaute wieder nach vorne auf die Straße. Dass auf dem Foto eine lebenslustige Frau abgelichtet war, nahm er jetzt einfach mal an.

»Das nicht, aber ob ihr Ehemann das auch so gesehen hat, bezweifle ich. Hier, noch so ein Foto!« Wieder hatte Grünbrecht ein Bild auf ihr Display geholt und streckte das Smartphone ihrem Vorgesetzten entgegen.

Der Chefinspektor schielte zur Seite und stellte fest, dass dieses für ihn natürlich ebenfalls unscharf war. »Ich muss mich auf die Straße konzentrieren«, brachte er als Ausrede vor. »Sag mir einfach, was darauf zu sehen ist.«

»Carla Zechner und ein junger Mann, mit dem sie sehr vertraut wirkt. Und der Typ ist keinesfalls ihr Ehemann. Die beiden stehen ziemlich nahe beieinander und lachen. Ich würde meinen, dass sie flirten. Und er hat seine Hände dort, wo sie nicht sein sollten, wenn er nicht ihr Angetrauter ist. Insgesamt präsentiert sich Carla Zechner auf Partys offenbar gerne modisch und freizügig.«

»Wie alt ist das Foto?«

»Ist im Juli auf Facebook gepostet worden.«

»Von wem? Doch nicht etwa von Carla Zechner selbst?«

Grünbrecht wischte auf dem Gerät herum. »Nein, von einer Salsa Karina. Wie es aussieht, sind sie und Carla befreundet. Es gibt mehrere Fotos, auf denen sie gemeinsam drauf sind.«

»Was findest du alles über den Bruder im Internet, diesen Georg Zechner?«, wollte Stern wissen.

»Warte, ich schau mal.« Eine Weile war Grünbrecht damit beschäftigt, besagte Informationen zu beschaffen. »Nichts«, sagte sie dann. »Nur seine Adresse und dass er Landwirt ist. Das wird in einem Artikel erwähnt, ich glaube in so einer regionalen Zeitung.«

»Gut, alles Weitere klären wir vor Ort.« Stern lenkte den Audi die Rohrbacher Straße tiefer ins Mühlviertel hinein und war froh, als sie Altenfelden erreichten.

Vor einem Bauernhof im Mühlviertler Steinbloß-Stil, der ein wenig außerhalb des Ortes gelegen war, hielten sie an. Links von der hölzernen Eingangstür war ein Tor mit Sonnenmotiv, das gewiss in den Hof des Vierkanters führte. Auf der rechten Seite blühten in einem Beet Blumen in sattem Rosa, leuchtendem Weiß und strahlendem Gelb um die Wette, bevor der erste Frost den Winter ankündigen und sie dahinraffen würde. Doch noch streckten sie stolz ihre Köpfe gen Himmel.

»Sauber«, kommentierte Stern das Erscheinungsbild des Hofes, das nach seinem Empfinden Bodenständigkeit und Fleiß ausstrahlte. Werte, die heutzutage oftmals nicht mehr zählten, fand er.

»Ich würde eher in der modernen Villa von der Schwägerin wohnen wollen«, teilte Grünbrecht ihm mit.

»Mir ist die ländliche Gemütlichkeit viel lieber als so ein Glasbau«, erwiderte Stern. Er selbst war eigentlich ein Stadtmensch und hatte sich bis vor ein paar Jahren nicht vorstellen können, auf dem Land zu leben, wo selten etwas fußläufig zu erreichen war. Doch je näher seine Pensionierung rückte, umso mehr drängte sich der Gedanke in seinen Kopf, dass es vielleicht nicht schlecht wäre, seinen Lebensabend im Grünen zu verbringen, wo nicht nur die Luft besser war, sondern ebenso die Menschen weniger hektisch zu sein schienen. Und Mord und Totschlag gab es auf dem Land freilich auch nicht so häufig wie in der Stadt, wenngleich die Mühlviertler alles daransetzten, um in dieser Statistik aufzuholen. Davon zeugte der Tote im Altenfeldener Tierpark.

»Ein moderner Bau kann genauso gemütlich sein«, widersprach Grünbrecht.

»Aber niemals so wie ein urig eingerichteter alter Bauernhof.« Stern war gespannt, wie das Gebäude innen aussah, und pochte mit einem metallenen Klöppel auf das Pendant an der Haustür. Als niemand aufmachte, probierte er es erneut.

Wieder rührte sich nichts.

»Schauen wir mal hinten nach«, meinte er, da er wusste, dass Landwirte selten in der warmen Stube hockten, sondern vielmehr am Hof einer Beschäftigung nachgingen, wo es jede Menge Arbeit gab. Als sie um die Ecke bogen, sahen sie einen Hoflader durch ein offenes Tor fahren, ohne dass der Lenker sie bemerkte.

Augenblicke später betraten die Kriminalbeamten den Stall, wo die Kühe gefüttert wurden. Der Hoflader war nun abgestellt, der Landwirt schob das Heu mit einer Heugabel in die Futterzeile nach, damit die Tiere es leichter erreichten.

»Herr Zechner?«, rief Stern dem Mann zu.

Der Angesprochene beförderte einen Heuhaufen in die Zeile und warf anschließend einen Blick zu ihnen herüber. »Ja? Und Sie sind?«

»Chefinspektor Oskar Stern, das ist meine Kollegin Gruppeninspektorin Mara Grünbrecht.«

»Polizei?« Der Mann in Arbeitsgewand und Gummistiefel richtete sich auf und rammte die Heugabel in einen Heuhaufen.

»Wir müssen Ihnen leider eine traurige Mitteilung machen. Ihr Bruder Walter wurde heute tot aufgefunden«, sagte Stern.

»Der Walter?«, echote Zechner ungläubig.

Stern nickte. »Unser aufrichtiges Beileid.«

»Aber ... aber wie? Wie ist er ...?« Der Landwirt starrte die Inspektoren erschrocken an.

»Er wurde erschossen und dann in das Gehege der Wölfe im Tierpark geworfen. Vielleicht ist er auch gefallen, den genauen Tathergang kennen wir noch nicht.«

»Mein Gott!« Zechner schlug sich die Hand vor den Mund.

»Georg? Was ist denn passiert?«, fragte eine weibliche Stimme im Rücken der Kriminalbeamten.

Stern und Grünbrecht drehten sich um und sahen eine Frau in Jeans und Arbeitsjacke näherkommen. Ein graues Stirnband hielt ihre schulterlangen blonden Locken vom Gesicht fern.

»Das ist meine Frau, die Gerlinde«, stellte der Landwirt sie vor. »Der Walter ist tot. Erschossen haben sie ihn.« Tränen rannen dem kräftigen Mann aus den Augen.

»Das ist ja schrecklich!« Gerlinde Zechner eilte zu ihrem Ehemann und umarmte ihn.

»Können wir irgendwo ungestört reden? Drinnen vielleicht?«, fragte Grünbrecht, nachdem sie die Ehefrau darüber informiert hatten, wie ihr Schwager am Morgen von einem Tierpfleger aufgefunden worden war.

»Kommen S'!« Die Landwirtin führte ihren sichtlich erschütterten Ehemann behutsam durch den Stall in den Innenhof und von dort weiter in den Wohntrakt. In der Bauernstube nahmen die Kriminalbeamten Platz, und die Hausherrin stellte vor jeden von ihnen ein Glas Wasser. Den ebenfalls angebotenen Schnaps lehnten die Inspektoren ab.

»Können Sie uns ein paar Fragen beantworten? Wir kommen sonst später wieder …«, fragte Stern den Bruder.

»Nein, bringen wir es hinter uns.« Georg Zechner schnäuzte sich geräuschvoll in ein Taschentuch aus Stoff, was es heutzutage nur noch selten gab. Zumindest kannte Stern niemanden, der ein solches benutzte.

»Ihr Bruder Walter war gestern Abend bei Ihnen«, begann er mit der Befragung, was ein Hochziehen der Augenbrauen bei seinem Gegenüber auslöste.

»Ja, schon, aber wieso wissen Sie das?«, fragte der Landwirt.

»Seine Sekretärin hat uns davon erzählt«, offenbarte Stern.

»Dann ist es also doch net so geheim g'wesen, wie du g'glaubt hast.« Gerlinde Zechner setzte sich neben ihren Mann und nahm einen Schluck Wasser.

»Was war denn so geheim?«, hakte Stern sofort ein.

Georg Zechner zögerte.

»Na, sag es ihnen. Jetzt, wo der Walter tot ist, wird daraus eh nix mehr.« Gerlinde Zechner legte die Hand auf die ihres Mannes.

Der schaute sie kurz an und entschied sich offenbar, dem sanften Druck seiner Frau nachzugeben. Er räusperte sich. »Also, der Walter und ich wollten in Altenfelden eine Reihenhaussiedlung und einige mehrstöckige Wohnhäuser bauen, für Familien, die sich net so viel leisten können. Er hätte mir den Grund abg'kauft, und ich hätte Anteile an den Immobilien bekommen, damit der Wert des Verkaufes sicherg'stellt ist. Wir wären fein raus g'wesen, die Gerlinde und ich. Wir hätten nimma arbeiten müssen, ausg'sorgt g'habt hätten wir«, erzählte Georg Zechner wieder den Tränen nahe. »Aber jetzt?«

»Jetzt gehen wir weiterhin in den Stall und machen uns für wenig Geld die Hände schmutzig«, stellte Gerlinde Zechner resigniert fest.

»Können Sie das Projekt nicht ohne Ihren Bruder umsetzen?«, fragte Grünbrecht.

»Wie denn? Der Walter hat ja das Know-how g'habt, ich hab nur den Grund. Beim Häuserbauen kenne ich mich net aus.« Georg Zechner wirkte verzweifelt, allerdings weniger wegen dem Tod seines Bruders, sondern weil seine in Wohlstand geglaubte Zukunft nun nicht eintrat. »Unser Hof ist zu klein, um ordentlich davon leben zu können, aber zu groß, um zu verhungern. Wir könnten die Viecher zwar verkaufen und den Grund verpachten und uns eine Arbeit suchen, doch mehr als einen Hilfsarbeiterjob würden wir net kriegen, wie sind ja beide gelernte Landwirte.«

»Ich könnt in die Pflege gehen«, schlug Gerlinde Zechner vor. »Dort werden immer Arbeitskräfte g'sucht.«

»Vielleicht bleibt dir eh nix anderes übrig«, sagte ihr Ehemann und tätschelte ihre Hand, »jetzt, wo wir die Wiesen und Felder net als Bauland verkaufen können.

Als landwirtschaftlich genutzter Grund sind die ja nur einen Bruchteil von dem wert, was wir für sie als Bauland bekommen hätten.«

»Der Walter wollt uns ein schönes Haus bauen«, erzählte Gerlinde Zechner und ihr Gesicht hellte sich auf. Schon alleine der Gedanke an die Versprechen ihres Schwagers schien ihr Freude zu bereiten. »Modern hätt es werden sollen, innen ganz hell mit großen Fenstern. Net so finster, wie es bei uns herinnen ist. Durch die kleinen Gucklöcher und die dicken Mauern fällt ja so gut wie kein Licht herein. Und eine geräumige Küche hätt ich bekommen sollen, genau so, wie ich sie mir immer vorg'stellt hab. Das hat er g'sagt, der Walter.«

»Das kannst du dir alles in die Haare schmieren«, beendete Georg Zechner die Träumerei seiner Frau.

»Wie lange ist Ihr Bruder gestern bei Ihnen gewesen?«, fragte Stern.

Georg Zechner überlegte. »Ich hab net auf die Uhr g'schaut, aber ich glaub, es ist nach zehn g'wesen, als er g'gangen ist. Die Gerlinde hat sich jedenfalls schon hing'legt g'habt.«

»Stimmt. Ich hab nach der Jause die Küche sauber g'macht und bin dann schlafen g'gangen. Ein wenig hab ich noch im Bett g'lesen … Ich glaub, ich hab sogar g'hört, wie der Walter g'fahren ist. Es hat mich g'wundert, weil er ja eigentlich hier hat übernachten wollen. Dafür hab ich extra für ihn die Tuchent und den Polster im Gästezimmer frisch überzogen.«

»Wann war das?«

»Der Georg hat schon recht, das wird so um 22 Uhr herum g'wesen sein. Ich hab bald d'rauf das Licht abg'dreht und bin eing'schlafen.«

»Hat Ihr Schwager öfter bei Ihnen übernachtet?«, fragte Grünbrecht.

»Hin und wieder, weil wenn die Mannsbilder etwas besprechen, geht das offenbar net ohne Alkohol«, sagte Gerlinde Zechner missbilligend.

»Da ist ja nix dabei, wenn man ab und zu mal ein Schnapserl trinkt«, rechtfertigte sich der Ehemann. »Ihr Frauen macht's das ja auch. Ein Glaserl Prosecco dort und ein Glaserl da, da kommt auch ganz schön was zusammen.«

»Das ist etwas anderes«, wischte die Gattin dieses Argument vom Tisch, ohne folgen zu lassen, was sie damit meinte.

»Das erklärt, warum ihn seine Frau nicht als vermisst gemeldet hat«, sagte Stern zu Grünbrecht.

»Dafür gibt's wahrscheinlich noch einen anderen Grund«, ließ der Bruder die Kriminalbeamten aufhorchen.

»Geh!« Gerlinde Zechner stieß ihren Ehemann in die Seite. »Tust jetzt etwa schlecht über Tote reden?«

»Ja? Welchen Grund gibt es denn?«, wollte Stern natürlich sofort erfahren, doch nun zögerte Georg Zechner.

»Jeder Hinweis kann wichtig für uns sein«, sagte Grünbrecht zu den Bauersleuten. »Sie wollen ja bestimmt, dass wir den Mörder Ihres Bruders beziehungsweise Ihres Schwagers finden, oder?«

»Ja sicher, aber die Gerlinde hat schon recht«, erwiderte Georg Zechner. »Über Tote soll man net schlecht reden.«

Stern seufzte.

»Na, dann sagst es halt«, änderte die Landwirtin überraschend ihre Meinung.

»Ja? … Äh …« Der Landwirt knetete seine Hände. Es schien ihm trotz der Zustimmung seiner Frau schwerzufallen, das Folgende auszusprechen.

»Wenn es hilft, den Mörder zu finden«, erklärte derweil Gerlinde Zechner ihren Sinneswandel.

»Na gut … Die beiden haben so etwas wie eine offene Ehe g'führt, oder wie man da sagt. Der Walter hat öfter auswärts übernachtet, die Carla auch. Nur einer hat halt daheim sein müssen bei den Kindern, wie die noch klein g'wesen sind. Der Walter und die Carla haben mit allen Spaß g'habt, net nur mit dem Ehepartner, wenn Sie wissen, was ich meine«, redete Zechner um den heißen Brei herum.

»Sie hatten Sex mit anderen Partnern«, brachte es Grünbrecht auf den Punkt. »Das erklärt die Fotos, die wir im Internet gesehen haben.«

»Welche Fotos? Doch net etwa Nacktbilder?« Gerlinde Zechner sah die Inspektoren erschrocken an. Wahrscheinlich war sie um den guten Ruf der Familie besorgt.

»Nein, Nacktfotos haben wir nicht entdeckt. Aber Ihre Schwägerin postet auf Instagram und Facebook Fotos von sich mit jüngeren Männern, und darauf zeigen sie sich durchaus näher, als es zwischen Freunden üblich ist«, erklärte Grünbrecht.

»Was haben Sie gemacht, nachdem Ihr Bruder von hier weggefahren ist?«, setzte Stern die Befragung fort.

»Ich bin ins Bett g'gangen. Ich hab vielleicht noch ein Schnapserl g'trunken auf unser erfolgreiches Projekt, auf das ich mich wirklich g'freut hab, und dann bin ich schlafen g'gangen«, antwortete Zechner.

»Können Sie das bestätigen?«, fragte Stern die Ehefrau.

»Ich hab schon g'schlafen, wie der Georg ins Bett g'kommen ist. Aber ich bin in der Nacht mal aufg'standen, weil ich aufs Klo hab müssen, da hat er neben mir g'legen.«

»Warum ist der Walter denn überhaupt weggefahren,

wenn er eigentlich hier bleiben wollte?«, hakte Grünbrecht nach.

»Er hat es sich plötzlich anders überlegt und g'meint, er könnt eh noch mit dem Auto fahren, weil er net so viel g'trunken hat«, erzählte Georg Zechner. »Warum, das weiß ich net. Ich hab ihn net g'fragt. Mei, der Walter war halt immer so beschäftigt und hat so viel g'arbeitet, da g'wöhnt man sich daran, wenn einer aus irgendwelchen Gründen seine Pläne ändert. Das war net das erste Mal.«

»Was könnte gestern diese Sinnesänderung herbeigeführt haben?«, bohrte Stern trotzdem nach.

»Das weiß ich wirklich net. Er ist kurz mal austreten g'wesen, und wie er zurückg'kommen ist, hat er g'sagt, dass er doch net dableibt«, erzählte Georg Zechner.

»Hat er vielleicht einen Anruf bekommen?« Stern sah den Landwirt eindringlich an, doch der zuckte nur mit den Schultern.

»Oder eine Nachricht«, zeigte Grünbrecht eine weitere Möglichkeit auf.

»Ich weiß es wirklich net«, wiederholte der Landwirt seine Antwort.

»Wie weit ist es von hier bis zum Tierpark?«, wechselte Stern das Thema.

»Ich würd meinen, so eineinhalb bis zwei Kilometer, wenn man die Abkürzung durch den Wald nimmt, mehr net. Oder, Gerlinde?« Georg Zechner blickte seine Frau an.

»Das kommt hin«, pflichte diese ihrem Mann bei.

»Das kann man leicht zu Fuß gehen«, schlussfolgerte Stern.

»Freilich«, bestätigte der Landwirt.

»Der Walter ist nie zu Fuß g'gangen, keine hundert Meter. Der ist alles mit dem Auto g'fahren«, gab Gerlinde Zechner zu bedenken. »Und sein Auto ist in der Früh weg g'wesen.«

Die Tür ging auf und eine junge Frau trat ein. Als sie die Beamten am Tisch sitzen sah, grüßte sie freundlich.

»Das ist Martha, unsere Tochter«, stellte die Mutter sie vor. »Und die Herrschaften sind von der Polizei.«

Stern schätzte die Frau um die 20, vielleicht ein wenig jünger. Sie war unverkennbar die Tochter des Ehepaars. Die lockigen blonden Haare hatte sie von ihrer Mutter geerbt und die mandelförmigen Augen sowie den geschwungenen Mund von ihrem Vater.

»Ist etwas passiert?« Martha schaute alarmiert in die Runde.

»Der Onkel Walter ist tot«, antwortete die Mutter.

»Das ... das tut mir leid.« Martha kam zum Tisch und schaute ihren Vater besorgt an.

Der ergriff ihre Hand und sagte: »Danke.«

»Kann ich etwas für dich tun?«, bot Martha ihm ihre Hilfe an.

Der Landwirt schüttelte den Kopf. »Vorerst nicht. Aber wir werden Tante Carla unterstützen müssen, bei dem, was auf sie zukommt. Die Beerdigung, die Firma ...«

Martha nickte. »Klar.«

»Eine Frage hab ich noch«, unterbrach Stern die Familienszene in der gemütlichen Stube, bei der er sich plötzlich wie ein Störfaktor vorkam.

»Ja?« Georg Zechner wirkte erschöpft, offensichtlich zehrte das Wissen um den Tod seines Bruders und die Befragung durch die Kriminalbeamten an seinen Kräften.

»Sie sind doch Jäger, oder?«

»Ja. Wieso interessiert Sie das?«

»Ihr Bruder wurde wahrscheinlich mit einer Schrotflinte erschossen. Als Jäger besitzen Sie gewiss eine.«

»Das ist richtig. Jeder Jäger hat eine Flinte, manche sogar mehrere. Sie wird vorwiegend für Niederwild oder Flugwild eing'setzt.«

»Können wir Ihre mal sehen?«

»Sicher.« Georg Zechner stand auf und führte die Kriminalbeamten in ein Jagdzimmer, in dem unter mehreren auf Holzscheiben montierten Rehkrickel ein metallener Waffenschrank stand, den der Landwirt aufsperrte. Darin befand sich neben der angesprochenen Flinte auch ein Gewehr. Georg Zechner nahm die Beretta heraus und hielt sie Stern hin. »Bitte schön.«

»Gibt es noch andere Schrotflinten im Haus?«

»Nein, die ist die einzige. Und bevor Sie fragen: Abg'feuert hab ich sie zuletzt vor drei Wochen. Da sind der Walter und ich mit einem Kunden von ihm im Wald g'wesen und wollten einen Rehbock schießen, haben aber nur einen Fasan erwischt. Der hat allerdings auch gut g'schmeckt.«

»Wir müssen die Waffe mitnehmen und im Labor untersuchen lassen, ob sie gestern benutzt wurde«, sagte Stern.

»Ich hab Ihnen doch gerade erzählt, dass ich das letzte Mal vor drei Wochen mit ihr g'schossen hab!«, beschwerte sich der Landwirt über Sterns Misstrauen.

»Wir überprüfen bloß Ihre Aussage, Herr Zechner. Wenn sie sich bestätigt, bekommen Sie die Flinte zurück. Das Gewehr muss auch mit, falls daraus Schrot abgefeuert wurde.« Stern holte ebenso die zweite Waffe aus dem Schrank. »Wie stehen Sie als Jäger eigentlich zu Wölfen?«

»Was hat das denn jetzt damit zu tun?« Der Angesprochene war sichtlich überrascht.

»Beantworten Sie bitte die Frage«, verlangte Stern.

»Ja mei, das ist wie bei allem: Die Dosis macht das Gift. Außerdem ist bei uns in den Jahren, wo es keinen Wolf g'geben hat, das Wissen, wie wir mit diesen Tieren umgehen müssen und wie wir die Nutztiere vor ihnen schützen können, abhandeng'kommen. Das alles neu auf die Beine zu stellen, ist aufwendig und stößt auf Widerwillen bei den Landwirten und der Bevölkerung. Das hört man ja eh ständig in den Medien. Aber warum fragen S' das? Glauben S', dass das etwas mit dem Tod vom Walter zu tun hat?«

»Wir gehen jeder Spur nach, Herr Zechner. Und Sie als Jäger haben ein gewisses Interesse an dem Wolf, der Ihnen so manche Trophäe im Wald wegschnappt, oder?«, provozierte Stern sein Gegenüber.

»Ich seh das anders. Der Mensch hat hierzulande verlernt, mit Raubtieren zu leben, weil es rund 100 Jahre lang keine in Österreich g'geben hat. Das hatte negative Auswirkungen auf den Wildbestand. Wir Jäger bekommen zwar auch mit, wenn ein Wild krank ist, aber erst sehr viel später, als der Wolf das tut. Immer wieder kommt es dadurch zu Seuchenausbrüchen, die wesentlich g'fährlicher für den Bestand an Wild- und Nutztieren sind als die Jagd durch den Wolf. Wenn wir glauben, wir kriegen das besser hin als die Evolution, ist das meiner Meinung nach ein Fehler. Auch wenn der Wolf durch das Reißen von ung'schützten Schafen einen Schaden anrichtet, so überwiegt sein Nutzen für unseren Lebensraum. Wir müssen nur schauen, dass sich die Wölfe net unkontrolliert vermehren, sodass der Platz in den Wäldern für sie net mehr ausreicht und sie dann in die Nähe der Häuser kommen. Irgendwo müssen die ja hin. Es streifen jetzt schon Jungtiere auf der Suche nach einem eigenen Revier durch die

Gegend, das müssen wir im Griff haben. Dann gibt es meines Erachtens keine Probleme zwischen Mensch und Tier.«

»Und Ihr Bruder? Wie stand der dazu?«, fragte Stern.

»Keine Ahnung. Darüber haben wir nie g'redet. Warum auch?« Zechner zuckte mit den Schultern.

»Danke, Herr Zechner, das war es vorerst.« Stern wandte sich zum Gehen.

»Ich war's net! Ich hab den Walter net erschossen!«, rief ihm Georg Zechner hinterher.

»Dann haben Sie auch nichts zu befürchten.« Die Kriminalbeamten verabschiedeten sich und verließen das Bauernhaus.

Es dämmerte bereits. In den in Sichtweite liegenden Häusern gingen erste Lichter an.

Als die Inspektoren die Beretta und das Jagdgewehr sicher im Kofferraum verstaut hatten und im Wagen saßen, fragte Stern: »Was hältst du von ihm?«

»Er hat durch den Tod seines Bruders viel verloren. Seine Frau und er wären auf kurz oder lang fein raus gewesen und hätten nicht mehr arbeiten müssen, wenn man seinen Worten Glauben schenkt«, antwortete Grünbrecht.

»Was, wenn es sich in Wahrheit anders verhält? Wenn ihm der Bruder den Grund zu billigen Konditionen abschwatzen und ihn nicht an den Immobilien beteiligen wollte, dann hätten er und seine Frau weder die Landwirtschaft noch ein sicheres Einkommen durch die Mieteinnahmen gehabt«, entwarf Stern ein anderes Szenario.

»Der Georg Zechner hätte ja nicht verkaufen müssen«, zeigte Grünbrecht einen Haken an Sterns Theorie auf.

»Vielleicht hatte der Walter Zechner etwas gegen seinen Bruder in der Hand, was diesen zu dem Verkauf gezwungen hätte. Möglicherweise hat er ihn erpresst.«

»Den Walter Zechner können wir nicht mehr fragen, und da alles noch so streng geheim war, bezweifle ich, dass in Zechners Baufirma jemand Kenntnis darüber hat«, schlussfolgerte Grünbrecht.

»Seine Sekretärin hat immerhin von dem Termin gewusst.«

»Mehr aber auch nicht. In den Zwischentönen hat sie sich darüber beschwert, dass er sie nicht informiert hat, um was es bei dem Treffen gegangen ist.«

»Echt? Sie hat sich beschwert?« Stern war überrascht, welche Rückschlüsse Grünbrecht aus dem Wenigen, das Ursula Strauss von sich gegeben hatte, gezogen hatte.

»Hast du das nicht herausgehört?« Grünbrecht zeigte sich verwundert.

»Doch«, schwindelte Stern, wenngleich er sich eingestehen musste, nichts dergleichen vernommen zu haben. Weder zwischen den Zeilen noch in den Zeilen selber.

»Seiner Frau wird er von den Plänen mit dem Georg Zechner gewiss erzählt haben, immerhin betrifft das die Familie. Da redet man über so etwas. Fragen wir sie«, schlug Grünbrecht vor.

»Aber nicht mehr heute«, winkte Stern ab. »Machen wir Feierabend, es ist schon spät, und ich hab den ganzen Tag nichts Gescheites gegessen.«

»Du meinst, du hattest keinen Schweinsbraten«, stichelte Grünbrecht.

»Auch keinen Salat, nur Frühstück«, stellte Stern richtig. Außerdem wollte er unbedingt mit seiner Tochter telefonieren und fragen, wann Melanie nach Hause gekommen war und ob sich die beiden wieder versöhnt hatten. Ebenfalls wollte er wissen, wie es Tobias ging und ob der Junge etwas von dem Mord erzählt hatte, nachdem Barbara ihn im Tierpark abgeholt hatte.

In diese Gedanken hinein läutete sein Handy.

Seine Tochter rief an.

Stern lächelte. Als hätte sie gespürt, dass er an sie gedacht hatte. Er nahm das Gespräch über die Freisprecheinrichtung entgegen.

»Barbara! Gut, dass du dich meldest, ich …«

»Melanie ist noch immer nicht zu Hause!«, unterbrach Barbara ihren Vater. »Ich hab sie schon hundert Mal angerufen, sie geht nicht ran.«

7. KAPITEL

Stern schaute auf die Uhr im Armaturenbrett seines Audis, deren Anzeige groß genug war, dass er sie ohne Brille lesen konnte: 19:25 Uhr. Melanie trieb sich seit Stunden irgendwo herum und durch ihre Abwesenheit ihre Mutter in den Wahnsinn. Ansonsten gelang ihr das nur, wenn sie anwesend war und die beiden sich stritten.

»Was hast du jetzt vor?«, fragte Grünbrecht, da sie das Gespräch ungewollt mitgehört hatte.

»Ich schau bei mir zu Hause nach, ob Melanie dort ist. Das war schon einmal so. Sie und ihre Mutter sind damals ziemlich heftig aneinandergeraten, daraufhin ist sie zu mir in die Wohnung, hat sich in mein Bett gelegt und gewartet, bis ich heimgekommen bin«, erzählte Stern.

»Soll ich dich begleiten? Für den Fall, dass sie nicht bei dir ist?«

»Nein. Ich bin mir sicher, dass sie ihrer Mutter einen Schrecken einjagen will. Du weißt ja, wie Mädchen in diesem Alter sind, die müssen gegen ihre Mütter rebellieren.«

»Klar, aber wenn du Hilfe brauchst, rufst du mich an«, verlangte Grünbrecht.

»In Ordnung, danke.«

In Ottensheim ließ Stern die Gruppeninspektorin aus dem Wagen steigen und fuhr weiter nach Linz in die Herrenstraße, wo in einem Stadthaus im zweiten Stock seine Wohnung lag. Als er den Schlüssel im Schloss drehte, war er voller Hoffnung, im Flur rosa Sneakers zu sehen. Diese

Farbe war gerade *voll in*, hatte Melanie ihm erst kürzlich erklärt. Aber weder rosa noch anders farbige Mädchenschuhe standen dort, auch hing keine Jacke an der Garderobe, die nicht seine war.

»Melanie?«, rief er trotzdem und schaute im Wohnzimmer nach. Anschließend ging er ins Schlafzimmer, wo er lediglich Miro zusammengerollt in seinem Bett schlummernd entdeckte. Im Bad oder in der Toilette war seine Enkelin ebenfalls nicht.

»Scheiße!«, fluchte er, beruhigte sich aber sofort und rief seine Tochter an.

»Ist sie bei dir?«, fragte Barbara, nachdem sie nach dem ersten Läuten abgehoben hatte. Bestimmt hatte sie auf seinen Anruf gewartet und das Handy nicht aus der Hand gelegt.

»Nein.« Stern bemühte sich, Ruhe auszustrahlen. »Hast du ihre Freundinnen angerufen?«

»Ja, und zwar alle! Keine weiß, wo sie steckt. Sie hat sich bei niemandem gemeldet.«

»Weshalb habt ihr euch gestritten?«, fragte Stern. Vielleicht war bei diesem Streit ja etwas anders gewesen als sonst, was seine Enkelin dermaßen verletzt hatte, dass sie nun davongelaufen war.

Im selben Augenblick kam Miro aus dem Schlafzimmer spaziert und streckte sich, um die letzte Müdigkeit zu vertreiben. Danach setzte sie sich neben den leeren Futternapf und schaute Stern vorwurfsvoll an.

»Wegen dem Gleichen wie immer. Ich weiß gar nicht, wie das passiert ist. Wir haben noch gelacht, und plötzlich war nichts mehr recht. Sie hat mir vorgeworfen, dass ich ohnehin nur an ihr herumnörgle, und ich hab gesagt, dass ich das nicht täte, wenn sie sich ordentlich verhalten würde. Das war's! Daraufhin ist sie davongerannt. Mitten in die einkaufenden Menschen hinein. Ich bin ihr zuerst nachgelaufen, hab sie aber aus den Augen verloren. Dann hab ich gewartet und bin herumgeirrt, doch sie ist nicht zurückgekommen.«

»Ich fahre ins Einkaufszentrum und schaue, ob ich sie finde. Draußen ist es kalt, sie wird sich einen warmen Platz gesucht haben, wo sie schmollen kann, wenn sie schon nicht zu einer ihrer Freundinnen gefahren ist.« Dass sie bei keiner angerufen hatte, fand er allerdings seltsam, behielt das aber für sich.

»Und was, wenn du sie nicht findest?« In Barbaras Stimme lag Sorge, was Stern gut nachvollziehen konnte. Die 14-Jährige steckte mitten in der Pubertät, da war alles möglich.

»Dann lasse ich ihr Handy orten«, erwiderte er, obwohl er wusste, dass das so schnell nicht ging. Für ihn galten dieselben Regeln wie für jeden anderen. Nur in Notfällen durfte die Polizei Handyortungen durchführen. Aber für Stern wäre das dann ein Notfall.

»Danke, Papa.«

»Wie geht es Tobias?«, fragte er noch rasch, bevor er wieder aus der Wohnung hetzen wollte.

»Er war von dem Tiergartenbesuch ganz begeistert«, erzählte Barbara. »Und er hat mich lange an sich gedrückt, als ich ihn abgeholt habe. Von dem Toten hat er nichts erwähnt, ich glaube, weil er weiß, dass ich es nicht gut finde, wenn du ihn zu einem Tatort mitnimmst.«

»Also ist bei ihm alles okay, oder?«

»Ja, er macht mir keine Sorgen.«

»Das mit Melanie wird wieder. Ich melde mich bei dir, sobald ich etwas weiß.« Stern verabschiedete sich von seiner Tochter und füllte rasch Miros Futternapf. Selber nahm er sich jedoch nicht die Zeit, etwas zu essen, obwohl sein Magen seltsame Geräusche hervorbrachte. Hungrig eilte er zur Tür hinaus und fuhr ins nahe gelegene Einkaufszentrum.

Die Geschäfte hatten bereits geschlossen, nur hin und wieder flanierten vorwiegend Jugendliche und junge Erwachsene die Gänge entlang. In den Lokalen zwischen den Läden saßen Pärchen oder Gruppen, die einen gelungenen Shoppingtag mit einem Essen oder einem Getränk ausklingen ließen. Stern hielt nach seiner Enkelin Ausschau, aber je länger er herumlief und je häufiger er dachte, unter den fremden Gesichtern ihres zu entdecken, umso mehr verließ ihn die Zuversicht, dass sich Melanie überhaupt noch in dem Einkaufszentrum aufhielt.

Als er an einem Fast-Food-Restaurant vorbeiging, stachen ihm rosa Turnschuhe ins Auge. Eine Gruppe Jugendlicher kam aus dem Burgerladen und unterhielt sich lautstark. Die Teenager lachten und alberten herum. Keiner von ihnen bemerkte den Chefinspektor, der stehen blieb und sie ins Visier nahm. Der sie beobachtete und einer genauen Musterung unterzog.

Die Jungs schätzte er auf 16 Jahre, wahrscheinlich waren sie sogar 17 oder 18 und demnach zu alt für Melanie. Die Kleidung der Burschen empfand er als schlampig. Der eine trug gar eine Jogginghose, wie Stern sie höchstens zu Hause auf der Couch anhatte. Er seufzte und dachte, dass ihn seine Eltern niemals derart hätten herumlaufen lassen. Um sich ein noch besseres Bild zu machen, holte er seine Brille aus dem Etui und setzte sie auf, auch wenn ihm der Augenarzt für die Ferne nur eine geringe Fehlsichtigkeit diagnostiziert hatte. Dennoch war es wichtig, jetzt alles genau zu sehen, um es hernach – wenn notwendig – als Argument gegen seine Enkelin vorbringen zu können. Außerdem musste er wissen, mit wem sie sich herumtrieb.

Melanie plauderte ausgelassen mit den zwei Mädchen und den drei Burschen, als wäre alles in bester Ordnung. In Stern wechselten die Gefühle einander ab. Einerseits war er erleichtert, seine Enkelin unversehrt vor sich zu haben, andererseits ärgerte er sich über ihr unbekümmertes Verhalten, da sie offenbar nicht daran dachte, welche Sorge ihr langes Fernbleiben bei ihrer Familie auslöste.

Als einer der Jungs den Arm um Melanie legte, entschied er sich einzuschreiten. Zügig näherte er sich der Gruppe.

Im selben Augenblick entdeckte ihn seine Enkelin. Erschrecken breitete sich auf ihrem Gesicht aus, dennoch bemühte sie sich, weiterhin locker und lässig zu wirken. Kaum merklich schüttelte sie den Kopf.

Ein Signal an ihn, das Stern auffing und seinen eben gefassten Entschluss ins Wanken brachte. Er sah in den Augen seiner Enkelin das Flehen, es nicht zu tun. Sie nicht vor den anderen zu blamieren.

Stern fluchte innerlich und ging an der Gruppe vorbei, als wäre er gerade zufällig dort entlangflaniert. In einiger Entfernung, wo er die Jugendlichen im Blick hatte, blieb er stehen. Gut, dachte er, dann würde er halt zumindest eine Observierung einleiten und die Gruppe von nun an nicht mehr aus den Augen lassen. Nicht, dass ihm Melanie entwischte und die Suche nach ihr von vorne losging.

Eine Viertelstunde später, in der er Barbara informiert hatte, dass er Melanie im Einkaufszentrum gefunden hatte, stand seine Enkelin mit treuherzigem Blick vor ihm. »Grüß dich, Opa! Hat Mama dich geschickt?«

»Sie hat mich um Hilfe gebeten, weil sie sich große Sorgen um dich macht. Du bist einfach davongelaufen und hast sie im Ungewissen gelassen, wo du steckst und was du vorhast«, erklärte Stern ihr die Tragweite ihres Tuns. Dann deutete er auf seine Armbanduhr. »Es ist viel zu spät für dich, dich hier alleine herumzutreiben.«

»Ich bin nicht alleine gewesen«, warf Melanie ein.

»Ohne einen Erwachsenen«, ergänzte Stern.

»Manu ist schon 18, also ist er erwachsen.«

Stern schnaubte. Das war ja noch schöner! Ein 18-Jähriger und eine 14-Jährige. Das ging gar nicht!

»Ist das der, der den Arm um dich gelegt hat?«, fragte er.

»Das hast du gesehen?« Die Augen seine Enkelin weiteten sich erschrocken.

»Ja, hab ich. Und noch viel mehr«, schob er nach, obwohl das nicht stimmte. Aber er wollte wissen, wie Melanie reagierte. Auch wenn er ein schlechtes Gewissen bekam, weil er sie wie eine Verdächtige vernahm.

»Bitte sag es nicht Mama!«, bettelte sie.

»Wie heißt dieser Manu mit Nachnamen?«

»Das weiß ich nicht, wir haben uns erst heute kennengelernt, beim Shoppen. Er ist total süß.«

Unter süß verstand Stern etwas gänzlich anderes. Ordentlich gekleidet und frisiert könnte eventuell als süß durchgehen, aber nicht ein Junge mit schlabbriger Hose und Haaren, die vorne viel zu lang waren und sein halbes Gesicht verdeckten. Nun knurrte auch noch Sterns Magen lautstark, als hätte er in dieser Angelegenheit ein Wörtchen mitzureden. Stern ignorierte es, obwohl es ihm schwerfiel, und sagte: »Er ist zu alt für dich.«

»Ich bin fast 15, Opa!«, begehrte Melanie auf, womit Stern gerechnet hatte.

»Eben. Und er ist 18.« Der hatte doch gewiss anderes im Sinn als bloß Händchenhalten, dachte er. »Das sind drei Jahre zu viel.«

»Rechnen kann ich selbst«, murrte Melanie.

»Dann tu es!«, verlangte Stern und sah sich um. Die Burschen waren weg, die Mädchen ebenso.

»Ist Mama sehr sauer?« Melanie setzte ihren Unschuldsblick auf, den Stern ihr nicht mehr abkaufte.

»Nein, deine Mutter macht sich große Sorgen, sauer bin ich«, erwiderte er, damit seine Enkelin ihren möglicherweise aufkommenden Ärger gegen ihn richtete und nicht gegen seine Tochter. Wieder knurrte sein Magen. »Wo kann man hier etwas Vernünftiges essen?« Länger hielt er es nicht mehr aus, auch wenn sie durch einen Zwischenstopp in einem Lokal später nach Hause kommen würden. Er musste nun wirklich etwas zwischen die Zähne kriegen.

»Dort drinnen!« Melanie deutete auf das Fast-Food-Restaurant, in dem sie mit ihren Freunden gewesen war.

»Aber … ich …« Stern graute vor dem Essen, das dort aufgetischt wurde. »Ich möchte lieber …«

»Wenn wir dort hingehen, esse ich noch eine Nachspeise. Für die hat das Geld vorhin nicht mehr gereicht«, nahm Melanie ihm die Entscheidung schon halb ab.

»Na gut. Und du erzählst mir dann, wie das heute abgelaufen ist, und lässt nichts aus, verstanden?«, verlangte Stern.

Seine Enkelin stimmte zu, was Stern wunderte. Viel eher hatte er mit Protest gerechnet, denn von sich zu erzählen, war im Augenblick nicht gerade ihre Stärke. Viel eher beklagte sich Barbara darüber, dass die 14-Jährige sehr verschlossen sei. Aber jetzt schien sie gut drauf zu sein, während sie vor ihm herlief in einem Tempo, mit dem er kaum

Schritt halten konnte. Ihn beschlich das Gefühl, dass das von ihr beabsichtigt war, damit sie keinesfalls mit ihm in Verbindung gebracht wurde, sollten ihre neuen Bekanntschaften noch irgendwo herumlungern.

Nach der Bestellung an einem Terminal suchten sie sich einen Platz. Als sie saßen, stellte Stern fest, dass er den Altersschnitt in dem Fast-Food-Restaurant mit seiner Anwesenheit gehörig nach oben trieb. »Also, fang ganz von vorne zu erzählen an«, forderte er seine Enkelin auf und bemerkte erst jetzt, wo sie ihm gegenübersaß, dass sie geschminkt war. Er verlor jedoch kein Wort darüber, sonst würde sie gewiss schmollen und er nichts mehr erfahren.

»Die Brille steht dir«, sagte Melanie.

»Lenk nicht ab, Fräulein!«

»Fräulein? Wer sagt denn das heutzutage noch?« Melanie sah ihren Großvater entrüstet an, der sich plötzlich uralt fühlte. Nicht nur wegen der Brille, sondern weil die Bezeichnung Fräulein für junge Frauen tatsächlich nicht mehr geläufig war.

Er nahm die Brille ab und steckte sie in das Etui. »Los, ich warte!«

Melanie verdrehte die Augen. »Also gut: Mama und ich sind einkaufen gegangen, weil sie angeblich die Beziehung zu mir verbessern will. Dann hab ich in einem Laden so ein tolles Teil gefunden, und sie hat gesagt, dass ich das nicht haben darf, weil ich damit wie eine Nutte aussehe. Wie soll das denn bitte unsere Beziehung verbessern?«

Darauf fiel Stern keine Antwort ein. In dieser Angelegenheit vertraute er ganz auf die Einschätzung seiner Tochter, wenngleich er ihre Wortwahl schon unangebracht fand. Er fragte sich, ob Melanie das Kleidungsstück gegen den Willen ihrer Mutter doch gekauft hatte, denn irgendetwas steckte in der Papiertasche, die neben ihr auf der Sitzbank lag. »Deine Mutter will nur, dass du ordentlich angezogen herumläufst, mehr nicht.«

»Aber Opa! Das, was ihr als ordentlich bezeichnet, ist heute voll daneben! Da krieg ich nie einen Freund!«

»Dafür bist du eh noch viel zu jung …«

»Bin ich nicht!« Melanie verschränkte die Arme vor der Brust.

Gleichzeitig erschien ihre Nummer auf dem Display über der Theke und die 14-Jährige sprang auf. Mit dem Bon in der Hand eilte sie davon, kam mit einem Tablett zurück und stellte es auf den Tisch. Alles war in Kartons verpackt, was Stern nicht gerade appetitanregend fand. Aber sein Hunger war derart groß, dass er darüber hinwegsah. Er entfernte das Papier und stellte auf den ersten Blick fest, dass der Burger niemals groß genug war, dass er davon satt werden würde. Enttäuscht steckte er sich zwei Pommes in den Mund. »Was ist dann passiert?«

»Ich hab gesagt, dass das voll gemein ist, und bin alleine shoppen gegangen. Mit meinem Geld kann ich schließlich kaufen, was ich will. Und da hab ich ein paar Leute kennengelernt. War voll lustig, Opa!« Melanie löffelte mit einem Holzlöffel ihr Eis mit Karamellsauce aus einem Becher.

»Wieso hast du nicht abgehoben, als Mama dich angerufen hat?« Stern biss in seinen Burger.

»Weil sie wieder genervt hätte.«

»Aber dass sie sich Sorgen macht, daran hast du nicht gedacht?«, fragte Stern mit vollem Mund.

Melanie zuckte mit den Schultern.

»Verstehe, du wolltest es deiner Mutter heimzahlen, hab ich recht? Du wolltest sie schmoren lassen.«

Melanie nickte. »Das war falsch, ich weiß. Aber mit ihr kann ich nicht so reden wie mit dir, Opa. Sie macht mir immer gleich Vorschriften. Tu dies, tu das … Das nervt!«

»Weil sie deine Mutter ist. Mütter müssen das tun, wenn sie glauben, dass es das Beste für ihre Kinder ist. Denn nichts anderes als das will deine Mama für dich.«

»Ja, klar.« Melanie seufzte.

»Versprich mir eines …«

»Was?«

»Wenn ihr streitet, lauf nicht einfach weg, sodass deine Mutter nicht weiß, wo du bist oder ob dir etwas zugestoßen ist. Das ist nicht fair. Diese Strafe hat sie nicht verdient, die ist viel zu hart.«

Melanie schwieg und löffelte ihr Eis. »So hab ich das noch gar nicht betrachtet«, gab sie nach einer Weile zu.

»Dann ist es gut, dass wir darüber geredet haben.« Stern wischte sich Mund und Finger mit einer Serviette ab.

»Ich werde mich bei Mama entschuldigen«, überraschte Melanie ihn schon wieder.

»Tu das.«

»Und bei dir. Du musstest mich schließlich suchen.«

»Wenn dein Papa auf Dienstreise ist, ist das mein Job. Ich bin dein Großvater.« Stern schmeckte der Burger gar nicht mal so schlecht, auch wenn dessen Sauce das Essen für ihn zu einer Herausforderung machte. Noch hatte er den Dreh nicht raus, wie er das Ding am besten in der Hand hielt. »Und wie war das nun mit diesem Manu?«

Melanies Augen fingen an zu strahlen. »Er hat mich angesprochen. Er hat gesagt, dass er mich total hübsch findet. Wir sind mit seinen Freunden durchs Einkaufszentrum gezogen und haben Klamotten anprobiert. Das war total lustig! Und ich hab völlig übersehen, dass es schon so spät ist. Das tut mir leid, Opa.« Wieder setzte die 14-Jährige diesen Blick auf, und diesmal konnte Stern ihr nicht lange böse sein.

»Schon gut. Versprich mir, dass du das nicht mehr machst«, erwiderte er und beendete sein Mahl. Wider Erwarten war er satt geworden.

»Nur, wenn Mama nicht mehr sagt, dass ich herumlaufe wie eine Nutte«, lenkte die 14-Jährige ein.

»Gut, ich werde mit ihr reden.«

»Danke, Opa. Ich hab mir das Teil nämlich gekauft.« Melanie lächelte glücklich.

Stern dachte, dass es schon nicht so arg sein konnte, wenn es in einem herkömmlichen Geschäft angeboten wurde. »Na, dann zeig mal her!«

Melanie öffnete das Papiersackerl und zog einen durchsichtigen rosa Stoff heraus. Diesen hielt sie vor Stern in die Höhe, der gar nicht wusste, was das für ein Kleidungsstück sein sollte. Irgendwie sah er kaum etwas. Das wurde auch nicht besser, als er seine Brille aufsetzte. Da war nicht viel vorhanden, das den Körper seiner Enkelin verdecken könnte. Gar nicht viel. Und dieses Wenige war auch noch durchsichtig. Stern schluckte. »Und wie … wie zieht man das an?«

»Zu einer Jeans oder Leggings. Ist das nicht *nice*?«

»Das ist durchsichtig.«

»Das gehört so, Opa!«

»Da fehlt doch noch etwas …«

»Ein BH natürlich.«

»Aber den sieht man dann ja«, erwiderte Stern, dem das Gespräch langsam zu viel wurde. Mit seiner 14-jährigen Enkelin über Unterwäsche zu diskutieren, gehörte gewiss nicht zu seinen Aufgaben als Großvater.

»Klar sieht man den, das soll ja so sein.« Melanie betrachtete das Stück Stoff verzückt und steckte es behutsam zurück in die Papiertasche.

Stern schüttelte den Kopf. »Oh nein, so läufst du nicht herum!«, sprudelte es aus ihm heraus, ohne dass ihm bewusst war, was er damit anrichtete. Er konnte nicht zulassen, dass sich seine Enkelin derart präsentierte.

»Opa! Du bist genau wie Mama!«

»Ja«, bekräftigte er, und darauf war er stolz. »Sie ist auch meine Tochter. Und eines Tages wirst du so sein wie sie.«

»Niemals!«, rief Melanie den Tränen nahe.

»Oh doch, das wirst du. Glaube mir!«

»Du bist so gemein!«

»Bin ich nicht …«

»Doch! Bist du!«

»Melanie, jetzt …«

»Lass mich in Ruhe! Du hältst zu Mama und nicht zu mir. Keiner interessiert sich für das, was ich möchte.«

»Wir …«

»Das ist mir scheißegal!«

»Jetzt gibst du mir dein Handy! Du hast einen Tag Handyverbot.« Stern streckte seiner Enkelin die Hand entgegen und wartete darauf, dass sie ihr Smartphone hineinlegte.

Melanies Augen sprühten Funken. Sie zog das Telefon aus ihrer Tasche und knallte es auf den Tisch.

Stern nahm es und erklärte das Essen für beendet. Die Heimfahrt verlief äußerst schweigsam.

8. KAPITEL

Als Stern am nächsten Morgen auf die Dienststelle kam, hatten die Kollegen bereits mit der Aufarbeitung der Informationen vom Vortag begonnen. An einer Magnetwand hafteten Fotos von Walter Zechners Leiche, wie man ihn in dem Wolfsgehege gefunden hatte. Daneben hatte jemand die Namen jener Personen geschrieben, die sie seither befragt hatten. Bei denen, die ein Motiv haben könnten, war ein Fragezeichen vermerkt worden. »Guten Morgen«, sagte er beim Betreten des Großraumbüros.

»Guten Morgen«, hallte es dreifach zurück.

»Was haben wir?«, begann Stern sofort mit dem Dienstlichen.

»Ist mit Melanie alles in Ordnung?«, wollte Grünbrecht wissen.

»Was ist mit ihr?« Kolanski schaute alarmiert. Er kannte die 14-Jährige seit ihrer Geburt.

Stern seufzte. »Sie hat sich wieder einmal mit Barbara gestritten und ist davongelaufen. Ich hab sie dann im Einkaufszentrum gefunden.« Dass dieser Einsatz als Großvater nicht ganz nach seinen Vorstellungen verlaufen war, band er den Kollegen nicht auf die Nase.

»Gott sei Dank!«, stieß Grünbrecht erleichtert aus. »Da du nicht angerufen hast, hab ich zwar angenommen, dass alles in Ordnung ist, aber ich wollte es halt noch mal hören.«

»Kinder!«, meinte Heinze kopfschüttelnd. »Sie bereiten dir Probleme von Geburt an, aber wenn sie dich anlächeln …«

»Dann wird es noch schlimmer!«, beendete Kolanski den Satz für seinen Kollegen. »Dann tricksen sie dich aus und lügen dir frech ins Gesicht.«

»Ich wäre froh, wenn meine Kleine mich zumindest anlügen würde«, hielt Heinze dagegen. »Ich hab Mia seit Wochen nicht mehr gesehen. Sie fehlt mir.«

Die Kollegen schwiegen betroffen. Natürlich wusste jeder, dass Heinze unter der Scheidung litt. Sie war einer der Gründe, warum er sich von Wien nach Linz hatte versetzen lassen, um ein wenig Abstand zu seiner Verflossenen zu gewinnen. Leider brachte der Umzug mit sich, dass er seine sechsjährige Tochter kaum noch zu Gesicht bekam.

»Wenn dieser Fall vorbei ist, nehme ich mir ein paar Tage frei, Chef. Dann fahre ich nach Wien und besuche Mia.«

»Tu das!« Stern hielt das für eine gute Idee. »Was haben denn nun die Vernehmungen der Mitarbeiter des Tiergartens ergeben?«, lenkte er das Gespräch in Richtung Arbeit.

»Nicht viel. Niemand will Walter Zechner gekannt haben, aber alle machen sich Sorgen, dass durch den Mordfall die Diskussionen über den Wolf wieder angeheizt werden, obwohl die Tiere nichts mit dem Tod des Opfers zu tun haben. Wie Weber schon festgestellt hat, wurde Walter Zechner erschossen. Dafür kommen die Wölfe als Täter schon mal nicht infrage. Aber der Fall könnte trotzdem genutzt werden, um Stimmung zu machen«, berichtete Kolanski.

»Habt ihr schon überprüft, ob einer von den Tiergartenangestellten einen Waffenschein hat?«, fragte Stern.

»Noch nicht, aber das mache ich gleich«, bot sich Heinze an.

»Gut. Und vergiss nicht den Chef, diesen Harald Koman«, fügte Stern an.

»Der ist nur um seine Tiere besorgt«, tat Heinze seine Meinung kund. »Aber ich knöpfe ihn mir gleich als Ersten vor.«

»Die Waffen vom Tierpark in dem Jagdmuseum kommen als Tatwaffe wahrscheinlich nicht infrage, bei denen fehlt angeblich überall der Schussbolzen. Die Kollegen sollen das aber überprüfen«, verlangte Stern.

»Haben sie schon«, wusste Grünbrecht. »Und es stimmt, die Waffen sind nicht schussfähig.«

»Was ist mit der Witwe des Opfers?«, fragte Kolanski.

»Die konnten wir gestern nicht befragen, die Nachricht über den Tod ihres Mannes hat sie ziemlich mitgenommen. Ein Kriseninterventionsteam hat sich um die Familie gekümmert«, berichtete Grünbrecht. »Der Bruder des Toten hat uns erzählt, dass die Zechners eine offene Ehe geführt haben. Wie offen sie wirklich gewesen ist, werden wir hoffentlich heute in Erfahrung bringen, wenn wir die Befragung der Witwe nachholen.«

»Und der Bruder vom Opfer ist Landwirt und wollte mit Walter Zechner ein großes Bauvorhaben auf dem Grund umsetzen, den er von den Eltern übergeben bekommen hat. Wenn alles den Tatsachen entspricht, was Georg Zechner und seine Frau uns gestern erzählt haben, hat der Bruder kein Motiv. Denn er muss jetzt, wo Walter Zechner tot ist, weiterhin als Landwirt arbeiten, was nach seinen Schilderungen nicht leicht sein dürfte. Um ein sorgenfreies Leben führen zu können, reicht ihr Einkommen nicht, behauptet er. Dafür ist die Landwirtschaft zu klein«, informierte Stern die Kollegen auch über dieses Gespräch.

»Das heißt, wir haben keinen Verdächtigen«, fasste Heinze zusammen.

»Und keine Verdächtige«, erinnerte Grünbrecht an das Gendern.

»Ach, muss das sein?«, maulte Heinze.

»Wir können auch nur die weibliche Form benutzen, wenn dir das lieber ist«, antwortete die Gruppeninspektorin spitz. »Und die Männer sind einfach mitgemeint, so wie es bei uns Frauen jahrhundertelang gewesen ist.«

Stern, dem das langsam zu viel wurde, versuchte, das Gespräch zurück auf den Fall zu lenken. »Mara, wir fahren zu Carla Zechner und hoffen, dass sie heute vernehmungsfähig ist. Ihr beide«, Stern deutete auf Heinze und Kolanski, »findet heraus, warum Walter Zechner seine Meinung geändert und nicht wie geplant bei seinem Bruder übernachtet hat. Vielleicht hat er einen Anruf bekommen, der diesen Sinneswandel herbeigeführt und von dem sein Bruder nichts mitgekriegt hat.«

»Soviel ich weiß, haben wir kein Handy gefunden«, erinnerte sich Kolanski.

»Eben«, sagte Stern. »Es ist durchaus vorstellbar, dass der Täter es mitgenommen hat, um zu verhindern, dass wir an Informationen gelangen, die wir nicht haben sollen. Heutzutage steckt in so einem Gerät ja das halbe Leben von seinem Besitzer drinnen. Wir müssen in sämtliche Richtungen ermitteln, noch haben wir keine Anhaltspunkte.«

»Okay, Chef! Ich rede mit der Spurensicherung, ob die den Wagen des Opfers sichergestellt hat. Irgendwie muss Walter Zechner ja zum Tierpark gekommen sein. Vielleicht befindet sich das Handy dort.« Kolanski griff zu seinem Telefon.

»Habt ihr die Videoaufnahmen vom Tierpark schon gecheckt?«, fragte Stern in die Runde.

»Die Kollegen vom Dienst haben das gestern gemacht, da ist nichts drauf, das uns weiterhilft. Die meisten Kameras sind auf den Freizeitbereich gerichtet, wo etwas zerstört werden kann«, wusste Grünbrecht.

»Und die Anrainer? Hat jemand von denen den Schuss gehört?«

»Leider nicht. Die haben alle geschlafen und nichts mitbekommen.« Grünbrecht stand auf und zog ihre Jacke an. »Fahren wir?«

»Mara, gib mir noch zehn Minuten«, bat Stern die Gruppeninspektorin.

»Klar. Sag einfach Bescheid, wenn es losgehen kann.« Grünbrecht schlüpfte wieder aus der Jacke und setzte sich hinter ihren Schreibtisch.

Stern deutete Heinze mit einer Handbewegung, dass er ihm folgen solle, was diesen eine Augenbraue hochziehen ließ. Der Chefinspektor nickte bestätigend und verließ das Büro der Kollegen. In seinem eigenen setzte er sich hinter den Schreibtisch, griff in die Tasche, zog ein Smartphone mit rosa Hülle heraus und legte es vor sich hin. Mit schlechtem Gefühl im Bauch starrte er es an. Er wusste, dass es falsch war, was er tat, aber er konnte nicht anders.

»Was gibt's?«, fragte Heinze beim Eintreten.

»Mach bitte die Tür zu«, bat der Chefinspektor.

Erstaunt kam der Gruppeninspektor der Bitte nach und trat zu seinem Vorgesetzten an den Schreibtisch.

»Über das, was ich dir jetzt sage, muss absolutes Stillschweigen bewahrt werden. Du darfst niemanden davon erzählen, nicht einmal Grünbrecht oder Kolanski«, verlangte Stern, was Heinzes Verwunderung noch größer werden ließ.

»Du hast mein Wort«, erwiderte der Ex-Wiener. »Hat das etwas mit unserem Fall zu tun?« Heinze deutete auf das rosa Handy.

»Nein. Das gehört Melanie …«

»Deiner Enkelin?«

»Ja.« Stern seufzte.

»Was soll ich tun?«

Es war für den Chefinspektor nicht leicht auszusprechen, was er sich von Heinze erbat. »Ich will, dass du es so einrichtest, dass ich auf meinem Handy jederzeit sehen kann, wo sich Melanie gerade aufhält.« Stern legte sein Smartphone neben das seiner Enkelin und schob beide in Richtung des Gruppeninspektors.

»Kein Problem.« Heinze nahm die Geräte an sich. »Muss ich noch etwas wissen?«

»Ich mache das nur, damit ich sie finden kann, wenn sie wieder davonläuft und wir keine Ahnung haben, wo sie ist. Ansonsten rühre ich diese App, oder was immer du installieren wirst, nicht an«, sagte Stern.

»Du musst mir das nicht erklären, Oskar. Ich verstehe dich gut. Das ist eine reine Vorsichtsmaßnahme.«

Stern freute sich über das Verständnis, fühlte sich aber trotzdem schlecht, weil er ohne Wissen seiner Tochter und seiner Enkelin in deren Privatsphäre eingriff. Die Vorstellung, dass Melanie tatsächlich weglaufen und dann in die Fänge von Drogendealern gelangen könnte oder dass Männer über sie herfielen, sie verschleppten, in einer Wohnung gefangen hielten und dort schlimme Dinge mit ihr anstellten, ließ ihn diesen Schritt unternehmen.

»Hast du ihre PIN?«, fragte Heinze.

»Nein, leider ... Sie weiß nichts davon«, gab Stern zu.

»Das war mir klar. Sie hätte dir sicher nicht die Zustimmung dafür gegeben. Aber ich krieg das hin.«

»Wie lange wirst du dafür brauchen? Ich hab Melanie für die Aktion, die sie gestern im Einkaufszentrum abgezogen hat, für einen Tag das Handy als Strafe entzogen.«

»Eine Stunde, vielleicht länger. Je nachdem, wie schnell ich in ihr Smartphone reinkomme, der Rest ist ein Kinderspiel.«

»Danke, Martin.«

»Kein Problem.«

»Und vergiss nicht: zu keinem ein Wort.«

»Ich weiß nicht, wovon du redest.« Der Gruppeninspektor verließ das Büro.

Stern lehnte sich in seinem Drehstuhl zurück. Dieser Schritt war ihm nicht leichtgefallen, doch als Kriminalbeamter hatte er viel zu oft mit Fällen von jugendlichen Ausreißern zu tun, die auf die schiefe Bahn gerieten. Die sich mit Drogenhandel, Diebstählen und Prostitution über Wasser hielten und regelmäßig mit dem Gesetz in Konflikt gerieten. So eine Entwicklung musste er bei Melanie unbedingt verhindern, und dafür war ihm jedes Mittel recht. Die Sorge um ihr Wohlergehen rechtfertigte sein Handeln, redete er sich ein.

Stern fuhr den Computer hoch und gab mit zwei Fingern sein Passwort ein. Dann setzte er seine Brille auf und öffnete das Mail-Programm. Da heutzutage kaum noch jemand etwas per Post verschickte, hatte auch er sich bemüßigt gefühlt, ein wenig offener diesen Dingen gegenüber zu sein. Seine Fähigkeiten diesbezüglich hielten sich aber in Grenzen, das wusste nicht nur er, sondern ebenso seine Kollegen. Acht neue Nachrichten befanden sich in seinem Postfach. Zwei davon stammten von Bormann, seinem Chef. Die wollte er noch schnell lesen, bevor er mit Grünbrecht zur Befragung der Witwe fuhr.

Die Tür ging auf und Dominik Weber steckte den Kopf herein. »Stör ich?«

Stern riss die Brille von der Nase und versteckte sie hinter einem Stapel Papier. »Äh … nein! Komm rein. Wir warten eh schon auf den Obduktionsbericht.«

»Genau deswegen bin ich hier.« Der Gerichtsmediziner klopfte auf die Mappe in seiner Hand. »Sollen wir zu den anderen rübergehen? Dann muss ich nicht alles zweimal erklären.«

»Klar.« Stern rückte die Akten auf seinem Schreibtisch zurecht und achtete darauf, dass die Brille dahinter verborgen blieb. Noch war er nicht so weit, sich den anderen damit zu präsentieren.

»Die Brille steht dir übrigens gut«, bemerkte Weber.

Stern schaute ihn ertappt an. »Findest du?«

»Wenn ich es sage.«

»Danke.« Der Chefinspektor nahm die Brille an sich und steckte sie ein.

»Wurde eh Zeit, dass du dir eine zulegst, sonst hätten deine Arme wachsen müssen.« Weber grinste.

»Es komm mir halt so vor, als ob ich damit der Pensionierung noch einen Schritt nähergekommen bin«, erklärte Stern seine Zurückhaltung, das Ding zu benutzen, wofür es gedacht war. »Wieder etwas, das bei meinem alternden Körper nicht mehr so gut funktioniert.«

»Das ist Blödsinn, und das weißt du. Viele Menschen tragen Brillen. Ich hab meine schon seit über 35 Jahren«, relativierte der Gerichtsmediziner Sterns Befürchtung.

»Das ist etwas anderes. Bei dir ist das jeder gewohnt,

und deine Fehlsichtigkeit rührt nicht vom Alter her, meine hingegen schon. Der Arzt hat das sogar ausdrücklich so genannt: Altersweitsichtigkeit.«

»Sei nicht so zimperlich, Oskar. Es gibt Schlimmeres, als eine Brille tragen zu müssen, nämlich nichts zu sehen und keine Brille zu bekommen, weil die Möglichkeit entweder nicht vorhanden ist oder man sie sich nicht leisten kann, wie es in vielen Ländern heutzutage leider immer noch der Fall ist«, erwiderte Weber.

Der Chefinspektor brummte. Weber hatte ja recht. Stern wusste selber nicht, warum es ihm so schwerfiel, sein Älterwerden zu akzeptieren. Er stand auf und folgte Weber ins Großraumbüro der Kollegen. »Magst du einen Kaffee?«, fragte er dort.

»Das Abwaschwasser, das ihr hier habt, ist doch kein Kaffee«, ätzte Weber. »Wann schafft ihr euch endlich mal eine ordentliche Espressomaschine an?«

Stern, der sich gerade einen großen Braunen aus dem Automaten hatte holen wollen, verzichtete nun aber ob der herabwürdigenden Beschreibung dieses Getränks darauf.

»Wir müssen sparen, das zahlt immerhin der Steuerzahler«, warf Kolanski ein.

»Da hast du allerdings recht.«

»Was hat denn nun die Obduktion ergeben?«, fragte Stern.

»Wie ich bereits am Tatort vermutet habe, wurde das Opfer tatsächlich mit einer Schrotflinte erschossen. Die Bissspuren der Wölfe haben das jedoch nicht auf den ersten Blick erkennen lassen. Ob das vom Täter so gewollt war, müsst ihr herausfinden.«

»Hat ihn der Schuss getötet oder haben das die Wölfe erledigt?«, wollte Stern erfahren.

»Die Schrotladung in die Brust war tödlich«, verkündete Weber. »Der Täter hat den Schuss aus kurzer Distanz abgegeben, sodass die Streuung der Schrotkugeln überschaubar ausgefallen ist. So eine Flinte wird in der Regel bei der Jagd auf Niederwild eingesetzt. Durch den Streuschuss mit vielen kleinen Schrotkugeln eignet sie sich besonders für kleine in Bewegung befindliche Ziele wie Hasen, Fasanen oder Enten. Das Opfer stirbt entweder durch den neurogenen Schock, was nichts anderes ist als ein Zusammenbruch des Kreislaufsystems, der durch die gleichzeitig in den Körper eindringenden Körner ausgelöst wird, oder weil durch die Schrotkugeln innere Organe verletzt werden, wie wahrscheinlich im Fall unseres Opfers. Ein paar der Organe fehlen leider. Ich vermute, sie wurden gefressen, deshalb kann ich es nicht zu hundert Prozent sagen.«

»Damit sind die Wölfe unschuldig«, fasste Grünbrecht zusammen.

»Sag das den Leuten, die schon wieder anfangen, irgendwelche Geschichten zu erfinden«, zeigte Heinze auf.

»Was meinst du?« Stern schaute den Kollegen neugierig an.

»Auf Facebook und Telegram kursieren die wildesten Fake News. Da behauptet einer, dass das alles gesteuert ist«, erzählte Heinze. »Hier steht, dass die Wölfe unser Leben und das unserer Kinder gefährden und die Regierung nichts gegen diese Bestien tut. Der Wald ist kein Erholungsgebiet mehr, sondern ein Kriegsschauplatz. Es ist nur eine Frage der Zeit, bis etwas passiert. Rotkäppchen ist keine Mär, sondern ein Plan! Da stecken Absichten dahinter, die Bevölkerung einzuschüchtern, damit sie nicht mehr aus ihren Häusern geht. Das mit den Lockdowns hat nicht auf Dauer funktioniert, jetzt versuchen die da oben es halt anders, mithilfe von wilden Tieren!«

»Was redest du da?«, lachte Kolanski. »Das saugst du dir doch aus den Fingern, oder?«

»Nein, das steht hier!« Heinze drehte den Bildschirm seines Computers so, dass der Kollege einen Blick darauf werfen konnte.

»Tatsächlich.« Kolanski war baff. »Scroll mal runter, ich will sehen, was da noch alles geschrieben wurde.«

»Dass die Wölfe ausgerottet gehören. Dass sie von den Reichen und Mächtigen gezüchtet werden, um dem Volk Angst einzujagen. Dass jeder, der sich für den Wolf einsetzt, den Tieren zum Fraß vorgeworfen gehört. Soll ich weiterlesen?« Heinze schaute in die Runde.

»Nein, das reicht.« Stern war froh, nicht in den sozialen Netzwerken zu verkehren. Das überließ er den jüngeren Kollegen, die sich damit besser auskannten. »Aber behaltet das im Auge, falls jemand diesen Mist zu ernst nimmt.«

»Chef, diese Leute scherzen nicht, die glauben das tatsächlich«, sagte Heinze.

»Setz ein paar Kollegen darauf an, wir ermitteln in der wirklichen Welt.« Stern wollte diesen Geschichten nicht zu viel Zeit widmen.

»Ach ja, bevor ich es vergesse: Das Opfer hatte 1,2 Promille Alkohol im Blut. Der Mann hat ordentlich getrunken, bevor er das Zeitliche gesegnet hat«, berichtete Weber.

»Dann stimmt es, was uns der Bruder erzählt hat: dass sie am Abend mit mehreren Schnäpsen auf das Projekt angestoßen haben, welches sie geplant hatten«, schloss Grünbrecht daraus.

»Und danach hat er seinen Mörder getroffen«, brummte Stern.

»Vielleicht weiß ja doch jemand von diesem ach so geheimen Bauprojekt, und dem gefällt es ganz und gar nicht, was dort entstehen soll«, stellte Heinze diese These in den Raum.

»Oder dieses Projekt hat gar nichts mit dem Tod von Walter Zechner zu tun und er wurde von einem eifersüchtigen Ehemann ermordet, weil die Zechners eine offene Ehe geführt haben – was bekanntlich nicht alle tun. Wir sollten dem Hinweis mit der Innenarchitektin aus Zechners Unternehmen unbedingt nachgehen. Eifersucht ist ein starkes Motiv. Das war schon in der Antike so, und daran wird sich auch in Zukunft nichts ändern.« Grünbrecht erntete zustimmendes Nicken.

»Wir teilen uns auf«, wiederholte Stern. »Mara und ich fahren zu Carla Zechner, und ihr beide findet heraus, wo das Auto von Walter Zechner ist und ob darin sein Handy liegt. Wenn nicht, fordert vom Betreiber den Einzelverbindungsnachweis an. Irgendetwas muss schließlich dazu geführt haben, dass er seine Meinung geändert und nicht bei seinem Bruder übernachtet hat.«

»Da ihr keinen gescheiten Kaffee für mich habt, fahre ich zurück in die Gerichtsmedizin und gönn mir eine Tasse italienischen Espresso. Frisch gemahlen aus handverlesenen gerösteten Bohnen.« Weber grinste und verließ das Büro.

Stern hoffte, einen ebenso guten Kaffee bei der Witwe zu bekommen, da er annahm, dass sich in der teuer eingerichteten Villa bestimmt eine teure Kaffeemaschine befand.

9. KAPITEL

Vor dem modernen Bau der Zechners hielten Stern und Grünbrecht an, stiegen aus dem Audi A6 und betätigten die Türglocke. Augenblicke später wurde ihnen von einer in Jeans und mit dunkelblauem Pullover gekleideten Mittvierzigerin die Tür geöffnet.

»Ja?«, fragte sie.

Für einen Augenblick glaubte Stern, dass Carla Zechner vor ihnen stünde, denn die Frau sah ihr unheimlich ähnlich. »Chefinspektor Oskar Stern und das ist Gruppeninspektorin Mara Grünbrecht«, stellte er sich und seine Kollegin vor. »Wir müssen mit Carla Zechner reden, es geht um den Tod ihres Ehemannes. Können wir zu ihr?«

»Natürlich, sie ist im Wohnzimmer.« Die Frau ließ die Beamten ein und führte sie in besagten Raum. Dort saß die Witwe auf einer braunen Ledercouch und hielt eine Tasse in Händen, als klammerte sie sich daran fest.

»Grüß Gott, Frau Zechner. Können Sie uns heute ein paar Fragen beantworten?«, fühlte Stern vorsichtig vor, um die psychische Verfassung der Witwe zu erfahren.

Carla Zechner nickte und stand auf. »Gehen wir ins Esszimmer. Wollen S' auch einen Tee?«

»Gerne.« Mara Grünbrecht schien mit dem Angebot zufrieden zu sein.

Nicht so Stern. Tee trank er lediglich, wenn er krank war, was so gut wie nie vorkam. »Äh … nein, danke … aber vielleicht könnte ich eine Tasse Kaffee bekommen?«

»Da muss ich schauen, ob wir welchen im Haus haben. Walter und ich …« Carla Zechner schluchzte bei der Erwähnung des Namens ihres toten Ehemannes, fing sich aber bald. »… wir trinken schon lange keinen Kaffee mehr. Tee ist viel g'sünder. Gegen jedes Leiden wächst ein Kraut, hat der Walter immer g'sagt, und wenn ihm nichts wehg'tan hat, dann hat er sich einen starken Assam zubereitet.« Die Witwe kramte in den Schränken in der Küche.

Stern sah sich um und entdeckte auch keine Espressomaschine, um damit etwaige Gäste bewirten zu können. Er fand außerdem keinen Hinweis darauf, dass in dieser Küche tatsächlich gekocht wurde. Die Oberflächen glänzten und nichts stand herum.

»Lass gut sein, ich mach das.« Die Frau, die die Kriminalbeamten hereingelassen hatte, legte ihre Hand auf jene der Witwe. Als sie neben ihr stand, fiel die Ähnlichkeit der Frauen noch frappierender auf. Lediglich ein paar Jahre Altersunterschied war zu erkennen, wenngleich mit Schminke und teuren Cremes hier einiges wettgemacht werden konnte, das wusste Stern inzwischen. Bestimmt waren die beiden Schwestern.

»Danke dir.« Die Witwe lächelte ihr Gegenüber an und setzte sich an den Tisch neben dem riesigen Fenster, das eine gute Sicht in den Garten bot. Die Herbstblumen leuchteten wie kräftige Farbkleckse zwischen den sich bereits verfärbten Blättern der Sträucher. Der Garten war riesig, fiel Stern auf, und jedes Gewächs war akkurat getrimmt und zurechtgestutzt. »Bitte nehmen S' Platz.«

»Frau Zechner, als Ihr Mann vorgestern zu seinem Bruder aufgebrochen ist, ist Ihnen an ihm etwas aufgefallen? Hat er sich vielleicht anders verhalten als sonst?«, fragte Stern.

»Ich hab ihn net g'sehen, er ist direkt von der Arbeit zum Georg g'fahren. Wir haben nur telefoniert, und da war er wie immer. Er hat g'sagt, dass er mit dem Georg über dieses Bauprojekt reden will, dass sie gemeinsam g'plant haben. Auf Georgs Grund sollen Wohnungen entstehen. Details dazu kann ich Ihnen leider net erzählen, aber ich denke, die beiden sind sich schlussendlich einig g'worden.«

Stern wurde hellhörig. »Gab es denn Differenzen?«

»Der Georg wollte den Grund lange Zeit net hergeben, auf dem g'baut werden soll, zumindest net für den Preis, den der Walter ihm dafür bezahlen wollte.«

»Wie sah die Einigung aus?«, fragte Stern.

Die Witwe zögerte. »Das weiß ich leider net.«

»Falls doch, wäre es gut, wenn Sie uns davon berichten. Über kurz oder lang erfahren wir es ohnehin«, übte Stern ein wenig Druck aus, weil ihn das Zögern der Frau annehmen ließ, dass sie mehr wusste, als sie preisgab.

Carla Zechner seufzte. »Ich weiß es wirklich net. Der Georg hat vom Walter den dreifachen Preis verlangt, den der Grund wert ist. Sie haben sich deswegen immer wieder g'stritten. Das Ganze hat schon vor fünf Jahren ang'fangen. Seither ist unsere Beziehung net mehr die, die sie vorher g'wesen ist. Natürlich war der Walter sauer, dass ausg'rechnet sein eigener Bruder ihn derart ausnutzen wollt. Der Georg hat g'sagt, dass es dem Walter eh so gut gehe und er keinerlei Geldsorgen habe, deshalb fand er den Preis ang'messen. Dass der Walter das alles ganz allein aufg'baut hat, die Firma und den Erfolg, das wollte der Georg net einsehen. Dabei hat er selbst den Bauernhof und die vielen Hektar landwirtschaftlichen Grund von den Eltern bekommen und der Walter nur einen kleinen Flecken Erde. Aber die paar Quadratmeter sind der Grundstein für Walters Erfolg g'wesen. Darauf hat er ein kleines Haus errichtet, in dem er seine ersten Geschäfte abg'wickelt hat.«

Die Frau in der Küche gab die Suche auf. »Ich finde keinen Kaffee«, sagte sie entschuldigend.

»Wahrscheinlich haben wir den letzten wegg'schmissen, weil das Haltbarkeitsdatum abg'laufen ist«, vermutete Carla Zechner.

»Darf es vielleicht ein Assam sein?«, fragte die Frau den Chefinspektor.

Was konnte schon groß schiefgehen, dachte Stern und auch, dass es besser war, Tee zu trinken als gar keine Flüssigkeit zu sich zu nehmen. »Gerne, danke.« Er bemühte sich, seine Enttäuschung nicht durchscheinen zu lassen. Weber fiel ihm ein, der wahrscheinlich gerade einen ausgezeichneten Espresso schlürfte, da unterbrach Grünbrechts Stimme seine Gedanken.

»Gibt es Unterlagen über dieses Bauprojekt?«, fragte die Gruppeninspektorin.

»Bei uns z' Hause net, vielleicht im Büro«, antwortete Carla Zechner.

»Sie sagen, dass das Verhältnis zwischen Ihnen und Ihrem Schwager seit diesem Streit nicht mehr so war wie vorher«, wiederholte Stern die Worte der Witwe.

Die Angesprochene nickte. »Wollen Sie mit jemandem auf Bussi-Bussi sein, der von Ihnen das Dreifache an Geld verlangt, als etwas wert ist?«

»Wahrscheinlich nicht«, gab Stern zu.

»Ich verstehe nicht, weshalb Ihr Mann dieses Projekt dann trotzdem mit seinem Bruder realisieren wollte«, ließ Grünbrecht nicht locker. »Wenn ihn dessen Verhalten so gekränkt hat, hätte er das Projekt ja auf einem anderen Grund umsetzen können.«

»Wie ernst es dem Walter damit wirklich g'wesen ist, kann ich net beurteilen. Sie sehen ja, wie lange es von der Idee bis zur Einigung gedauert hat. Fünf Jahre! Schlussendlich ist Blut eben doch dicker als Wasser.« Carla Zechner lächelte die Frau an, die mit dem Tee zum Tisch kam und vor jeden eine Tasse hinstellte. »Danke, Vanessa. Das ist übrigens meine Schwester. Sie ist sofort g'kommen, als sie das von Walter g'hört hat, und kümmert sich seither um die Mädchen und mich.«

»Wo sind die beiden?«, fragte Grünbrecht.

»Oben in ihren Zimmern. Schaust du bitte mal nach ihnen?« Carla Zechner sah ihre Schwester bittend an.

»Klar.« Vanessa trug das Tablett zurück in die Küche und verschwand im Haus.

»Frau Zechner, da ist noch etwas, das wir Sie fragen müssen«, nutzte Stern die Gelegenheit, ein etwas heikleres Thema anzusprechen. »Sie und Ihr Mann haben eine offene Ehe geführt, stimmt das?«

»Wer hat Ihnen das erzählt?« Die Witwe nahm einen Schluck Tee.

»Bitte haben Sie Verständnis dafür, dass wir unsere Quellen nicht offenlegen können«, erwiderte Grünbrecht.

»Und wenn schon? Was ist daran falsch, dass wir das Leben genießen?«

»Nicht alle können mit so einem Arrangement umgehen. Gab es jemanden, der eifersüchtig war? Ein gekränkter Ehemann zum Beispiel, weil Ihr Mann ein Verhältnis mit dessen Frau gehabt hat und deren Ehe vielleicht nicht so offen ist?«, hakte Stern nach. Er selbst konnte sich eine solche Beziehung nicht vorstellen. Den Partner zu teilen und zu wissen, dass dieser mit anderen Intimitäten austauschte. Nein, das war nichts für ihn.

»Wenn man sich dafür entscheidet, eine offene Beziehung zu führen, müssen natürlich beide Partner zustimmen, das versteht sich von selbst«, sagte die Witwe. »Bei meinem Mann und mir war nach den Kindern die Luft raus, wie man so schön sagt. Da haben wir beschlossen, etwas Neues auszuprobieren. Und es hat funktioniert. Nachdem wir mit anderen Spaß g'habt haben, hat es auch zwischen uns wieder g'funkt. Wichtig ist, dass man den Partner net vernachlässigt, sondern ihm die gleiche Aufmerksamkeit schenkt wie vorher und offen miteinander spricht, wenn es Probleme gibt. Macht man das net, dann läuft die Sache aus dem Ruder und man ist schneller g'schieden, als man glaubt.«

»Waren Sie niemals eifersüchtig?« Stern interessierte die Antwort nicht nur wegen dem Fall, sondern auch persönlich. Während Carla Zechner kurz überlegte, probierte er den Schwarztee, der vor ihm kalt wurde, und stellte fest, dass dieser Kaffee nicht ersetzen konnte. Er schob die Tasse ein wenig von sich weg.

Die Witwe schüttelte den Kopf. »Nein, net wirklich. Als ich das Konzept verstanden hab, war es ganz leicht. Ich hab meinen Spaß mit anderen Männern g'habt und es auch genossen, dasselbe hab ich dem Walter mit Frauen zug'standen. Es durfte nur niemand aus unserem Freundeskreis sein, das war die einzige Einschränkung, die wir uns auferlegt haben. Das hätte gewiss zu Problemen g'führt.«

»Wussten Sie, dass Ihr Mann mit seiner Innenarchitektin ein Verhältnis gehabt hat?«, fragte Stern.

»Mit der Irmgard?«

»Steinerle Irmgard, genau.«

»Nein, das wusste ich net«, gab Carla Zechner zu. »Aber das ändert nix, sie ist genauso eine flüchtige Nummer wie all die anderen.«

»Sie stammt aus dem direkten Umfeld Ihres Mannes. Zwar waren sie nicht befreundet, doch die beiden waren immerhin Arbeitskollegen.« Grünbrecht sah bei dieser Konstellation durchaus Konfliktpotenzial.

Carla Zechner zuckte mit den Schultern. »Trotzdem finde ich es okay.«

»Wissen Sie, ob die Frau Steinerle verheiratet ist?«

»Nein. Aber da kann Ihnen sicher die Frau Strauss weiterhelfen, das ist die Sekretärin von meinem Mann.«

Stern lief bei der Erinnerung an die Strauss ein Schauder den Rücken hinab. »Na gut, Frau Zechner, das war es vorerst …«

»Vorerst? Das heißt, Sie kommen wieder«, schlussfolgerte die Witwe.

»Solange wir nicht wissen, wer Ihren Mann ermordet hat, lässt sich das leider nicht vermeiden.« Stern stand auf.

»Wir fahren bald zum Bestatter, um das Begräbnis vorzubereiten. Am Nachmittag wird keiner zu Hause sein«, teilte Carla Zechner den Kriminalbeamten mit.

»Kein Problem, wir rufen an … Ach ja, eine Frage hab ich noch. Wer erbt die Baufirma Ihres Mannes? Sie oder sein Bruder?«

»Das werde wohl ich sein, wenn er sein Testament nicht geändert hat, wovon ich ausgehe«, antwortete Carla Zechner.

»Haben Sie jetzt auch schon eine Funktion im Unternehmen inne?«

»Nein. Der Walter wollte net, dass ich arbeite. Ich kümmere mich um die Kinder. Der Walter hat g'meint, das sei Aufgabe genug.«

»Wie werden Sie das dann schaffen, die Firma zu leiten, wenn Sie keinerlei Erfahrung in der Baubranche und im Führen eines Unternehmens haben?«

»Darüber habe ich mir noch net den Kopf zerbrochen, aber irgendwie wird es schon gehen. Notfalls verkaufe ich die Firma.«

»Gut. Danke, Frau Zechner.« Stern wandte sich zum Gehen.

»Und danke für den Tee, er hat ausgezeichnet geschmeckt.« Grünbrecht trank ihre Tasse leer und stellte sie zurück auf den Tisch.

»Äh ... ja, danke«, schloss sich Stern rasch an und warf einen Blick in seine Tasse, bei der kaum ersichtlich war, dass etwas fehlte. »Tut mir leid ... Ich bin kein ... Ich mag halt lieber Kaffee«, fühlte er sich bemüßigt, zu erklären.

»Schon gut«, winkte die Frau ab. »Wenn Sie wiederkommen, werde ich Ihnen Kaffee anbieten können.«

»Das ist nicht nötig«, erwiderte Stern rasch, weil er der Meinung war, dass die Frau jetzt ohnehin mehr als genug um die Ohren hatte. »Wir finden allein hinaus.« Gemeinsam mit Grünbrecht verließ er den modernen Bau.

»Die hat ganz schön unter dem Schlapfen ihres Mannes gestanden«, bekundete Grünbrecht, was sie über die Witwe dachte, als sie wieder im Wagen saßen.

»Eine moderne Frau mit teils unmodernen Ansichten«, tat Stern seine Meinung kund.

»Ich kann nicht einschätzen, ob sie uns etwas vorgespielt hat. Ich nehme ihr das nicht ab, dass es sie kaltgelassen hat, dass ihr Mann mit anderen Frauen ins Bett gestiegen ist. Hast du gesehen, wie sie reagiert hat, als du sie nach der Steinerle gefragt hast?«

»Da ist sie innerlich zusammengezuckt«, erinnerte sich Stern. Auch ihm war das aufgefallen.

»Wir sollten mit der Steinerle reden«, schlug Grünbrecht vor.

»Das tun wir. Aber bevor wir wieder in die Firma von Walter Zechner fahren, essen wir etwas, es ist längst Mittag. Was Gescheites, weil gestern hatte ich mit Melanie bloß einen Burger.«

»Du hast einen Burger gegessen?«, wiederholte Grünbrecht ungläubig. Sie kannte Sterns Meinung über Fast Food. Das rührte er normalerweise nicht an.

»Mir blieb nichts anderes übrig. Dadurch hatte ich die größte Chance, etwas aus Melanie herauszubekommen.«

»Gestern Fast Food und heute Tee«, fasste Grünbrecht lachend zusammen.

»Jetzt hast du Mitleid mit mir, stimmt's? Ich hab jedenfalls welches.« Stern seufzte und startete den Motor seines Audis.

10. KAPITEL

Im Gasthaus »Zur Post« in Ottensheim aßen Stern und Grünbrecht zu Mittag, da in dieser Woche ein Schweinsbraten auf der Speisekarte stand. Vom Bio-Schwein, hatte Grünbrecht von der Speisekarte im Internet abgelesen und Stern damit gar keine andere Wahl gelassen, als dort einzukehren. Die Gruppeninspektorin hatte sich für einen Blaukraut-Schafkäsestrudel mit Zitronen-Thymiansauce entschieden, was Stern so gar nicht verstehen konnte, als er das butterweiche Bio-Schwein mit seiner Zunge zerdrückte und einen köstlichen Semmelknödel hinterherschob. Das Essen entschädigte ihn vielfach für den gestern notgedrungen verzehrten Burger. Danach wollte er sich einen Espresso aus der Rösterei Suchan einverleiben. Sein Körper beanstandete den Koffeinmangel bereits und bestätigte Stern, dass Tee noch nie eine Lösung gewesen war.

»Könntest du dir vorstellen, eine offene Beziehung zu führen?«, fragte Grünbrecht.

Der Chefinspektor verschluckte sich beinahe und hüstelte. »Äh … nein, das ist nichts für mich.«

»Wie läuft es eigentlich zwischen dir und Silvia Burgstaller?«

Stern, dem dieses Gespräch unangenehm war, antwortete: »Eh gut.«

»Was heißt das?«

Stern sah seine Kollegin an und überlegte, was es bei

dieser Antwort nicht zu verstehen gab. »Das heißt, dass alles in Ordnung ist.«

»Das sagt überhaupt nichts aus, Oskar. Seid ihr nun fix zusammen?«, präzisierte Grünbrecht ihre Frage.

Ein Stück Fleisch wanderte in Sterns Mund, was ihm ein wenig Zeit verschaffte, denn eine klare Antwort auf diese Frage gab es nicht. Silvia Burgstaller und er trafen sich in unregelmäßigen Abständen, genossen die gegenseitige Gesellschaft und gingen gerne zusammen in ausgewählte Lokale. Dort verlebten sie ein paar Stunden Zweisamkeit, ohne dass es einen von ihnen einengte oder zu etwas verpflichtete. Sie erfreuten sich aneinander, ebenso am Leben. War man dann ein Paar? Stern holte tief Luft und wollte zu einer Antwort ansetzen, als Grünbrechts Handy läutete.

»Vergiss nicht, was du sagen wolltest«, verlangte sie und hielt sich das Smartphone ans Ohr. »Er ist hier bei mir … Keine Ahnung, warum er nicht an sein Handy rangeht.« Grünbrecht gestikulierte Stern, dass er sein Handy wohl ausgeschaltet habe und es einschalte solle. Wie es ausschaute, wollte ihn jemand Wichtiges erreichen.

Stern wischte seinen Mund mit einer Serviette ab und suchte in seiner Jacke nach dem Gerät. Als er es nicht fand, fiel ihm ein, dass er es mitsamt jenem von Melanie Heinze übergeben hatte, damit dieser eine Überwachungssoftware darauf installieren konnte.

»Natürlich, ich reiche Sie an ihn weiter …« Grünbrecht hielt ihr Smartphone ihrem Vorgesetzten hin.

»Stern«, meldete er sich.

»Stern, wo bleiben Sie denn? Die Leute vom ORF sind da«, drang die Stimme von Gloria Breitenbauer leise aus dem Lautsprecher. Es war zu erkennen, dass die Sekretärin des Dienststellenleiters ihre Stimme dämpfte.

»Welche Leute vom ORF?«, hakte der Chefinspektor nach. Er hatte nicht den blassesten Schimmer, wovon Gloria Breitenbauer redete.

»Die wegen der Pressekonferenz!«

»Welche Pressekonferenz? Das ist doch nicht meine Aufgabe, sondern die von Bormann«, regte sich Stern auf, weil der Dienststellenleiter das offensichtlich Unangenehme an ihn delegierte, ohne vorher mit ihm darüber zu reden. Darauf ließ er sich nicht ein.

»Lesen Sie Ihre Mails nicht? Bormann hat mir gesagt, dass er Ihnen deswegen zwei Nachrichten geschickt hat!«

Daran erinnerte sich Stern. Sein Postfach hatte tatsächlich zwei Mails von Bormann enthalten, die er aber nicht geöffnet hatte, weil Weber mit dem Obduktionsbericht in der Tür erschienen war. Er hatte angenommen, dass Bormann ihn belehren wollte, wie er zu ermitteln hatte, weil ein erfolgreicher Unternehmer in diesem Fall das Opfer war. Später hatte er nicht mehr an die Nachrichten gedacht.

»Wo steckt Bormann überhaupt? Warum macht er das nicht selber wie sonst auch? Spielt er etwa wieder Golf in Luftenberg?« Stern wollte nicht zugeben, dass er die Mails seines Vorgesetzten nicht gelesen hatte.

»Der Chef hat Ihnen geschrieben, dass Sie ihn vertreten müssen, weil er krank ist«, erklärte Breitenbauer drängend.

»Oh!« Stern tat die Anspielung auf das Golfspielen nun leid.

»Dann hat er es wohl vergessen«, deutete die Sekretärin seine Reaktion offenbar falsch. »Er hat sich am Telefon nicht gut angehört, ihn hat es arg erwischt. Er hat sich irgendeinen Virus eingefangen. So kann er nicht vor die Presse treten. Was machen wir denn jetzt?« Gloria Breitenbauer klang verzweifelt. »Wo stecken Sie überhaupt?«

»In Ottensheim. Grünbrecht und ich ermitteln gerade im Fall Zechner …«

»Sie müssen herkommen, Stern! Sie können mich nicht mit den Presseleuten hängen lassen«, flehte die Sekretärin.

»Um was geht es denn bei diesem Termin?«

»Eh um den Mordfall in Altenfelden.«

Die verzagte Stimme von Gloria Breitenbauer ließ Stern seinen Vorsatz beiseiteschieben, keinesfalls die Arbeit seines Vorgesetzten zu übernehmen, immerhin verband ihn mehr als bloße Kollegenschaft mit der Sekretärin. Sie hatte eines der Katzenkinder bei sich aufgenommen, die Miro in seinem Wohnzimmer zur Welt gebracht hatte. Er stopfte noch rasch einen Happen Fleisch in den Mund und sagte, er werde sofort losfahren.

Grünbrecht, die mitgehört hatte, winkte der Kellnerin. Die kam herbei und die Inspektoren zahlten die Rechnung.

Draußen auf dem Parkplatz fragte Stern seine Kollegin: »Kannst du bitte fahren? Wir haben es wirklich eilig. Die Nerven der Breitenbauer liegen blank.« Auch wenn das mit dem schnellen Fahren mittlerweile schon ganz gut klappte, so kannte Stern seine Grenzen. Und die lagen eindeutig dort, wenn es ums Überschreiten der erlaubten Höchstgeschwindigkeit ging.

Grünbrecht freute sich sichtlich und wechselte die Seite. »Ist das ein Polizeieinsatz?«

»Einen dringlicheren als diesen hatten wir noch nie«, antwortete Stern.

*

Mit quietschenden Reifen und eingeschaltetem Blaulicht hielt der Audi A6 vor dem Eingang des Landeskriminalamtes, vor dem mehrere Pressefahrzeuge parkten. Die Köpfe der Tontechniker, Kameraleute und Reporter, die gerade dabei waren, ihr technisches Equipment in das Gebäude zu bringen, wandten sich in ihre Richtung. Die Kriminalbeamten stiegen aus dem Wagen und schritten auf das Portal des LKA zu, vorbei an der Presse, die ihren Gang verfolgte. Stern konnte nicht sagen, woran es lag, doch plötzlich fühlte er sich wichtig. Und unsicher. Er stand nicht gerne im Rampenlicht, anders als Bormann, der es genoss, Wesentliches, aber auch Belangloses, von sich zu geben, wenn es dafür eine Zuhörerschaft gab.

Im Foyer stöckelte Gloria Breitenbauer in High Heels auf die Inspektoren zu. »Da sind Sie ja endlich!«, rief sie ihnen entgegen. »Die wollen mit Ihnen ein Interview zum Wolfsfall machen, Sie wissen schon, das Übliche«, schnaufte sie, als sie sie erreichte.

»Das Übliche? Und was ist das?« Stern hatte keine Ahnung, schließlich nahm er nie an Pressekonferenzen teil.

»Was wir schon alles wissen, solche Dinge.« Breitenbauer zupfte an Sterns Sakko herum und richtete seinen Kragen. »Die sind gleich so weit. Rein mit Ihnen!« Die Sekretärin deutete in Richtung des Besprechungsraums, in dem das Kamerateam Stellung bezogen hatte und gerade die Scheinwerfer einschaltete. Helles Licht drang plötzlich in den Flur heraus. Die Reporter schienen bereit zu sein.

»Du schaffst das«, sagte Grünbrecht, da sie offenbar spürte, dass er gehemmt war.

»Ich kann das doch gar nicht …«

»Sicher! Du wirst das gut machen.«

Stern seufzte.

»Soll ich mitkommen?«

»Ja.« Stern war der Kollegin für ihr Angebot dankbar. Wenn er ins Stottern geriete, würde sie ihm helfen und für ihn übernehmen. Allerdings hoffte er, dass es so weit nicht kommen würde.

Gloria Breitenbauer hielt beide Daumen hoch und lächelte Stern Mut machend an. Der Chefinspektor streckte den Rücken durch, atmete tief ein und aus und ging in Begleitung von Grünbrecht in den Besprechungsraum. Dort stellte er sich den Fragen der Journalisten.

Eine Stunde später war das Spektakel vorüber und Stern durchgeschwitzt. Das Fernsehteam baute das Equipment ab und fuhr ins ORF-Studio zurück, wo aus den Einzelaufnahmen ein Beitrag für die Oberösterreichnachrichten um 19 Uhr geschnitten wurde. Heute Abend würde auch Stern vor dem Fernseher sitzen und sich das Ergebnis anschauen, das nahm er sich gedanklich vor.

»Das hast du souverän gemeistert.« Grünbrecht klopfte ihrem Chef anerkennend auf die Schulter.

»Ja? Findest du?« Stern war unsicher. Auf manche Fragen war ihm nicht gleich die richtige Antwort eingefallen, und er hatte sich die Sätze zuerst im Kopf zurechtlegen müssen, bevor sie ihm dann wie Steine aus dem Mund gepurzelt waren. Das hatte sich alles andere als flüssig angehört, was ihm unangenehm gewesen war. Aber immerhin hatten die Reporter seriöse Fragen gestellt, auch was das Thema Wölfe anbelangte.

»Klar«, antwortete Grünbrecht.

»Wo wir schon mal hier sind, können wir Kolanski und Heinze fragen, was sie heute Vormittag herausgefunden haben«, begab sich Stern wieder auf sicheres Terrain.

»Das wollte ich auch vorschlagen.«

Der Weg ins Großraumbüro führte die Kriminalbeamten am Kaffeeautomaten vorbei, was Stern schmerzlich in Erinnerung rief, dass die Zeit im Gasthaus »Zur Post« in Ottensheim nicht ausgereicht hatte, nach dem Essen einen Espresso zu trinken. Nun hatte er die Wahl, sich am Automaten ein Abwaschwasser, wie Weber die Brühe nannte, zu holen oder nicht. Jedoch eine Wahl war das keinesfalls, eher eine Qual. Ohne den Kaffeeautomaten eines Blickes zu würdigen, ging er an ihm vorbei.

»Habt ihr das Auto von Walter Zechner gefunden?«, fragte er beim Betreten des Großraumbüros, wo Kolanski und Heinze hinter ihren Bildschirmen saßen.

»Ja, es stand auf dem Parkplatz vor dem Tierpark, nur ist es zwischen all den anderen Autos niemandem auf den ersten Blick aufgefallen. Jetzt kümmert sich die Spurensicherung darum, ob darin fremde Fingerabdrücke zu finden sind. Vielleicht war Zechner nicht alleine, als er zum Tiergarten gefahren ist«, erzählte Kolanski.

»War sein Handy im Wagen?«

»Nein. Aber wir haben beim Mobilfunkbetreiber einen Einzelverbindungsnachweis angefordert. Dann wissen wir, ob ihn jemand an dem Abend kontaktiert hat, was zu seiner Meinungsänderung, nicht bei seinem Bruder zu übernachten, geführt haben könnte.«

»Sonst noch etwas?«, fragte Stern.

»Ja.« Heinzes Blick verriet nichts Gutes.

»Was?« Stern war alarmiert.

»Im Internet sind weitere bizarre Fake News zu dem Fall aufgetaucht. Es wird behauptet, dass die Wölfe des Tierparks ausgekommen sind, Zechner durch den Park gehetzt haben und dann über ihn hergefallen sind. Ein Typ namens ›Wildschädl‹ spekuliert sogar, ob jemand die

Wölfe bewusst ausgelassen haben könnte, um sie quasi als Mordwerkzeug zu benutzen. Er verlangt, dass alle Wölfe und Bären in Österreich ›abgeknallt‹ werden, damit sich die Leute endlich wieder sicher im Land fühlen können. Oder man solle jedem Österreicher eine Waffe in die Hand drücken, damit er sich verteidigen kann.«

»Wie in Amerika, was?«, entfuhr es Grünbrecht. Die Gruppeninspektorin schüttelte den Kopf. »Der Wolf macht mir keine Angst, aber solche Typen wie der schon.«

»Oder noch etwas Skurriles hab ich hier: Da behauptet einer, die Wölfe werden von Bill Gates geschickt, sind gechipt und können dadurch von Gates gesteuert werden. Deshalb tun sie viele schlimme Dinge, um den Westen gegen den Osten aufzubringen. Die Wölfe in Russland sind nicht gechipt und deshalb friedlich. Hallo, geht's noch?«

»Der meint das doch nicht ernst«, sagte Kolanski.

»Der meint das todernst!«, war sich Heinze sicher und deutete auf seinen Bildschirm. »Außerdem steht da noch, dass Wölfe angeblich ein Virus übertragen …«

»So, genug!«, unterbrach Stern das Gespräch. »Widmen wir uns wieder der Realität.«

»Chef, diese Menschen leben in der Realität – zwar in ihrer eigenen, aber die laufen da draußen herum und tun was weiß ich alles«, erwiderte Heinze.

»Solange sie friedlich sind und niemanden Schaden zufügen, sollen sie denken, was sie wollen.« Stern beabsichtigte, das Thema endlich zu beenden. Es brachte sie in dem Mordfall nicht weiter.

»Vielleicht hat einer von denen, die glauben, dass die Wölfe gechipt sind und ferngesteuert herumlaufen, das mit diesem Mord beweisen wollen«, ließ Heinze nicht locker.

»So abwegig ist das gar nicht«, schloss sich Grünbrecht

der Theorie an. »Der Täter muss ja gar nicht selber an diese Behauptungen glauben, er nutzt halt die Gunst der Stunde, um entweder Zechner loszuwerden oder die Wölfe. Und wenn es endlich ein menschliches Opfer gibt, das den Wölfen angelastet werden kann, muss die Politik handeln.«

Stern konnte den Gedanken durchaus nachvollziehen. Dennoch hielt er es für wahrscheinlicher, dass der Effekt mit dem »bösen Wolf« eher unbeabsichtigt entstanden und das eigentliche Ziel Walter Zechner gewesen war. Jemand hatte ihn aus dem Weg geräumt, und der vermeintliche böse Wolf hatte vielmehr zufällig seinen Weg gekreuzt. Trotzdem sollten sie dieser Sache nachgehen. »Gut, dann findet heraus, wer ein Interesse daran haben könnte, dass auf die Wölfe Jagd gemacht wird«, wies er Heinze und Kolanski an. »Aber nicht nur bei uns in Oberösterreich, sondern in ganz Österreich. Immerhin ist das ein länderübergreifendes Problem.«

»Geht klar, Chef!«

»Und wir beiden fahren heute noch zur Innenarchitektin«, sagte Stern zu Grünbrecht. »Wie heißt die Dame gleich noch mal?«

»Irmgard Steinerle«, antwortete die Gruppeninspektorin.

»Besorg uns ihre Wohnadresse. Ich schau mir währenddessen schnell meine E-Mails an, falls Bormann noch etwas anderes geschrieben hat als das mit der Pressekonferenz.«

»Wird erledigt!« Grünbrecht wandte sich ihrem Computer zu.

»Äh … Martin, hast du eine Minute?« Stern deutete dem Kollegen, mit ihm zu kommen.

Heinze öffnete eine Schreibtischlade, fasste hinein und holte einen Umschlag heraus. Dann stand er auf und folgte seinem Chef nach draußen, Grünbrechts und Kolanskis erstaunte Blicke im Rücken.

»Mach bitte die Tür zu«, forderte Stern den Kollegen beim Betreten seines Büros auf. Er selbst hatte bereits auf einem Stuhl in der Besprechungsecke Platz genommen.

Heinze setzte sich neben ihn, öffnete den Umschlag und ließ Sterns und Melanies Handy herausgleiten.

»Hat es geklappt?«, fragte der Chefinspektor.

»War kinderleicht«, antwortete der Gruppeninspektor.

»Und wie funktioniert das jetzt? Was muss ich tun, wenn ich wissen will, wo sich Melanie gerade aufhält?«

»Es ist ganz einfach.« Heinze tippte auf den Button der App, die er auf Sterns Handy installiert hatte, und hielt das Gerät seinem Vorgesetzten hin, sodass dieser mitverfolgen konnte, was er machte.

Doch Stern sah den Bildschirm nur verschwommen. Das würde er sich auf diese Weise nie merken können. Alles war verwaschen, nichts konnte er lesen.

In diesem Augenblick ging die Tür zu seinem Büro auf und Grünbrecht trat ein. »Ich hab die Adresse von der …« Als sie bemerkte, wie Stern herumfuhr und sie mit großen Augen anstarrte, hielt sie inne und entdeckte das rosa Handy auf dem Tisch. »Das gehört doch Melanie, oder?«

»Es ist nicht so, wie es ausschaut«, rechtfertigte sich Stern, was er eigentlich nicht müsste. Immerhin war Melanie seine Enkelin und nicht die von Grünbrecht.

»Doch, ist es«, erkannte Grünbrecht in den Gesichtern ihrer Kollegen. »Was habt ihr gemacht? Nein, sagt es mir nicht. Du hast Martin dazu angestiftet, in die Privatsphäre deiner Enkelin einzudringen, um ihr Handy jederzeit orten zu können, hab ich recht?«

Stern seufzte. Grünbrecht war wirklich gut, deshalb

arbeitete er auch so gerne mit ihr zusammen. Aber manchmal wäre es nicht schlecht, wenn sie danebenläge, vor allem, wenn es um Sachen ging, die ihn betrafen. Er bejahte.

»Gut, so schwer war das nun auch wieder nicht zu erraten. Und ihr beide findet das in Ordnung?« Grünbrechts Blick wanderte anklagend zwischen Stern und Heinze hin und her.

»Ja!«, schoss es aus Stern heraus.

»Ich weiß nicht«, meinte Heinze achselzuckend.

»Wenn Melanie davon erfährt, redet sie kein Wort mehr mit dir, Oskar. Das ist dir hoffentlich klar.«

Stern nickte.

»Was machen wir jetzt?« Heinze tippte auf Sterns Handy herum.

»Wir lassen es, wie es ist.« Stern kniff die Augen zusammen und konnte trotzdem nicht genau sehen, worauf die Finger des Kollegen drückten. Also entschied er sich, sein gut gehütetes Geheimnis seinen Kollegen zu offenbaren. Irgendwann musste es ja sein.

»Du kannst deine Brille ruhig aufsetzen, ich weiß, dass du eine hast«, kam ihm Grünbrecht zuvor.

»Du weißt …?« Stern war baff. »Von wem?«

Grünbrecht schmunzelte. »Tobias hat es mir im Tierpark erzählt, aber auch angemerkt, dass ich dir gegenüber nichts erwähnen soll. Er meint, du schämst dich deswegen.«

»Blödsinn!«, behauptete Stern. »Ich denke nur halt nicht daran, dass ich dieses Ding aufsetze, ist ja noch ganz neu für mich.« Ein bisschen war er stolz darauf, dass ihm diese Begründung eingefallen war. Dagegen konnte niemand etwas einwenden.

»Ja, klar«, antwortete Grünbrecht.

»Ist doch wurscht, ob du eine Brille hast oder nicht.« Heinze zuckte wieder mit den Schultern. »Heutzutage hat jeder eine. Und die, die keine benötigen, tragen Brillen mit Fensterglas, weil es gerade in Mode ist.«

»Manche Brillen sind so groß, dass sie das halbe Gesicht ihrer Träger verdecken«, ergänzte Grünbrecht.

»Was bei einigen Menschen eh kein Fehler ist«, witzelte Heinze.

Stern entschied, darauf nichts zu erwidern, holte seine Sehhilfe aus der Jackentasche und setzte sie auf.

»Steht dir gut.« Grünbrecht musterte ihn.

Stern tat es umgekehrt genauso, weil er wissen wollte, ob die Gruppeninspektorin es ernst meinte, und konnte nichts feststellen, was dagegenspräche. »Danke … Na, dann zeig mal her«, sagte er an Heinze gewandt.

Der Angesprochene tippte auf dem Display herum, bis das gewünschte Ergebnis kam. Natürlich lieferte das Programm die Adresse der Dienststelle, weil Melanies Handy neben ihnen auf dem Tisch lag. Stern war zufrieden. Das schien leicht zu sein, das würde sogar er hinkriegen. Gewiss nur in Notfällen, nahm er sich gedanklich vor und hoffte, dass niemals einer eintreten würde.

»Danke dir, Martin!« Stern steckte die zwei Handys in seine Jackentasche. Heute Abend würde er seiner Enkelin das ihre zurückgeben. Damit wäre die Sache erledigt.

»Immer gerne.« Der Gruppeninspektor stand auf und ging zur Tür.

»Ich wollte nur sagen, dass ich die Adresse von der Steinerle habe. Wir können jederzeit losfahren«, erklärte Grünbrecht, weshalb sie eigentlich gekommen war.

»Ich lese nur noch rasch die Mails von Bormann«, erwiderte Stern.

»Ich warte so lange drüben auf dich.« Grünbrecht verließ wie Heinze Sterns Büro.

Der Chefinspektor setzte sich hinter seinen Schreibtisch und öffnete das Mailprogramm. Zwei neue Nachrichten von seinem Vorgesetzten stachen ihm mit rotem Ausrufezeichen markiert ins Auge. Er öffnete die erste und las, dass sich Bormann einen Virus eingefangen habe und es nach Einschätzung seines Arztes wohl länger dauern werde, bis er wieder arbeiten könne. Er erwarte, dass Stern ihn in Sachen Presse adäquat vertreten werde und dabei immer das Wohl und das Ansehen der Polizei im Auge habe …

»Jaja …«, murmelte Stern und klickte das Mail weg.

In der zweiten Nachricht, die Bormann nur wenige Minuten nach der ersten abgeschickt hatte, schrieb der Dienststellenleiter, dass er Sterns Handynummer dem Landeshauptmann weitergeleitet habe, sodass dieser sich bei Fragen direkt an ihn wenden könne.

Stern schnaubte. Er wusste, dass Bormann und der Landeshauptmann befreundet waren und regelmäßig in Luftenberg zusammen Golf spielten. Er beabsichtigte jedoch nicht, sich von einem Politiker vorschreiben zu lassen, wie er seine Ermittlungen zu führen hatte. Er ließ sich ja nicht einmal von Bormann dreinreden! Verärgert schloss er das Mail und verließ das Büro. Jetzt brauchte er unbedingt einen starken Espresso. Wo er den herbekam, da hegte er eine bestimmte Hoffnung.

11. KAPITEL

Die Wohnung von Irmgard Steinerle lag in der Karlhofsiedlung in Urfahr. Die Inspektoren hatten bei der Bau-Newtech GmbH telefonisch die Auskunft erhalten, dass sich die Innenarchitektin heute krankgemeldet hatte.

»Vielleicht steckt doch mehr dahinter als eine flüchtige Affäre«, spekulierte Grünbrecht und stieg vor dem mehrstöckigen Gebäude, in dem Steinerle lebte, aus dem Wagen.

»Du meinst, sie hat Zechner umgebracht, und das hat sie dermaßen aus der Bahn geworfen, dass sie deswegen nicht bei der Arbeit erschienen ist?«, hakte Stern nach. Gemeinsam gingen sie zur Tür des Wohnhauses.

»Das wollte ich eigentlich nicht ausdrücken. Vielleicht hat sie ihn geliebt, und sein Verlust hat sie so stark getroffen, dass sie deswegen nicht arbeiten kann«, erklärte Grünbrecht ihre Vermutung.

»Das werden wir hoffentlich gleich erfahren.« Stern drückte auf die Klingel von Irmgard Steinerles Wohnung.

»Ja?«, meldete sich eine weibliche Stimme aus der Gegensprechanlage.

»Frau Steinerle?«

»Die bin ich.«

»Chefinspektor Oskar Stern von der Kriminalpolizei, ich muss mit Ihnen über Walter Zechner sprechen.«

Stille.

»Frau Steinerle? Hören Sie mich?«

»Ich …« Die Frau hustete.

»Öffnen Sie bitte die Tür.«

»Muss das sein? Ich bin krank …« Undefinierbare Geräusche drangen aus dem Lautsprecher.

»Ja, das muss leider sein«, sagte Grünbrecht. »Bitte öffnen Sie jetzt, sonst …«

Ein Brummen ertönte und Stern drückte rasch die Tür auf.

Mit dem Lift ging es in den dritten Stock, wo eine zierliche Frau die Kriminalbeamten erwartete. Ein Band hielt ihre blonden Haare im Nacken zusammen, einzelne Strähnen hatten sich daraus gelöst. Ihre Augen waren gerötet, das Gesicht aufgequollen, gewiss das Ergebnis vieler vergossener Tränen. Die Inspektoren hatten hier zweifelsohne jemanden vor sich, der um eine geliebte Person trauerte.

»Kommen S' rein«, bat sie die Kriminalbeamten in die Wohnung und schaute in den Flur hinaus, wahrscheinlich prüfte sie, ob ein Nachbar das Auftauchen der Polizei beobachtete. Im Esszimmer bot sie den Inspektoren Platz und einen Kaffee an. Endlich! Stern sah den Espresso-Vollautomaten von seinem Platz aus auf der Anrichte in der Küche stehen und freute sich auf das Getränk.

»Frau Steinerle, dass Ihr Chef tot ist, wissen Sie ja bereits«, begann Stern das Gespräch, was den Gang der Frau in die Küche stoppte.

»Ja«, antwortete Steinerle knapp. Es war ihr anzusehen, dass sie sich zusammenriss und ihre Gefühle nicht offen zeigen wollte.

»Weshalb haben Sie sich heute krankgemeldet?«, fragte Grünbrecht.

»Ich hab mich verkühlt oder mir wohl einen Virus eing'fangen. Jedenfalls geht es mir net gut.« Steinerle zog an den Ärmeln ihres Pullovers und hielt sie fest. Wohl eine Geste, die ihre Behauptung unterstreichen sollte.

»Wir wissen von Ihrer Affäre mit Walter Zechner«, redete Stern nicht länger um den heißen Brei herum. Er fand, dass das nichts brachte.

Die Frau schaute sie erschrocken an und ließ sich ihnen gegenüber auf einem Sessel nieder. »Sie ... Sie sagen es aber net meinem Mann, oder? Der weiß von nix!«

»Sind Sie sicher?«

»Der würde mich umbringen! Der Hubert ist voll eifersüchtig. Wenn der etwas mitg'kriegt hätt, hätt er das gewiss net für sich behalten können. Der hätt mich zur Schnecke g'macht und was weiß ich alles mit mir ang'stellt.«

»Wäre Ihr Mann dazu fähig, den Zechner zu ermorden?«

Die Frau schien sich die Möglichkeit durch den Kopf gehen zu lassen. »Ich weiß net ... Wenn er wütend ist, ist es schon besser, man geht ihm aus dem Weg.«

»Sie haben gerade gesagt, wenn er Bescheid gewusst hätte, hätte er Sie umgebracht. Da haben Sie ihm einen Mord zugetraut.«

»Das sagt man doch nur so«, versuchte Steinerle, ihre unbedachte Aussage zu relativieren. »Ob er das wirklich könnt, weiß ich net, und ehrlich g'sagt, will ich das auch gar net herausfinden. Der Hubert ist ganz anders, als der Walter g'wesen ist. Der Walter war lieb und nett und verständnisvoll. Der hat mir zug'hört, wenn ich ihm erzählt hab, was am Tag so losg'wesen ist. Aber für den Hubert existiere ich gar net, der kommt nach Hause, verlangt sein Essen und verschwindet in seinem Arbeitszimmer oder fährt zu seinen Freunden. Für den bin ich eine Köchin und eine Putzfrau. Eine Angestellte. Doch wehe, es schaut mich ein anderer Mann an, dann wird er eifersüchtig, als wäre ich seine große Liebe. Schon mehrmals hat er mir deswegen eine Szene g'macht. Aber der Walter, der hat mich verstanden …« Der Steinerle kullerten Tränen über die Wangen und sie zog ein Taschentuch aus ihrer Hosentasche.

»Wie lange dauerte das Verhältnis zwischen Ihnen und dem Zechner?«, fragte Stern dennoch weiter.

Die Frau schluchzte und tupfte mit dem Tuch ihr Gesicht trocken. »Seit dem Betriebsausflug, da hab ich seinem Drängen nachg'geben. Zuerst wollt ich ja net, weil ich mich vor meinem Mann g'fürchtet hab, aber dann …«

»Wieso sind Sie so sicher, dass Ihr Mann nichts von der Affäre weiß?«

Irmgard Steinerle schnäuzte sich. »Weil wir aufg'passt haben, der Walter und ich. Wir haben uns nur in Linz g'troffen, in einem Hotel, niemals haben wir uns gemeinsam in der Öffentlichkeit g'zeigt. Von uns beiden hat keiner was g'wusst.«

»Bei der Bau-Newtech GmbH wird allerdings darüber geredet …«

»Was?« Die Innenarchitektin erschrak sichtlich.

»Dort haben auch wir von Ihnen und dem Zechner erfahren.«

»Von wem? Doch net etwa von der Strauss?«

»Und wenn dem so wäre?« Stern interessierte die Antwort darauf.

»Die ist ein Drache! Die lässt an keinem ein gutes Haar, schon gar net an den Frauen, die jünger, attraktiver und g'scheiter sind als sie, was praktisch alle Frauen einschließt«, redete sich die Steinerle in Rage.

»Ich kann Sie beruhigen, von Frau Strauss haben wir es nicht erfahren«, gab Stern preis.

»Wenigstens etwas.« Die Innenarchitektin wischte die letzten Tränen fort.

»Wo ist Ihr Mann im Moment?«, setzte Stern die Befragung fort.

»In seiner Ordination.«

»Ist Ihr Mann Arzt?«

»Gynäkologe.«

»Wir brauchen die Adresse.«

»Muss das wirklich sein? Sie wissen gar net, was Sie mir damit antun«, bettelte die Frau.

»Wenn Ihr Mann so eifersüchtig ist, wie Sie ihn beschreiben, dann müssen wir in Betracht ziehen, dass er von Ihrer Affäre erfahren und seinen Kontrahenten ausgeschaltet hat. Das wäre nicht der erste Mord aus Eifersucht«, führte Stern der Frau vor Augen, warum sie nicht anders handeln konnten.

Irmgard Steinerle fing wieder an zu weinen.

»Hat er Sie geschlagen?«, fragte Grünbrecht, weil sie offenbar den Verdacht hegte, dass der Ehemann der Steinerle nicht bloß eifersüchtig war. Hinter ihrer Angst steckte gewiss mehr, das fand auch Stern.

»Ein- oder zweimal«, schluchzte die Innenarchitektin. »Vielleicht auch öfter.«

»Können Sie bei jemandem übernachten, bis er sich wieder beruhigt hat?«, fragte Grünbrecht.

»Ja, bei meiner Schwester.«

»Frau Steinerle, wo war Ihr Mann vorgestern Nacht zwischen 22 und 4 Uhr morgens?« Stern hatte die Zeit, die Weber ihnen als Todeszeitpunkt genannt hatte, um zwei Stunden vorgerückt, da das Opfer möglicherweise nicht sofort gestorben war.

»Ich glaub, da war er mit seinen Freunden unterwegs

und ist erst so um 1 Uhr nach Hause g'kommen«, erinnerte sich die Innenarchitektin.

»Und was haben er und seine Freunde gemacht?«

»Das weiß ich net, er erzählt mir ja schon lange net mehr, was er so treibt.«

»Hier!« Grünbrecht gab der Frau ihre Karte. »Wenn etwas ist, rufen Sie mich an. Und vielleicht überlegen Sie sich, Ihren Mann zu verlassen, wenn Sie solche Angst vor ihm haben.«

»Jetzt, wo der Walter tot ist … Wo soll ich denn hin? Ich kann ja net ewig bei meiner Schwester und ihrem Mann wohnen.«

»Ein Neuanfang ist besser, als ständig in Angst leben zu müssen.«

»Mit dem Walter hätt ich es g'konnt, den Hubert zu verlassen. Aber nun …«

»Können Sie das auch! Sie schaffen das«, redete Grünbrecht der Frau gut zu.

Auf der Stirn der Frau bildeten sich Falten, sie schien alle Pros und Contras abzuwägen. Dann richtete sie sich auf und streckte den Rücken gerade. »Wahrscheinlich haben Sie recht. Wenn net jetzt, wann dann?«

»Wo wohnt Ihre Schwester«, fragte die Gruppeninspektorin.

»In Gallneukirchen.«

»Packen Sie ein paar Sachen zusammen, wir fahren Sie hin.«

»Das ist nicht nötig, ich hab selber ein Auto. Jedoch wäre ich Ihnen dankbar, wenn Sie so lange bleiben würden, bis ich fertig bin, falls der Hubert nach Hause kommt und mich dabei erwischt, wie ich ihn verlasse.« Erleichterung erschien im Gesicht der Innenarchitektin. »Es tut gut, es auszusprechen. Ich verlasse ihn! Ich verlasse dich, Hubert!«, rief sie und trat aus dem Zimmer.

»Wow!« Stern war ob dieser Reaktion überrascht. »Ich glaube, sie hat gelächelt.«

»Es ist unvorstellbar, mit welcher Angst Frauen oftmals leben, und das mitten in unserer Gesellschaft. Wir denken bei solchen Themen an den Iran, wo die konservative Regierung die Rechte der Frauen massiv einschränkt, oder an Afghanistan, wo Frauen unsichtbar gemacht werden, dabei werden Frauen auch bei uns unterdrückt.« Grünbrecht war darüber sichtlich erschüttert. Als Kriminalbeamtin hatte sie immer wieder mit solchen Fällen zu tun, aber einer misshandelten Frau gegenüberzustehen, war etwas ganz anderes, als ihren Namen in einem Bericht zu lesen oder ihren Fall in eine Statistik einfließen zu lassen.

Es dauerte nicht lange und Irmgard Steinerle kehrte mit zwei Koffern zurück. »So, fertig! Den Rest hole ich später mit meiner Schwester und meinem Schwager. Dann traut sich der Hubert eh net, mir etwas zu tun.«

»Gut!« Grünbrecht lächelte die Innenarchitektin ermutigend an, um ihr zu signalisieren, dass sie das Richtige tat.

»Gut ist es erst, wenn ich von hier weg bin.« Die Frau ging zur Tür.

»Wir brauchen noch die Anschrift von der Ordination Ihres Mannes«, erinnerte Stern sie. Erst jetzt fiel ihm auf, dass ihm der angebotene Kaffee gar nicht serviert worden war. Doch dafür war es jetzt zu spät.

Die Frau nannte eine Adresse im Volksgartenviertel in Linz, die Grünbrecht in ihrem Handy speicherte. Stern bedankte sich, nahm ihr einen der beiden Koffer ab und trug ihn hinunter zu den Parkplätzen, die für die Hausbewohner reserviert waren. In einen roten VW Golf lud er ihn ein.

»Danke!« Irmgard Steinerle reichte den Inspektoren die Hand. »Wenn Sie mich net wachg'rüttelt hätten, säße ich weiter dort oben und würde mich davor fürchten, dass mein Mann nach Hause kommt.«

»Wir wünschen Ihnen alles Gute«, sagte Grünbrecht. »Es kann sein, dass wir noch mal mit Ihnen reden müssen.«

»Ich bin vorerst bei meiner Schwester zu erreichen.« Sie gab den Ermittlern nun auch noch eine Telefonnummer.

Wenig später schauten die Kriminalbeamten zu, wie der rote Golf davonfuhr.

»Ich frage mich, ob der Zechner seine Frau für die Steinerle verlassen wollte. Vielleicht war das zwischen den beiden die ganz große Liebe. Dann hätte auch Carla Zechner ein Motiv«, sprach Stern den Gedanken aus, der sich ihm aufdrängte, während sie zu seinem Audi gingen.

»Oder es war doch der Ehemann von der Steinerle.« Grünbrecht setzte sich auf den Beifahrersitz.

»Ich kann mir auch die Strauss als Täterin vorstellen«, ließ Stern seine Kollegin aufhorchen.

»Echt? Da hast du mit deiner damaligen Lehrerin, die der Strauss ähnelt, wohl wirklich ein Kindheitstrauma erlitten.« Grünbrecht schaute ihren Chef von der Seite her an.

»Ich meine das ernst!«

»Ich auch.«

»Was, wenn die Strauss Angst gehabt hat, dass sie von einer Jüngeren ersetzt wird? Vielleicht wollte der Zechner eine junge, hübsche Sekretärin in seinem Vorzimmer sitzen haben, und die Strauss hat sich dagegen gewehrt«, verriet Stern der Kollegin seine Theorie.

»Das wäre schon eine heftige Reaktion, nur weil sie in Pension gehen soll, für die sie eh alt genug ist. Findest du nicht? Wegen so etwas ermordet man doch nicht seinen Vorgesetzten«, widersprach Grünbrecht ihm. »Weißt du, wie viele Menschen jeden Monat in den Ruhestand treten? Wenn die Leute jetzt anfangen, deswegen ihre Kollegen umzubringen, kündige ich meinen Job!«

Stern, der durchaus Verständnis dafür aufbrachte, wenn jemand weiterhin im aktiven Dienst bleiben wollte, sah das ein wenig anders. »Wenn sie absolut nicht gehen wollte, weil zu Hause nichts und niemand auf sie wartet, sie von Zechner aber dazu gedrängt wurde, dann wäre das schon ein Motiv.«

»Mein Tipp ist nach wie vor der eifersüchtige Gynäkologe.« Grünbrecht gab dessen Adresse ins Navigationsgerät ein.

»Hat seine Ordination heute überhaupt noch offen?«, spielte Stern auf die fortgeschrittene Uhrzeit an.

»Ich hab nachgeschaut, er ist bis 19 Uhr da. Wir können ihn also befragen.«

Stern gewann den Eindruck, dass die Gruppeninspektorin es gar nicht erwarten konnte, dem feinen Herrn Doktor gegenüberzutreten. »Gut, dann machen wir das.«

12. KAPITEL

Stern war bislang noch nie in der Ordination eines Gynäkologen gewesen. Als sie dort eintrafen, fühlte er sich als einziger Mann unter den anwesenden Frauen ein wenig unwohl. Die Arzthelferin teilte ihnen mit, dass sie warten müssten, da Dr. Steinerle gerade eine Patientin auf dem Stuhl habe, was Stern so genau gar nicht wissen wollte. Die Zeitangabe, wie lange der Doktor noch beschäftigt war, reichte ihm völlig.

»Ist wohl ewig her, dass du bei einem Frauenarzt gewesen bist«, sagte Grünbrecht, die sein Unwohlsein offenbar spürte.

»Ich bin zum ersten Mal bei so einem Arzt«, flüsterte Stern, weil es in den Räumlichkeiten der Ordination auffallend ruhig war. Er hatte das Gefühl, dass die Augen sämtlicher Damen auf ihn gerichtet waren. Vermutlich nahmen sie an, dass er Grünbrecht zu einem Termin begleitete. Dass sie seine … Er wollte diesen Gedanken nicht zu Ende führen. Schweiß bildete sich in seinen Achseln.

Wie lange dauerte so eine Untersuchung bloß?

Es kam ihm vor, als säßen sie bereits eine Ewigkeit im Wartezimmer des Gynäkologen.

»Als deine Frau mit Barbara schwanger gewesen ist, bist du doch sicher zu den Untersuchungen mitgegangen.«

»Damals war das nicht üblich«, wehrte Stern vorsorglich ab. »Da warst du als Mann ein Störfaktor.« Und als Störfaktor fühlte sich Stern auch jetzt und schielte zur

Tür hinüber, ob die sich nicht endlich öffnete. Und so, als hätte Gott – oder wer auch immer – sein Flehen erhört, schwang sie tatsächlich auf, und Stern sprang vom Stuhl hoch. Die Klinke wechselte von der Hand einer jungen Dame in seine, und Stern stürmte in den dahinterliegenden Raum, der sich als Büro entpuppte und in dem sich dem Himmel sei Dank kein Untersuchungsstuhl befand und auch sonst keine gynäkologischen Gerätschaften herumstanden.

Der Arzt schaute ihn wegen des Überfalls entrüstet an. »Warten Sie draußen, bis Sie aufg'rufen werden!«, sagte er ungehalten, denn Grünbrecht war mittlerweile ebenfalls eingetreten.

Stern holte seinen Dienstausweis aus der Tasche und hielt ihn dem Gynäkologen entgegen. »Chefinspektor Oskar Stern vom Landeskriminalamt Oberösterreich, das ist meine Kollegin Gruppeninspektorin Mara Grünbrecht. Wir müssen mit Ihnen über den Mordfall Walter Zechner reden«, ließ Stern keinen Zweifel aufkommen, dass sie nicht daran dachten, wieder im Warteraum Platz zu nehmen. Nicht jetzt, nicht später und er überhaupt nie wieder.

»Oh … dann setzen Sie sich, ich bin gleich bei Ihnen. Ich stelle der Patientin, die eben bei mir g'wesen ist, nur noch rasch ein Rezept aus, damit sie net darauf warten muss, bis wir fertig sind.« Der Arzt tippte etwas in seinen Computer.

»Machen Sie nur«, erwiderte Grünbrecht.

Die Ermittler nahmen Platz und Stern schaute sich um. An einer Wand entdeckte er unzählige Babyfotos.

»So! Bitte schön. Nun g'hört meine Aufmerksamkeit ganz Ihnen.« Der Gynäkologe beendete den Vorgang mit ein paar Mausklicks.

»Herr Dr. Steinerle …« Stern nahm den Blick von den Babyfotos und richtete ihn auf sein Gegenüber, damit ihm dessen Reaktion nicht entging. »Sie wissen sicher schon, dass der Chef Ihrer Frau ermordet wurde.«

»Ja, Irmgard hat es mir erzählt. Schrecklich, ganz furchtbar.« Der Arzt schüttelte bedauernd den Kopf.

»Kannten Sie Walter Zechner?«

»Nur aus den Erzählungen meiner Frau.«

»Sie sind ihm nie begegnet?«

Wieder schüttelte der Mann sein Haupt. »Nein. Es gab keine Gelegenheit dazu. Die Bau-Newtech veranstaltet zwar gelegentlich Firmenfeiern oder Betriebsausflüge, aber da sind die Partner nie dazu eing'laden. Ansonsten wüsste ich net, wann und wo ich Herrn Zechner hätte kennenlernen sollen.«

»Können Sie sich vielleicht trotzdem vorstellen, wer ihn umgebracht hat und warum?«

»Wie sollte ich? Wie gesagt, ich hab ihn persönlich net g'kannt.«

»Aber durch Ihre Frau haben Sie sich bestimmt ein Bild von ihm machen können. Das geschieht zwangsläufig, wenn man dem Partner von der Arbeit erzählt«, begründete Stern, warum er so hartnäckig nachfragte.

»Schon, wir sind allerdings nie derart ins Detail gegangen. Es tut mir leid, dass ich Ihnen net weiterhelfen kann.« Der Arzt war freundlich, aber bestimmt. »Ich muss Sie auch bitten, meine Frau heute net zu diesem Thema zu befragen, sie hat das alles doch sehr mitg'nommen. Kein Wunder, wenn der Vorgesetzte auf so brutale Weise ermordet wird. Sie hat sich krankschreiben lassen.«

Nun gab er auch noch vor, ein fürsorglicher Ehemann zu sein, dachte Stern und entschied, die Deckung zu verlassen, da er merkte, wie sehr Grünbrecht dieses Schauspiel aufregte. Ein kurzer Blickkontakt zwischen ihnen reichte aus, dass die Gruppeninspektorin ihre Meinung deutlich kundtat.

»Spielen Sie nicht den Ahnungslosen!«, fuhr sie den Gynäkologen an und lehnte sich über den Tisch zu ihm hinüber. »Sie haben von der Affäre Ihrer Frau mit Walter Zechner gewusst und ihn umgebracht!«

Dr. Steinerle schaute Grünbrecht erschrocken an. »Was sagen Sie da? Die Irmgard und der Zechner hatten eine …?« Das Wort Affäre blieb ihm im Hals stecken.

»Ach, tun Sie nicht so! Sie hatten davon Kenntnis und ihn …«

»Nein, ich hatte keine Ahnung!« Steinerle erhob sich echauffiert von seinem Stuhl.

»Wo waren Sie vorgestern Nacht zwischen 22 und 4 Uhr?«, fragte Stern nach dem Alibi des Mannes und stand ebenfalls auf. Falls der Arzt vorhatte zu türmen, würde er ihm den Weg abschneiden.

»Zu Hause. Da können S' meine Frau fragen, aber erst, wenn es ihr besser geht.«

Stern erinnerte sich an die Aussage der Ehefrau. Ihr Mann sei bei Freunden gewesen, hatte sie gesagt, und erst gegen 1 Uhr nach Hause gekommen. Also log der Doktor. »Wir haben bereits mit Ihrer Frau geredet. Sie sagt, dass Sie nicht zu Hause, sondern bei Freunden gewesen sind.«

Die Erkenntnis, bei einer Lüge ertappt worden zu sein, ließ den Mediziner nicht wie erhofft aufgeben, dennoch präsentierte er nun eine andere Seite von sich. »Diese Funzn!«, fluchte er.

»Herr Steinerle, ich muss Sie bitten, uns auf die Dienststelle zu begleiten.«

»Schon gut, schon gut!«, wehrte der Gynäkologe ab. »Ich war im Casino. Reicht das?« Die Beichte fiel ihm sichtlich nicht leicht.

»Alleine?«, hakte Grünbrecht nach.

»Muss das wirklich sein?«

»Ja! Wir ermitteln in einem Mordfall, und Sie haben kein Alibi!« Es war Grünbrecht anzusehen, dass sie es genoss, den Arzt in Bedrängnis zu bringen. Weil er seine Frau misshandelte, da war sich Stern sicher.

»Ja, ich war alleine. Natürlich haben mich die Angestellten dort g'sehen, die kennen mich.« Der Gynäkologe setzte sich wieder und ließ die Schultern hängen.

»Sind Sie spielsüchtig?«, fragte Grünbrecht direkt.

Der Arzt antwortete nicht.

»Wir werden Ihr Alibi überprüfen. Bleiben Sie in der Stadt«, verlangte Stern und wandte sich zum Gehen.

»Ach, eine Sache noch …« Grünbrecht erhob sich nun ebenfalls und trat nah an den Gynäkologen heran. »Sollte uns zu Ohren kommen, dass Ihrer Frau etwas zustößt, auch wenn sie sich nur den Fingernagel abbricht, dann bekommen Sie es mit uns zu tun, ist das klar?« Grünbrecht sagte dies mit schneidender Stimme, die keine Zweifel offenließ, wie ernst sie es meinte.

Auch darauf erwiderte Dr. Steinerle nichts.

»Ob das klar ist, will ich wissen?«, wiederholte Grünbrecht lauter.

Der Mann zuckte zusammen. »Ja.«

Die Kriminalbeamten verließen die Arztpraxis. Draußen auf der Straße schaute Stern auf die Uhr, es war schon spät. Die Ordination des Gynäkologen würde bald schließen und die meisten Menschen würden sich in den Feierabend begeben. Manche hatten diesen längst angetreten und stießen in den Linzer Lokalen mit Bier und Wein darauf an. Die Menschen genossen vielerorts die angenehm temperierten Herbsttage im Freien, bevor es hierfür zu kalt werden würde und der Winter alles mit seinen Eiskristallen überzog.

»Ich muss heute früher Schluss machen«, sagte Stern.

Grünbrecht war sichtlich darüber überrascht. »Hast du noch etwas vor?«

»Ich möchte mir in ›Oberösterreich heute‹ die Pressekonferenz anschauen«, gab Stern zu. Die Sendung fing in 20 Minuten an. Außerdem musste er Melanie das Handy zurückgeben, immerhin hatte er ihr lediglich einen Tag Handyentzug als Strafe aufgebrummt.

»Gute Idee! Das werde ich auch tun. Beinahe hätte ich es vergessen«, erwiderte Grünbrecht.

Stern wäre es lieber, wenn seine Kollegin die Sendung nicht ansehen würde, da er befürchtete, keine besonders gute Figur zu machen, und sagte: »Wenn es sein muss.«

»Ja, muss es.« Grünbrecht lachte.

»Ich fahre dich nach Hause …«

»Ach, lass nur. Ich nehme die Straßenbahn. Sonst verpasst du den Anfang, und wenn die den Bericht gleich zu Beginn bringen, ist er vielleicht sogar ganz vorbei, bevor du in deiner Wohnung ankommst. Außerdem fahre ich öfter mit der Bim. Das ist kein Problem!«

»In Ordnung, also bis morgen, Mara. 9 Uhr ist Dienstbesprechung«, verabschiedete sich Stern.

»Ich geb den anderen Bescheid!«

*

Es war 18:59 Uhr. Stern hetzte in seine Wohnung, schlüpfte im Flur aus den Kalbslederschuhen und warf die Jacke im

Wohnzimmer über die Lehne der Couch. Hastig schaltete er den Fernseher ein, gerade noch rechtzeitig, denn von der Signation der Sendung hörte er nur mehr die letzten Klänge. Die Sendung startete mit dem Mord in Altenfelden, zweifelsohne war dieser am zweiten Tag in Folge eine Schlagzeile wert. Bilder vom Tierpark erschienen am Bildschirm, vom Wolfsgehege und von den Kerzen und Blumen auf der Aussichtsplattform. Dass es bislang keine Verdächtigen gäbe, erzählte die Moderatorin, ebenso, dass das Opfer erschossen worden sei.

Dann änderte sich das Bild und Sterns Audi A6 erschien, wie er mit quietschenden Reifen vor dem Eingang des Landeskriminalamts hielt. In Großaufnahme wurde auf die Gesichter der im Wagen befindlichen Personen gezoomt – Grünbrecht lächelnd hinterm Steuer und Stern am Beifahrersitz mit vor Angst aufgerissenen Augen, sich am Haltegriff über der Tür festklammernd. Die Szene dauerte höchstens zwei Sekunden, sodass Stern die Hoffnung hegte, dass niemand seinen Gesichtsausdruck bemerkt hatte. Dann sah man, wie sie beide aus dem Wagen stiegen, an den Reportern vorbeigingen und das Gebäude betraten. Dabei war Stern nur kurz im Bild, da der Kameramann offenbar nur Augen für Grünbrecht gehabt hatte. Ihre schulterlangen dunkelbraunen Locken wippten frech bei jedem Schritt, und mit einem Blick ihrer haselnussbraunen Augen direkt in die Kamera verzauberte sie nicht nur den Kameramann, sondern bestimmt zudem das Publikum zu Hause in den Wohnzimmern.

Gleich würde Sterns Moment kommen, bei den Zuschauern einen guten Eindruck zu hinterlassen, denn nun folgten Aufnahmen von der Pressekonferenz.

»Was denken Sie, ist der Grund, weshalb das Opfer im

Wolfsgehege gefunden wurde? Sollten die Wölfe den Mann töten?«, fragte der Reporter.

»Wir gehen derzeit davon aus, dass das Opfer erschossen wurde und erst danach in das Wolfsgehege gestürzt ist. Die Wölfe haben nichts mit dem Tod des Mannes zu tun, das hat unser Gerichtsmediziner bereits herausgefunden«, erwiderte Stern und war stolz auf sich, als er sich derart souverän im Fernsehen reden hörte. Auch alle anderen Fragen beantwortete er sachlich und korrekt. Ein guter Bericht, fand er und war mit sich und der Welt zufrieden. Zumindest so lange, bis sein Handy läutete.

»Stern«, meldete er sich, ohne zu wissen, wer dran war, da er ohne Brille den Namen auf dem Display nicht hatte lesen können. Er nahm an, dass ihm jemand zu seinem Fernsehauftritt gratulieren wollte.

»Stern!«, krächzte es heiser aus dem Lautsprecher. »Kann man Sie nicht einen einzigen Tag alleine lassen?«

Bormann! Stern hatte seine Stimme beinahe nicht erkannt und war ob dieser Frage überrascht, ebenso über den Tonfall, den der Dienststellenleiter anschlug. »Was ist denn passiert?«, fragte er.

»Was passi…?« Die letzten Laute blieben Bormann im offenkundig entzündeten Hals stecken, das hinderte den Dienststellenleiter aber nicht daran, gleich weiterzureden. »Die Linzer Straßen sind keine Rennstrecke, Stern! Das ist eine Stadt! Da laufen Menschen rum! Kinder! Nicht auszudenken …« Bormann erlitt einen Hustenanfall und bellte in das Handy, sodass Stern seines ein Stück weit von sich weghielt. Erst als die unappetitlichen Geräusche verstummten, drückte er es wieder an sein Ohr.

»Chef, das war ein Polizeieinsatz«, versuchte er, Grünbrechts Fahrweise zu erklären. Gott sei Dank hatten sie das Blaulicht eingeschaltet gehabt, sodass sich dieses Argument nun vorbringen ließ, denn ihr eigentliches Ziel war ja die Pressekonferenz gewesen.

»Ein Polizeieinsatz?«, echote Bormann. »Halten Sie mich wirklich für so blöd? Die Aufnahmen zeigen eindeutig die Nietzschestraße, da gab es keinen Polizeieinsatz. Das wüsste ich, da hätte man mich informiert.«

»Chef, es war dringend, sonst hätte Gloria Breitenbauer einen Nervenzusammenbruch erlitten.«

»Was hat denn meine Sekretärin da…?« Bormanns Stimme versagte.

Stern konnte sich auch so vorstellen, was der Dienststellenleiter fragen wollte. »Ich hab Ihre Mails nicht gelesen und deshalb von der Pressekonferenz nichts gewusst. Frau Breitenbauer hat mich rechtzeitig angerufen, während wir Zeugenbefragungen in dem Mordfall durchgeführt haben, was ja unsere eigentliche Aufgabe ist. Nur durch den Anruf von Frau Breitenbauer und die beherzte Fahrt von Grünbrecht haben wir es rechtzeitig geschafft, die Öffentlichkeit darüber zu informieren, was in Altenfelden passiert ist und dass das Geschwafel in den sozialen Netzwerken nicht stimmt«, legte Stern eine politikerreife Rede hin, wie er fand.

Im selben Augenblick sprang Miro auf seinen Schoß. Gewiss hatte sie seine Stimme bis ins Schlafzimmer gehört, wo sie tagsüber auf dem Bett zufrieden schlummerte.

Am anderen Ende der Leitung war es ruhig, nur ein leises Hüsteln war zu vernehmen. »Nun ja … dann lasse ich noch mal Gnade vor Recht ergehen …« Trockener Husten hämmerte aus dem Lautsprecher. »… aber beim nächsten Mal …«

»Schonen Sie sich, Chef. Wir machen das. Ich wünsche Ihnen gute und rasche Genesung! Dann können Sie die

Termine mit der Presse wieder selber wahrnehmen, Sie können das ohnehin viel besser als ich«, schmierte er seinem Vorgesetzten Honig ums Maul. Währenddessen streichelte er Miro übers weiche Fell.

»So schlecht waren Sie gar nicht, Stern«, ließ sich Bormann tatsächlich herab, ein verstecktes Lob auszusprechen.

»Danke, Chef!«

»Sie melden sich, wenn …«

Stern bekam bei dem neuerlichen Hustenanfall beinahe Mitleid mit seinem Vorgesetzten. »Klar!«, sagte er und verabschiedete sich.

Als er aufgelegt hatte, schaltete er den Fernseher aus und hob Miro von seinem Schoß. Katzenhaare hafteten an seiner Hose, aber das war ihm egal. Er musste heute noch zu seiner Enkelin und ihre Strafe beenden. In der Küche füllte er frisches Futter in Miros Napf, der wie stets abends blitzblank ausgeleckt gewesen war. Dann zog er sich an und verließ die Wohnung.

*

Auf dem Weg zu seiner Tochter und seinen Enkelkindern läutete sein Handy erneut. Er ging ran und freute sich, Silvia Burgstallers Stimme zu hören.

»Oskar, ich hab dich im Fernsehen g'sehen. Du hast gut ausg'schaut«, flötete sie.

»Danke, Silvia.« Sterns Herz schlug ein wenig schneller, wie jedes Mal, wenn sie telefonierten oder einander sahen. Sie kannten sich von einem Mordfall in Bad Kreuzen, wo der Schwiegersohn von Silvia das Opfer und sie selbst eine der Verdächtigen gewesen war. Danach hatten sie sich aus den Augen verloren und erst bei einem neuen Mordfall in der Perger Ratgöbluckn wiedergesehen. Seither trafen sie sich in unregelmäßigen Abständen, viel häufiger telefonierten sie. Immerhin lebte Burgstaller nach wie vor in Bad Kreuzen und Stern in Linz. Wenn er einmal im Ruhestand war, konnte er sich mittlerweile vorstellen, ebenfalls ins Mühlviertel zu ziehen.

»Was hast du heute Abend vor? Ich könnt für uns kochen …« Burgstaller ließ den Satz offen, damit jeder Gedanke möglich war. Auch ein unanständiger.

Stern ärgerte sich, dass er ausgerechnet heute keine Zeit hatte. Er wäre schon gerne zur Burgstaller gefahren und hätte sich von ihr verwöhnen lassen. Kurz überlegte er, ob er umdrehen sollte. Doch mit welchem Argument konnte er Melanie das Handy einen weiteren Tag entziehen? Für die 14-Jährige war dieses Gerät überlebenswichtig, gewiss war jede Stunde, in der sie es nicht bei sich hatte, eine Qual. Und ohne Grund nicht aufzutauchen, ging nicht, seine Enkelin würde kein Wort mehr mit ihm reden. Er erklärte seiner Freundin seine missliche Lage.

»Das verstehe ich natürlich. Du bist ein guter Großvater, weißt du das?«, drang die samtweiche Stimme Burgstallers nicht nur an Sterns Ohr, sondern ebenso in sein Herz.

»Das würde jeder so machen«, wischte er das Lob vom Tisch, obwohl er sich darüber freute.

»Wieso hast du das Handy mit zu dir g'nommen und es net bei deiner Tochter g'lassen, dann bräuchtest du net extra deswegen dorthin fahren, um es Melanie zurückz'geben«, fragte Burgstaller.

»Äh …« Stern wollte nichts von der Überwachungssoftware auf dem Gerät erzählen, dann wäre der Gute-Großvater-Bonus vielleicht gleich wieder verspielt. Also ließ er sich etwas einfallen, was weniger auffällig klang. »Weißt du, wenn das Handy in der Wohnung gewesen wäre, hätte Melanie ihre Mutter bestimmt so lange traktiert, bis sie es ihr ausgehändigt hätte. Da bin ich mir sicher, ich kenne sie. Sie hat es faustdick hinter den Ohren.«

Burgstaller lachte. »Ja, so sind sie, die Pubertiere.«

»Wie geht es dir?«, fragte Stern. Nicht nur, um das Thema zu wechseln, sondern weil es ihn wirklich interessierte.

»Mir geht's gut, danke. Aber ich hab Sehnsucht nach dir ...« Wieder blieb der Satz offen, um die größtmögliche Wirkung zu erzielen. Und das klappte auch.

»Weißt du was, ich bring Melanie jetzt ganz schnell das Handy und fahre anschließend weiter zu dir. Dann bleiben uns noch ein paar Stunden«, änderte Stern seine Meinung.

»Das klingt gut.«

Die erfreute Stimme seiner Freundin wirkte betörend auf ihn. Umgehend trat er ein wenig beherzter aufs Gaspedal. »Also, bis gleich.«

»Soll ich etwas für uns kochen?«, fragte Burgstaller.

»Du entscheidest, wie wir diese Stunden verbringen.«

*

Stern drückte auf die Klingel. Im Inneren der Wohnung waren Schritte zu hören. Die Tür wurde aufgerissen und eine wütende 14-Jährige starrte Stern an.

»Grüß dich, Mel...«

»Wo bist du so lange gewesen? Ich warte seit Stunden auf dich!«, schoss seine Enkelin die Worte vorwurfsvoll in seine Richtung.

»Ich arbeite an einem Mordfall, da kann ich nicht zu jeder Zeit weg, um dir dein Handy zu bringen«, rechtfertigte Stern sein spätes Erscheinen.

»Dann hättest du es mir nicht wegnehmen dürfen!« Melanie streckte die Hand aus, in die Stern besagtes Gerät wohl legen sollte.

»Das sehe ich anders«, erwiderte er und kam der Aufforderung nicht nach. »Du hättest mir keinen Grund liefern dürfen, es dir wegzunehmen.«

»Du weißt wohl nicht, dass zu bestrafen nicht zu dem gewünschten Ergebnis führt. Man muss Lob aussprechen, wenn man will, dass sich Menschen ändern«, verkündete Melanie altklug.

Stern, der sich vorstellte, welche Auswirkungen das auf die Gesellschaft haben würde, wenn Verbrecher plötzlich nicht mehr bestraft, sondern mit lobenden Worten bedacht wurden, um sie auf den rechten Weg zurückzuführen, war für einen Augenblick sprachlos. »Wenn ich dich loben soll, musst du dich entsprechend verhalten«, sagte er dann trotzdem, um seiner Enkelin nicht das Feld zu überlassen, auch wenn er es hatte vermeiden wollen, sie anzugreifen.

»Du bist wie Mama!«, giftete ihn die 14-Jährige an.

»Müssen wir das wirklich zwischen Tür und Angel besprechen?«, fragte Stern genervt.

»Gib mir zuerst mein Handy!«, verlangte Melanie.

»Wo ist deine Mutter?«

»Im Bad …«

»Ich warte, bis sie fertig ist.« Stern drängte sich an seiner Enkelin vorbei in die Wohnung. Eigentlich hatte er nur kurz bleiben wollen, aber Melanies Verhalten verlangte nach einer Aussprache.

»Opa …«

»Setz dich!«, befahl er streng.

Erstaunlicherweise tat die Jugendliche, was er von ihr verlangte.

»Ich erwarte von dir, dass du machst, was deine Eltern dir sagen. Glaub nicht, dass sie irgendetwas entscheiden, um dir wehzutun oder um dich zu schikanieren. Sie lieben dich, und sie unternehmen alles, damit du einmal ein schönes Leben führen kannst. Verstehst du das?« Stern schaute seine Enkelin eindringlich an in der Hoffnung, die Botschaft würde bei ihr ankommen.

»Krieg ich jetzt mein Handy?«

»Ich will eine Antwort von dir!«

Melanie verdrehte die Augen. »Das sagt Mama mir eh ständig. Ich bin doch nicht doof!«

»Aber manchmal verhältst du dich so«, brummte Stern wider besseres Wissen. Doch Melanies Verhalten forderte ihn heraus.

Die 14-Jährige biss die Zähne zusammen, um das, was ihr auf der Zunge brannte, nicht auszusprechen, das sah Stern ihr an. Es war zumindest schon mal ein kleiner Erfolg, dass sie ihn jetzt nicht mit Beleidigungen überhäufte, wie sie das oftmals bei ihrer Mutter machte. Er holte das Handy mit der rosa Hülle aus seiner Jackentasche und streckte es ihr entgegen mit den Worten: »Hör auf deine Mutter! Ich verlass mich auf dich.«

Wortlos nahm Melanie das Gerät und verschwand damit in ihrem Zimmer.

Als Stern gerade gehen wollte, kam Barbara aus dem Bad, auf dem Kopf ein Handtuch. Der Rest von ihr steckte in einem gelben Bademantel. »Grüß dich, Papa. Und? Hast du ihr das Handy schon gegeben?« Barbara drückte Stern einen Kuss auf die Wange.

»Ja, sie hat mich angeschnauzt und ignoriert. Ich wusste gar nicht, dass man das gleichzeitig tun kann.« Stern ließ sich im Wohnzimmer auf einem Fauteuil nieder. Ein paar Minuten würde er noch bleiben, die spielten keine Rolle. Dann müsste er später halt ein wenig schneller nach Bad Kreuzen fahren.

»Jetzt weißt du, wie es mir immer geht.« Barbara lächelte wehmütig. »Willst du ein Glas Wein?«

»Wo ist Stefan?«, fragte Stern nach seinem Schwiegersohn.

»Der ist bis Sonntag in Schweden. Die stellen dort irgendwelche Maschinen auf.«

»Alles klar bei euch?«

»Ja, warum fragst du?«

»Weil ich mir schwer vorstellen kann, dass es zwischen euch beiden klappt, wenn er so gut wie nie da ist und du dauernd alleine mit Melanie und Tobias bist«, sagte Stern offen. »Mit Mama und mir hat es nicht hingehauen, da war ich derjenige, der nie zu Hause gewesen ist. Sie hat dich quasi alleine großgezogen.«

»Ich weiß, Papa. Bei Stefan und mir ist das anders, es funktioniert trotzdem gut. Und wenn er da ist, ist er ein großartiger Vater und kümmert sich um die beiden.«

»Ist er auch ein großartiger Ehemann?«

»Ich denke, das ist er«, antwortete Barbara. »Im Augenblick geht es halt nicht anders. Wir schaffen das.«

Stern, der merkte, dass seiner Tochter das Gespräch unangenehm war, wechselte das Thema. »Schläft Tobias schon?«

»Ja, er ist todmüde ins Bett gefallen. Er hat heute allen in der Schule von eurem Ausflug nach Altenfelden erzählt und dass er dabei gewesen ist, als die Leiche aus dem Wolfsgehege geborgen wurde. Seine Lehrerin hat mich deswegen angerufen und mir mitgeteilt, dass sie findet, dass Tobias noch nicht alt genug sei, um mit dir zu einem Tatort zu fahren und sich all diese grauslichen Dinge anzuschauen. Ich hab ihr in jedem Punkt recht gegeben.« Barbara ging in die Küche und kam kurz darauf mit zwei Gläsern Rotwein zurück. Eines reichte sie Stern und setzte sich ihm gegenüber. Na gut, ein paar wenige Schlucke konnte er schon nehmen, damit war er noch fahrtauglich.

»Was hätte ich denn tun sollen?«, fragte er.

»Deine Kollegin bitten, dass sie die Ermittlungen vor Ort für dich übernimmt. Mara ist gut, sie schafft das auch ohne dich. Irgendwann wird sie das ohnehin müssen, wenn du in Pension gehst.« Barbara hielt ihrem Vater das Glas hin, und Stern stieß mit seinem dagegen.

»Auf die Familie!«, sagte er.

»Ja, auf die Familie!« Barbara nahm einen Schluck.

»Wie ist es heute zwischen dir und Melanie gelaufen?«, wollte Stern wissen.

»Gar nicht mal so schlecht, da du jetzt der böse Opa bist, der sie nicht versteht und der ihr sagt, wie sie sich zu verhalten hat, obwohl sie doch eigentlich schon sehr erwachsen ist.« Barbara lächelte ihren Vater an.

»Hat sie das so gesagt?«

»Nicht mit diesen Worten, aber so ähnlich.«

Stern seufzte. »Ich werde mit ihr reden, allerdings nicht mehr heute. Sie soll sich erst mal beruhigen.«

»Gute Idee!«

*

Erst gegen 22 Uhr brach Stern nach Bad Kreuzen auf. Er hoffte, dass Silvia Burgstaller noch auf ihn wartete, ob mit Essen oder ohne war ihm egal, obwohl er ihre Kochkünste mittlerweile sehr zu schätzen gelernt hatte. Um diese Zeit war kaum Verkehr, deshalb traute sich Stern, das Gaspedal stärker herunterzudrücken, und raste seinem Empfinden nach die Bundesstraße 3 hinunter bis nach Baumgartenberg, wo er links abbog und an der Burg Clam vorbei Richtung Bad Kreuzen bretterte. Als er 50 Minuten später vor dem Haus der Burgstaller ankam, war er durchgeschwitzt. Mist, schimpfte er und schnupperte an seiner Achsel. Es gab keinen Zweifel, er musste unter die Dusche.

Im Haus brannte Licht, also war Burgstaller noch wach. Er stieg aus und läutete. Augenblicke später stand die Dame des Hauses vor ihm, gekleidet in einem fließenden lilafarbenen Hausanzug, der ihre tadellose Figur an den richtigen Stellen betonte.

»Da bist du ja endlich«, sagte sie, trat an ihn heran und küsste ihn.

Stern genoss diesen Empfang, der ohne jegliche Vorwürfe war. Kein »Warum bist du so spät dran?« oder »Wo hast du so lange gesteckt?« Sämtliche Probleme fielen von ihm ab. Melanies Verhalten, der Mordfall und Bormann … Alles war weg! Er spürte ihre zartweichen Lippen auf den seinen und roch ihr blumiges Parfum.

Burgstaller löste sich von ihm, und sofort empfand er ein Gefühl des Verlustes. »Willst du etwas essen? Ich hab g'kocht.« Sie nahm ihn an der Hand und führte ihn ins Haus.

Jetzt musste sich Stern entscheiden. Entweder gab er seinem Verlangen nach dieser Frau nach oder doch seinem Hungergefühl, das der Duft, der sich durchs Haus zog, in ihm auslöste.

»Die Bratkartoffeln sind knusprig, und das Steak werf ich rasch auf den Grill. Es dauert nur wenige Minuten«, verführte ihn Silvia zu Letzterem. »Setz dich!«

»Ich helfe dir …«

»Es ist schon alles fertig, nur das Fleisch fehlt. Magst du Wein, Bier oder Prosecco?«

»Was passt denn besser?«, fragte er, da ihm alles recht war.

»Ich nehm ein Glas Wein.«

»Dann für mich bitte auch eines.«

Stern folgte seiner Gastgeberin in die Küche, wo sie die Grillfunktion ihres Herdes einschaltete und die Fleischstücke auf den Rost legte. In zwei Gläser goss sie aus einem Dekanter den Rotwein, der wahrscheinlich seit ihrem Telefonat darin hatte atmen können, und reichte sie Stern. Kurz kam ihm der Gedanke, was sie wohl gemacht hätte, wenn er sich für Bier entschieden hätte, aber eigentlich wusste er, wie das abgelaufen wäre. Er hätte seine Meinung geändert. Diese Frau steuerte ihn, das war ihm klar, und er hatte nichts dagegen. Er trug die Gläser zum Esstisch und stellte sie dort ab.

Minuten später lag ein perfekt gegrilltes Steak auf seinem Teller, und Burgstallers Kater, der faul in seinem Korb geschlummert hatte und durch den Geruch von Fleisch wach geworden war, saß neben dem Tisch auf dem Boden und starrte ihn von unten an. Mit seinem roten Fell erinnerte er Stern an Garfield, der sich ähnlich träge über die Mattscheibe bewegte wie sein lebendes Pendant durch Silvias Wohnung.

»Verschwinde, Karlo!«, schimpfte Burgstaller, was der Kater nicht einmal zu hören schien. Danach schnitt sie von ihrem Steak ein Stück ab und warf es auf den Boden.

Gemächlich trottete das rote Fellbündel darauf zu und fragte sich gewiss, warum ihm seine Dienerschaft das Fleisch nicht in mundgerechte Happen zerteilt hatte, sodass es sich jetzt damit abmühen musste.

Während Kater Karlo das Fleisch bearbeitete, erzählte Stern Burgstaller von dem Mordfall in Altenfelden, Melanies Ausreißen im Shoppingcenter und seiner ersten Pressekonferenz mit dem Österreichischen Rundfunk.

»Wow! Bei dir tut sich jede Menge, da kann ich net mithalten.« Burgstaller legte das Besteck auf den Teller und wischte sich den Mund mit einer Serviette ab. Sie war mit dem Essen fertig, da ihre Portion nur halb so groß gewesen war wie die von Stern.

»Auf den Großteil könnte ich verzichten«, erwiderte der Chefinspektor und meinte das durchaus ernst.

»Ohne Arbeit kannst du doch gar net sein.« Burgstaller füllte bei beiden Gläsern Rotwein nach und nahm einen Schluck aus ihrem.

»Es ist nicht die Arbeit, die mich belastet. Es sind die Probleme rundherum. Grünbrecht wollte gestern von mir wissen, ob ich mir vorstellen könnte, einem anderen Job nachzugehen. Ich hab mir diese Frage nie gestellt, weil ich zufrieden bin mit dem, was ich tue. Sie hingegen scheint darüber nachzudenken.«

»Habt ihr darüber geredet, was sie stattdessen machen möchte?«

»Sie hat gesagt, dass sie lediglich hinterfragen würde, was sie tut und ob sie immer auf der richtigen Seite steht.«

»Das ist doch gut.«

»Ja? Findest du? Ich mache mir Sorgen, dass sie ernsthaft überlegt, sich zu verändern. Seit Edwin tot ist, ist sie nicht mehr dieselbe.«

»Das ist doch verständlich, Oskar. Gib ihr Zeit, so eine tiefe Wunde heilt nicht binnen kurzer Zeit. Als mein Mann g'storben ist, hab ich zwei Jahre g'braucht, mich davon halbwegs zu erholen. Wenn ein geliebter Mensch von einem Tag auf den anderen plötzlich weg ist, zerreißt es dich in Stücke, du verlierst den Halt, hinterfragst bei allem den Sinn, sogar den des eigenen Lebens. So ist es zumindest mir ergangen. Damals wusste ich net, dass mir das Leben ein zweites Glück schenken wird.« Burgstaller lächelte Stern an.

Und der war ganz gerührt von ihren Worten. Er legte das Besteck auf den Teller und wischte sich den Mund ab. »Mir geht es mit dir genauso«, sagte er. Die Zeit des Essens war vorbei.

»Ich schlag vor, du gehst unter die Dusche, während ich das hier wegräum.« Burgstaller sah ihn verführerisch an.

»Gute Idee.« Stern war aufgeregt.

»Handtücher findest du in dem Schrank neben dem Waschbecken.«

»Bin gleich wieder da!« Stern stand auf, eilte die Treppe hoch und zog sich im Bad aus. Er hatte nur ein Ziel, und zwar so rasch wie möglich den Stress und den Ärger des Tages von sich abzuwaschen und zu seiner Angebeteten zurückzukehren. Er stieg in die Dusche, das Wasser lief über seinen Kopf. In Gedanken ließ er das Abendessen Revue passieren. Als Burgstaller laut ausgesprochen hatte, dass er ihr zweites Glück sei, hatte sein Herz vor Freude einen Sprung gemacht. Ja, er hatte sich in diese Frau verliebt, doch bislang hatte er es ebenso für möglich gehalten, dass seine Gefühle nicht stark genug wären, sondern bloß eine Liebelei, die rasch wieder verflog. Immerhin hatten sie beide die Lebensmitte längst überschritten, da verschenkte man sein Herz nicht mehr leichtfertig. Nun aber war er sich sicher.

Die Tür zur Dusche ging auf, und Silvia Burgstaller trat ein. Sie nahm ihm das Duschgel aus der Hand und stellte es zurück auf die Ablage. Während das Wasser von oben auf sie beide hinabprasselte, schmiegte sie sich an ihn und berührte ihn dort, wo das vor ihr lange niemand mehr getan hatte.

13. KAPITEL

Zehn Minuten zu spät erschien Stern am nächsten Morgen zur Dienstbesprechung auf dem Landeskriminalamt. Die Fahrt von Bad Kreuzen nach Linz hatte durch den Berufsverkehr länger gedauert, als er berechnet hatte. Doch davon ließ er sich seine gute Laune nicht verderben. Mit einem fröhlichen »Guten Morgen« begrüßte er die Kollegen.

»Guten Morgen«, kam es nicht mit derselben Freude zurück.

»Ist etwas passiert?« Stern schaute in die Gesichter der Kriminalbeamten.

»Nichts ist passiert. Wir hatten letzte Nacht halt keinen Sex, so wie du offenbar«, überraschte Kolanski ihn mit seiner Direktheit.

Stern war baff. Es konnte doch nicht sein, dass man es ihm ansah, wenn er …

»Jedes Mal, wenn du derart gut gelaunt am Morgen daherkommst, hat das etwas mit deiner neuen Flamme zu tun«, schloss sich Heinze Kolanskis Meinung an.

Sterns Blick wanderte zu Grünbrecht, ob sie ebenfalls ihren Senf dazugeben wollte, doch sie lächelte bloß still in sich hinein. »Gut, dann hätten wir das also geklärt«, sagte er und hoffte, dass die Kollegen nicht auch noch Details von ihm erfahren wollten.

»Oder hat deine gute Laune damit zu tun, dass du gestern in den Nachrichten so geglänzt hast und nun ein Fernsehstar bist? Das habt ihr übrigens beide, wenngleich ich dem Kameramann unterstelle, dass er nur Augen für Mara gehabt hat und demnach nicht ganz objektiv gewesen ist, was das Einfangen thematisch passender Bilder anbelangt.« Kolanski zwinkerte Grünbrecht zu.

»Ihr habt den Bericht gesehen?« Stern war überrascht.

»Alle auf der Dienststelle haben ihn gesehen, Oskar. Und die, die gestern Abend keine Zeit dafür hatten, haben ihn sich heute früh in der ORF TVthek angeschaut, so wie ich.« Heinze grinste.

Stern hatte nicht den blassesten Schimmer, wie man sich etwas im Nachhinein im Fernsehen anschauen konnte. Aber er teilte den Kollegen mit, dass ihn Bormann wegen der Pressekonferenz gestern noch angerufen habe.

»Und? Was hat er gesagt?« Grünbrecht drehte sich mit ihrem Stuhl in Richtung ihres Chefs.

Stern wollte nicht, dass sich die Gruppeninspektorin vom Dienststellenleiter wegen ihrer rasanten Fahrweise gemaßregelt fühlte, insbesondere da er selber ihr die Anweisung dazu erteilt hatte, deshalb erwähnt er dazu nichts. »Ihm hat es gefallen«, antwortete er.

»Echt? Damit hätte ich nicht gerechnet.« Grünbrecht war offensichtlich erstaunt.

»Es geschehen noch Zeichen und Wunder«, ließ Kolanski ebenso überrascht verlauten.

»Und welche Fortschritte machen wir bei den Ermittlungen in unserem Mordfall?«, wollte Stern erfahren. »Habt ihr inzwischen die Rufliste von Zechners Handy vom Mobilfunkbetreiber bekommen?«

»Ja, aber da ist kein Anruf für die Zeit verzeichnet, als er bei seinem Bruder gewesen ist, auch keine SMS. Das letzte Mal hat Zechner Stunden vor seinem Tod telefoniert, und zwar mit seiner Frau. Da hat er ihr wahrscheinlich mitgeteilt, was er vorhat. Carla Zechner hat uns selbst davon erzählt. Danach war nichts mehr. Demnach war seine Meinungsänderung, warum er nicht bei seinem Bruder übernachtet hat, nicht von außen beeinflusst«, berichtete Kolanski.

»Was ist mit WhatsApp?«, fragte Stern.

»Dafür brauchen wir sein Handy, das wir leider nicht haben. Bis wir da die Daten von Facebook bekommen, haben wir den Fall längst geklärt«, erwiderte Heinze. »Menschen ändern ständig ihre Meinung. Vielleicht ist ihm etwas eingefallen, an das er zuvor nicht gedacht hat«, zeigte der Gruppeninspektor auf, welche simplen Möglichkeiten es noch gab und dass nicht immer alles etwas mit dem Fall zu tun haben musste. »Möglicherweise wollte er bloß in seinem eigenen Bett schlafen.«

»Oder das Gespräch zwischen den Brüdern ist nicht so harmonisch verlaufen, wie Georg Zechner behauptet hat, auch wenn die beiden zusammen Schnaps getrunken haben«, spekulierte Stern weiter.

»Was, wenn der Walter Zechner schon vollgetankt zu seinem Bruder gefahren ist? Wir wissen nicht, wo er sich die 1,2 Promille angetrunken hat. Ob das wirklich bei seinem Bruder gewesen ist, sei mal dahingestellt. Vielleicht kam es zum Streit und die Eheleute lügen uns an«, meinte Grünbrecht. »Nachdem, was wir von Carla Zechner erfahren haben – nämlich dass der Georg vom Walter ursprünglich viel mehr Geld für den Grund gefordert hat, als dieser eigentlich wert ist, und dass sie sich deswegen schon vor fünf Jahren in die Haare gekriegt haben –, halte ich das durchaus für möglich.«

»Ich ebenso«, schloss sich Stern der Kollegin an. »Was ist

mit den anderen? Hast du das Alibi von diesem Dr. Steinerle überprüft?«

Grünbrecht verneinte. »Das Casino sperrt erst um 10 Uhr auf, dann fahre ich hin.«

»Das sollen Hermann und Martin übernehmen«, wies Stern die Kollegen an. »Dann könnt ihr auch gleich mit der Strauss reden, Walter Zechners Sekretärin. Mara und ich statten noch mal Georg Zechner und seiner Frau einen Besuch ab.«

»Weshalb?«, wollte Kolanski erfahren. »Ich dachte, ihr habt die Strauss schon befragt.« Der Gruppeninspektor schaute irritiert zwischen Stern und Grünbrecht hin und her.

Während Letztere grinste, versuchte Stern, todernst dreinzublicken. »Vielleicht wollte der Zechner seine Sekretärin gegen eine Jüngere austauschen. Die Frau sitzt wie eine Bulldogge in seinem Vorzimmer, die Zusammenarbeit war bestimmt nicht konfliktfrei. Und wenn die Strauss nicht in Pension gehen wollte, hat sie womöglich mit harten Mitteln dagegen angekämpft. Wir dürfen nichts außer Acht lassen und müssen sämtliche Möglichkeiten in Betracht ziehen«, erläuterte Stern.

»Klar, Chef!«

»Ach ja, und macht auf gar keinen Fall einen Scherz wegen ihres Namens. Sie heißt mit Vornamen Ursula und findet Anspielungen darauf keinesfalls lustig«, warnte Stern die Kollegen.

»Eine Ursula Strauss! Wie die Schauspielerin aus ›Schnell ermittelt‹! Das ist ja witzig«, fand Heinze.

»Nein, eben nicht«, gab Grünbrecht ihrem Chef recht.

»Oh doch!«, beharrte Kolanski.

Stern schüttelte den Kopf. »Ihr werdet schon sehen.«

»Wie schlimm kann eine ältere Frau schon sein? Wir schaffen das, gell, Hermann? Wir sind schließlich richtige Männer!« Heinze lachte machomäßig. »Vielleicht lass ich mir von ihr sogar ein Autogramm geben, sozusagen unter Kollegen, das wäre doch toll. Außerdem mag ich die echte Ursula Strauss, die spielt alle Figuren immer so authentisch. Die Frau könnte eine von uns sein.«

Grünbrecht verdrehte ob seines Gehabes die Augen.

»Ich frag nur noch rasch bei der Breitenbauer nach, ob ich Bormann bei irgendeiner Sache vertreten muss. Wenn nicht, können wir gleich losfahren, Mara«, beendete Stern die Diskussion. Immerhin waren die Kollegen vorgewarnt. Wie ernst sie diese Warnung nahmen, war ihre Sache.

*

»Bormann ist immer noch krank«, ließ Stern Grünbrecht auf der Fahrt nach Altenfelden wissen. »Angeblich ruft er stündlich an und erkundigt sich, was los ist. Die arme Frau Breitenbauer kommt zu nichts anderem mehr, als mit dem Chef zu telefonieren.«

»Dann hoffen wir für sie, dass er schnell wieder gesund ist«, erwiderte Grünbrecht. »Und natürlich auch für dich, damit du keine Pressekonferenz mehr übernehmen musst.«

»So schlimm war es gar nicht«, fand Stern jetzt im Nachhinein. Viele Kollegen auf der Dienststelle hatten ihm zu seinem gelungenen Auftritt gratuliert und natürlich auch Grünbrecht wegen der filmreifen Ankunft vorm Landeskriminalamt, welches das Polizeiimage gehörig aufpolierte, so die beinahe einhellige Meinung.

Nach gut einer halben Stunde Fahrt tauchte am Ende

einer schmalen Zufahrtsstraße der Bauernhof der Zechners auf. Stern parkte den Audi vor dem Tor mit dem Sonnenmotiv. Die Blumen in dem Beet auf der rechten Seite der Eingangstür schienen heute weit weniger kräftig zu blühen als bei ihrem letzten Besuch. Vielleicht lag das daran, weil Wolken den Himmel bedeckten.

Die Kriminalbeamten stiegen aus dem Wagen, und Stern pochte mit dem metallenen Klöppel an die Haustür. Nachdem er das Prozedere wiederholt hatte, schwang sie auf.

»Ah, die Herrschaften von der Polizei, grüß Gott.« Georg Zechner schien über ihr Erscheinen nicht überrascht zu sein.

»Grüß Gott, Herr Zechner. Wir hätten noch ein paar Fragen an Sie. Dürfen wir reinkommen?«, fragte Stern.

»Klar, kommen S'. Wir sitzen gerade bei der Vormittagsjause, wollen S' auch was?«, lud der Hausherr die Inspektoren ein.

Stern, der bei Silvia Burgstaller gut gefrühstückt hatte, lehnte zu Grünbrechts Erstaunen ab.

In der Bauernstube saß Gerlinde Zechner am schweren Holztisch, der mit Brot, Butter, Käse und Speck beladen war. In einer Glaskanne in der Mitte des Tisches befand sich Filterkaffee. Als die Kriminalbeamten eintraten, nickte die Landwirtin ihnen zu, da sie gerade den Mund voll hatte.

»Bitte, nehmen S' Platz!« Georg Zechner zeigte auf die freien Stühle.

Die Inspektoren setzten sich. »Danke! Ist Ihre Tochter auch da?« Stern deutete auf einen benutzten Teller auf dem Tisch und eine halbvolle Kaffeetasse daneben.

»Sie ist mit dem Essen schon fertig und in ihr Zimmer g'gangen«, erklärte der Vater.

»Vielleicht holen Sie sie noch mal her, damit wir sie nicht extra befragen müssen.«

»Die Martha weiß von der ganzen Sache mit dem Grundverkauf nix. Wir haben nie mit ihr drüber g'redet. Und der Tod vom Walter hat sie ordentlich mitg'nommen«, warf die Mutter ein.

»Trotzdem«, beharrte Stern.

»Wenn S' meinen!« Der Vater ging hinaus in den Flur und rief nach seiner Tochter, die alsbald erschien.

Daraufhin kam Stern zur Sache: »Wir haben gehört, dass es zwischen Ihnen und Ihrem Bruder Streit wegen dem Preis für den Grund gegeben hat, auf dem die Wohnungen errichtet hätten werden sollen.«

»Das hat Ihnen g'wiss die Carla g'steckt«, vermutete Gerlinde Zechner sofort richtig.

»Es wird behauptet, dass Sie ein Vielfaches von dem, was der Grund eigentlich wert ist, von Ihrem Bruder und Schwager verlangt haben«, übte Stern weiter Druck auf die Bauersleute aus.

Während Gerlinde Zechner wütend schnaubte, verhielt sich ihr Mann auffallend ruhig.

»Erzählen Sie uns doch Ihre Version der Geschichte«, forderte Grünbrecht die Zechners auf. »Vielleicht ist ja das, was geredet wird, falsch. Also, was ist passiert?«

Es war dem Landwirt anzusehen, dass es ihm schwerfiel, darüber zu reden, deshalb legte Stern noch ein Schäufelchen nach. »Wenn Sie uns freiwillig davon berichten, wirkt sich das unter Umständen strafmildernd aus, falls Sie etwas getan haben, das gegen das Gesetz verstößt.«

»Wir haben nix getan!«, begehrte Gerlinde Zechner auf.

»Erzählen Sie uns von dem Streit mit Ihrem Schwager,

Frau Zechner«, verlangte Grünbrecht von der echauffierten Frau.

»Aber … aber …«

»Das stimmt schon, was Ihnen die Carla g'sagt hat«, unterbrach ihr Mann sie. »Der Walter und ich haben uns, seit das Ganze ang'fangen hat, deswegen g'stritten. Ich wollt halt auch einmal was vom Leben haben, net bloß den alten Hof, und der Walter hatte Geld im Überfluss. Es hätt ihm net wehg'tan, wenn er uns was abg'geben hätt. Aber er ist gierig g'worden, und ich dann halt auch.« Georg Zechner schaute verzweifelt in die Runde. Am Gesicht seiner Tochter blieben seine Augen hängen.

Stern konnte nicht sagen, was dieser Blick ausdrückte, doch er glaubte, dass sich der Mann vor seiner Tochter schämte und sie stumm um Verzeihung bat. Eltern machten keine Fehler, Eltern waren Vorbilder! Stern kannte dieses Gefühl nur zu gut. Auch er hatte als Vater vieles falsch gemacht und würde heute anders handeln, wenn er noch einmal die Chance dafür bekäme. Das redete er sich zumindest ein.

»Ich zermartere mir jeden Tag das Hirn, ob der Walter noch leben tät, wenn des net g'wesen wär! Ich kann nimma schlafen deswegen!« Tränen traten dem Landwirt in die Augen.

Gerlinde Zechner schaute betroffen auf ihre Hände. Zu leugnen, dass da etwas vorgefallen war, oder zu verharmlosen, dass alles gar nicht so schlimm gewesen sei, hatte keinen Sinn mehr, das sah sie jetzt gewiss ein.

»Erzählen Sie uns, was passiert ist, und zwar von Beginn an«, forderte Stern die Bauersleute auf.

»Da gibt es net viel zu sagen. Auf unserem Grund hätten Wohnungen gebaut werden sollen, eine Siedlung für die Menschen, die sich net so tolle Häuser in Stadtnähe leisten können. In einer guten halben Stunde ist man von hier in Linz. Die Grundstückspreise sind bei uns noch halbwegs erschwinglich, und wenn der Bau g'fördert wird, wäre das schon eine super Sache g'wesen. Aber ich hätt dem Walter unseren Besitz als landwirtschaftlichen Grund verkaufen sollen, dann hätt er ihn in Bauland umwidmen lassen und schon wäre er ein Vermögen wert g'wesen. Das geht doch net! Den eigenen Bruder derart über den Tisch ziehen!« Die Stimme des Landwirts war schrill geworden.

»Und da haben Sie ihn erschossen, weil Sie sich von ihm betrogen gefühlt haben«, schlussfolgerte Stern.

»Nix hab ich!«, stritt Georg Zechner ab. »Das Ganze dauert doch schon mindestens fünf Jahre, wieso sollte ich ihn jetzt deswegen erschießen? Ich hab ihm g'sagt, dass er keinen Quadratmeter von mir kriegt, wenn er mir net zahlt, was der Grund nachher wert sein wird. Darauf haben wir uns schließlich auch geeinigt.«

Gerlinde Zechner nickte zustimmend. »Genau so ist es g'wesen.«

»Und als Draufgabe, weil wir ja von hier wegmüssen, wollt er uns ein modernes Haus bauen«, beendete Georg seine Erzählung.

»Mit einer schönen Küche und einem riesigen Garten«, fügte seine Frau hinzu.

»Und Sie haben darüber nie mit Martha geredet, obwohl sie ihr Zuhause verlieren würde? Wo sie aufgewachsen ist?«, fragte Grünbrecht ungläubig.

»Wir wollten es ihr erst sagen, wenn es fix g'wesen wäre. Vorher bringt das doch nix«, erwiderte die Mutter und schaute ihre Tochter an, die bislang geschwiegen hatte.

»Jetzt weiß ich es natürlich, wo der Onkel Walter tot ist«, sagte Martha endlich auch einmal etwas.

»Und was ist Ihre Meinung dazu?«, fragte Stern.

Die junge Frau zuckte mit den Schultern. »Es ist mir eigentlich wurscht. Ich bin 18 und zieh eh bald aus, wenn ich genügend Geld für eine eigene Wohnung hab.«

Die Mutter versuchte zu lächeln, was kläglich misslang. Wenn Kinder das Elternhaus verließen, war das schmerzhaft, daran erinnerte sich Stern. Als Barbara ausgezogen war, war die Stille zu Hause für ihn unerträglich gewesen, ebenso für seine Frau Franziska. Es hatte Wochen gedauert, bis sie sich daran gewöhnt hatten. Vielleicht hatte es aber auch daran gelegen, dass sich Franziska und er schon vorher auseinandergelebt hatten. Durch Barbaras Auszug war das nur noch spürbarer geworden.

»Wie der Walter bei uns g'wesen ist, haben wir die letzten Details g'klärt«, erzählte der Landwirt weiter. »Wann er mit dem Bürgermeister über das Projekt redet und dass wir uns schon mal ein Grundstück am Ortsrand aussuchen sollen.«

»Carla behauptet, dass der ständige Streit über den Grundverkauf und das Geld Spuren in Ihrer Beziehung hinterlassen hat, ich meine, zwischen Ihnen beiden, Ihrem Bruder und Ihrer Schwägerin«, schob Stern nach.

»Der Carla kann man nur schwer etwas recht machen. Die sitzt den ganzen Tag daheim und hat Zeit, über alles nachzudenken. Die Mädchen sind groß und brauchen sie net mehr so viel, aber sie will trotzdem net arbeiten und spielt die feine Dame. Eh klar, dass die mit unserem Deal net einverstanden g'wesen ist, immerhin hätte das den Walter einen Batzen Geld g'kostet.«

»Von welcher Summe reden wir?«, fragte Stern. »100.000 Euro? Oder 500.000?«

»Hängen S' noch einen Nuller dran. Da ging es net nur um ein Grundstück, sondern um alles hier. Alles, was zum Hof dazug'hört.«

Der Chefinspektor stieß einen leisen Pfiff aus. »Das nennen wir ein Motiv.«

»Aber net unseres, weil wir schauen jetzt durch die Finger! Wir kriegen gar nix!«, fauchte Gerlinde Zechner.

14. KAPITEL

Die Kriminalbeamten fuhren die Zufahrtsstraße entlang Richtung Hauptstraße, den Bauernhof im Mühlviertler Steinbloß-Stil der Zechners im Rückspiegel. Mittlerweile waren die Wolken dunkler geworden, sie trugen viel Wasser mit sich, das sie hoffentlich über das Land ergießen würden. Nach dem trockenen Sommer, der die Landschaft heuer früher als sonst in Rot- und Brauntöne tauchte, sehnten sich Fauna und Flora nach Regen.

»Ich halte die Zechners für unschuldig«, sagte Stern. »Sie profitieren nicht durch Walters Tod. Wir sollten die Finanzen des Projekts überprüfen. Wenn stimmt, dass sich der Walter mit dem Georg einig geworden ist und er ihm eine Million für den Grund zahlen wollte …«

»Oder fünf Millionen«, ergänzte Grünbrecht, wie hoch die Summe auch sein könnte, da sie an dieser Stelle bei der Befragung nicht nachgehakt hatten.

»Du hast recht, es könnten genauso gut fünf Millionen sein«, pflichtete Stern ihr bei. »Dann wollte Carla Zechner das Projekt vielleicht wirklich verhindern, damit sie weiter ihr schönes Leben führen kann. Möglicherweise sind die beiden doch nicht so glücklich in ihrer Ehe gewesen, und der Walter Zechner wollte sein Vermögen umschichten, damit Carla bei einer Scheidung leer ausgeht. Was hältst du von dieser Theorie?«

»Ich finde sie gar nicht so abwegig. Am besten, ich beantrage für sämtliche Bankkonten der Zechners einen

Beschluss zur Offenlegung.« Grünbrecht holte ihr Smartphone aus der Tasche.

»Ist das Waffengutachten von Zechners Gewehren schon da?«, fragte Stern. Er wusste, dass seine Kollegin aus ihrem Telefon beinahe alle Informationen herausholen konnte. Auch die, die in irgendwelchen Mails herumschwirrten und zu denen er bloß über seinen Computer Zugang hatte. »Denn wenn aus den Waffen geschossen wurde, wären wir ein Stück weiter.«

»Warte, ich schau mal nach.« Grünbrecht wischte und tippte auf ihrem Handy herum, während Stern den Blinker setzte und auf die Rohrbacher Straße Richtung Linz auffuhr. »Ja, ist da. Aber die Verbindung ist so schlecht, dass es Ewigkeiten dauert, bis die Nachricht offen ist … Ah, jetzt hat es geklappt.« Grünbrecht fasste den Inhalt für Stern zusammen: »Nein, weder die Flinte noch das Gewehr der Zechners ist die Tatwaffe. Aus beiden wurde seit einigen Wochen kein Schuss mehr abgegeben.« Grünbrecht steckte das Smartphone wieder ein.

»Was es noch unwahrscheinlicher macht, dass die Bauersleute etwas mit Walter Zechners Tod zu tun haben«, resümierte Stern.

»Was aber, wenn der Walter in Luxuswohnungen investieren wollte? Dann wäre alles noch viel mehr wert gewesen, als wenn Wohnungen für Leute wie du und ich entstanden wären. Vielleicht kam der Georg dahinter und der Streit über das Geld, wie viel er vom Kuchen abbekommt, ging von vorne los?«, spekulierte Grünbrecht.

»Da ist was dran«, gab Stern seiner Kollegin recht. »Doch wie hat der Georg es angestellt, dass der Walter ihm zu dem Tierpark gefolgt ist? Wieso hätten die beiden nach dem Gespräch auf dem Bauernhof überhaupt dort hinfahren sollen? Das ergibt keinen Sinn. Der Walter wäre niemals mitgekommen, wenn der Georg ihn dazu aufgefordert hätte, wenn sie zuvor derart heftig gestritten haben. Würdest du das tun? Also ich nicht.«

»Und was ist mit der Gerlinde Zechner?«

»Was soll mit ihr sein?«

»Wenn sie ihren Schwager umgebracht hat?«

»Gut, spielen wir es durch. Der Georg geht ins Bett, nachdem sein Bruder gefahren ist. Als er schläft, folgt die Gerlinde ihrem Schwager zum Tierpark, weil sie dort verabredet sind, warum auch immer sei mal dahingestellt. Jedenfalls soll der Georg nichts davon wissen. Sie erschießt Walter mit einer Schrotflinte, die wir noch nicht gefunden haben, vielleicht, weil die beiden eine Affäre gehabt haben und Gerlinde wollte, dass er sich endlich von Carla trennt. Und wie hat Carla Zechner gesagt: Sie dürfen mit jedem Sex haben, außer mit Freunden und natürlich nicht mit der Schwägerin«, malte Stern aus, wie es gewesen sein könnte. »Aber das ist alles sehr dünn und wir haben keinerlei Beweise.«

»Und auch Carla Zechner kommt als Täterin infrage«, dachte Grünbrecht laut nach. »Sie könnte ihren Mann erschossen haben, weil sie herausgefunden hat, dass er etwas mit der Gerlinde am Laufen gehabt hat.«

»Aber unter welchem Vorwand hat sie ihren Mann in den Tierpark gelockt?«, stellte Stern die Frage, auf die es seiner Meinung nach ankam. »Walter Zechner hätte doch sicher gesagt, dass sie alles zu Hause besprechen könnten. Also warum der Tierpark? Mit welchem Argument hat jemand Walter Zechner dorthin bestellt und was hat derjenige sich selbst von dem Ort versprochen?«

»Was ist mit dem Gynäkologen? Ist der noch im Rennen?«

»Der steht ganz oben auf meiner Liste«, erklärte Stern. »Denn wenn er Walter Zechner angerufen hat …«

»Hat er nicht. Seine Nummer findet sich nicht in der Anrufliste von Walter Zechners Handynummer«, vernichtete Grünbrecht Sterns These.

»Vielleicht hat er Walter von seiner Praxis aus in der Bau-Newtech kontaktiert, bevor jener zu seinem Bruder gefahren ist. Haben wir das überprüft?«, hakte Stern nach.

Grünbrecht schüttelte den Kopf. »Nein, haben wir nicht.«

»Dann lass uns einen Beschluss für Zechners Telefonanschluss im Unternehmen beantragen, vielleicht bringt uns das weiter. Und wir müssen überprüfen, ob der Doktor im Besitz eines Waffenscheins ist. Und noch etwas …«, fiel Stern ein. »Irgendjemand hat doch gesagt, dass der Walter Zechner mit Kunden öfter im Wald von dem Georg Zechner jagen gewesen ist.«

»Ja, die Ursula Strauss hat das mal erwähnt, und auch der Georg Zechner hat davon erzählt. Er und der Walter sind erst vor drei Wochen mit einem Kunden jagen gewesen und wollten ein Reh schießen, geworden ist es aber ein Fasan. Das war das letzte Mal, dass er sein Gewehr benutzt hat, und das deckt sich mit dem Waffengutachten.«

»Und wo ist das Gewehr oder die Flinte von Walter Zechner?«, fragte Stern. »Wenn er mit auf die Jagd ging, musste er ja ebenfalls eine Waffe haben.«

»In seinem Wagen haben wir nichts gefunden«, erinnerte sich Grünbrecht an den Bericht der Spurensicherung.

»Dann fahren wir noch mal zu ihm nach Hause und schauen nach, ob dort eine ist. Wenn nicht, hat der Täter Zechner möglicherweise mit seiner eigenen Schrotflinte erschossen und sie anschließend mitgenommen. Ruf

Kolanski und Heinze an, die sollen, wenn sie mit der Frau Strauss reden, Zechners Büro nach einer Waffe durchsuchen. Wenn der Walter Zechner öfter mit Kunden jagen gegangen ist, hat er sie vielleicht dort aufbewahrt.«

*

Hermann Kolanski und Martin Heinze wollten gerade das Gebäude der Bau-Newtech GmbH betreten, als Kolanskis Handy läutete. Der Gruppeninspektor schaute auf das Display und sagte: »Es ist Mara.« Mit einem Tippen nahm er das Gespräch entgegen.

»Na, habt ihr Ursula Strauss schon kennengelernt?«, fragte Grünbrecht.

»Nein, wir wollten gerade rein, aber du hältst uns auf. Ist das etwa ein Zeichen, dass wir es bleiben lassen sollen?«, alberte Kolanski herum.

»Im Gegenteil! Ihr sollt die Strauss auch noch fragen, ob sich ein Gewehr oder eine Flinte vom Walter Zechner vielleicht in der Firma befindet. Da er öfter mit Kunden jagen gegangen ist, wäre das durchaus denkbar«, erklärte Grünbrecht den Grund ihres Anrufes.

»Machen wir. War es das?«

»Ja. Alles Gute für euch.«

Kolanski hörte, dass die Gruppeninspektorin lachte. »Wir schaffen das schon«, erwiderte er und beendete das Gespräch.

»Was wollte sie? Uns noch rasch einen Tipp geben, wie wir uns dem angeblichen Drachen nähern müssen, ohne aufgefressen zu werden?«, vermutete Heinze.

»Nein, wir sollen nach dem Gewehr oder der Schrotflinte vom Zechner suchen«, informierte Kolanski den Kollegen.

»Dann mal los. So schlimm kann das doch nicht sein.« Heinze betrat als Erster das moderne Firmengebäude, Kolanski folgte ihm. Der jungen Frau mit Headset und großer Brille hinter dem Pult im großzügigen Eingangsbereich teilten sie mit, dass sie von der Polizei seien und zu Ursula Strauss vorgelassen werden wollten.

»Ich bringe Sie zu ihr.« Unverzüglich stand die Empfangsdame auf, dann zögerte sie jedoch und fragte: »Gibt es etwas Neues, wer den Chef …? Sie wissen schon …«

»Wir ermitteln noch«, antwortete Heinze.

»Die ganze Firma steht Kopf, seit er …« Die junge Frau war den Tränen nahe. »Und es wird g'munkelt, dass die Frau Zechner zusperren muss, weil sie nix vom Baugeschäft versteht.«

»Wer erzählt denn solche Sachen, Frau …?«, hakte Heinze nach, um den Namen seines Gegenübers zu erfahren.

»Doris Bleicher heiße ich … Und alle sagen das! Aber kommen S' jetzt mit!« Die Empfangsdame führte die Gruppeninspektoren zum Lift, mit dem sie in den zweiten Stock hinauffuhren. »Die Frau Strauss ist net zum Aushalten, der wird alles zu viel. Die Anrufe der Kunden, die sich Sorgen um die begonnenen Projekte machen, ob die weiterg'führt werden. Die Frau Zechner, die sie ständig wegen irgendetwas kontaktiert. Alles landet bei ihr! Ich muss Sie warnen, es ist wirklich schlimm.«

»Schon gut, Frau Bleicher, wir kriegen das hin«, erwiderte Kolanski mittlerweile genervt, weil sie erneut vor dieser Person gewarnt wurden.

Vor einer Tür mit dem Namensschild des Verstorbenen blieben sie stehen. Eine laute Stimme drang zu ihnen heraus. Zwar war nicht zu verstehen, was sie sagte, aber der Tonfall ließ keinen Zweifel daran, dass es sich um ein unfreundliches Gespräch handelte. »Wir sind da. Ich muss dann wieder runter. Der Herr Zechner hat g'wollt, dass der Empfang immer besetzt ist, deshalb …« Doris Bleicher deutete in Richtung des Lifts und trat den Rückzug an.

»Was haben die denn alle?«, lachte Kolanski. »Die tun so, als säße der Höllenfürst höchstpersönlich da drinnen.«

»Hast du das nicht gehört?«, fragte Heinze und deutete auf die Tür. »Das mutet schon ein wenig nach Hölle an.«

»Ziehst du jetzt den Schwanz ein?«

»Nein, ich doch nicht.«

»Gut!« Kolanski klopfte an die Tür. Er würde sich nicht einschüchtern lassen und wartete gar nicht erst auf eine Aufforderung zum Eintreten, sondern drückte gleich nach dem Anklopfen die Klinke nach unten.

Hinter einem großen Schreibtisch saß die gefürchtete Sekretärin und telefonierte. Als sie die Männer ihr Büro betreten sah, schienen ihr die Worte, die sie eben noch hatte abfeuern wollen, im Hals stecken zu bleiben. »Ich ruf wieder an«, sagte sie und knallte den Hörer auf den Apparat auf ihrem Schreibtisch.

»Ja?«, fragte sie in Richtung der Ermittler.

»Kriminalpolizei. Wir haben eine paar Fragen an Sie, Frau Strauss«, erwiderte Kolanski und dachte, dass diese Frau tatsächlich keine Ähnlichkeit mit der bekannten Schauspielerin hatte. Dasselbe schoss wohl Heinze durch den Kopf. Die beiden warfen einander Blicke zu.

»Kriminalpolizei? Gott sei Dank!« Die Frau schien ein Stoßgebet gen Himmel zu senden. »Ihr Kollege, der Mars, der hat mir ja wirklich Angst eing'jagt, mit seiner Art, wie er mich befragt hat, so wortkarg, dass ich gar net g'wusst hab, was er von mir will. Ihn hab ich mich net anzurufen g'traut …«

»Sie meinen sicher Oskar Stern«, stellte Kolanski richtig.

»Ich weiß net mehr, wie der g'heißen hat, irgendein Himmelskörper ist es g'wesen. Meinetwegen heißt er Stern, aber der war net nett. Gar net nett! Der hat mich immer ang'schaut mit so einem durchdringenden Blick …«

Kolanski und Heinze sahen sich abermals an.

»Bitte kommen S' mit, da drinnen können wir uns setzen und in Ruhe reden.« Die Frau ging neben ihrem Schreibtisch durch eine offene Tür und deutete auf eine lederne Besprechungsecke im Büro des toten Firmeninhabers. Der Raum war holzvertäfelt und mit einem anthrazitfarbenen Teppich ausgelegt, der jedes Geräusch von auftretenden Sohlen verschluckte.

»Weshalb wollten Sie denn bei uns anrufen?«, knüpfte Heinze an den Satz von vorhin an.

»Ich hab zu diesem Mars g'sagt …«

»Stern«, korrigierte Kolanski die Frau mit den kupfergefärbten Haaren erneut.

Das Telefon läutete im Vorzimmer, doch die Sekretärin ignorierte es. »Ja, zu dem hab ich g'sagt, dass ich net wüsst, was sich im Unternehmen so tut, doch das stimmt net ganz. Aber ich hab erst mal darüber nachdenken müssen, ob ich überhaupt sagen darf, was ich weiß. Ich bin ja sozusagen das Gedächtnis vom Walter g'wesen, und er war wie ein Sohn für mich. Ich hab ja selber keine Kinder, und ich war von der ersten Stunde dabei, wie der Walter das Unternehmen g'gründet hat. Oft hat er sich bei mir ausg'heult, wenn's Probleme g'geben hat …«

»Frau Strauss, wir ermitteln in einem Mordfall, da müssen Sie uns alles sagen, was Sie wissen. Ob das für den Fall dann relevant ist oder nicht, entscheiden wir«, fühlte sich Kolanski bemüßigt anzumerken.

»Zu dem Schluss bin ich jetzt auch g'kommen, deshalb geb ich Ihnen mein Notizbuch.« Die Frau stand auf, ging in das Vorzimmer hinaus, wo das Telefon munter weiterläutete, und kam kurz darauf zurück, in der Hand das angesprochene Buch. Dieses legte sie auf den Tisch und setzte sich wieder. »Da steht alles drin, was sich in der Firma abg'spielt hat, was net zum Tagesgeschäft g'hört. Wer mit wem eine Affäre g'habt hat, wer über wen was g'sagt hat, wer welchen Bock abg'schossen hat. Also von Beginn an. Was ich halt erfahren hab und …«

»Inklusive der Vergehen von Ihnen?«, fiel Heinze der Frau ins Wort.

»Ich hab nie was g'macht!«, fuhr sie in an.

»Schon gut, ich dachte nur …«

»Jetzt lesen S' erst mal das, bevor Sie unschuldige Leute verdächtigen!« Der kinnlange kupferfarbene Bob rund um das faltige Gesicht schaukelte auffallend heftig, sodass Heinze verstummte. Das war offenbar jene Ursula Strauss, die Stern und Grünbrecht kennengelernt hatten, die zu ihrem Glück aber nur kurz in Erscheinung trat. Vielleicht war das harsche Verhalten ihre Masche, sich in der männlich dominierten Baubranche zu behaupten. Umgehend wurde die Sekretärin wieder ruhiger. »Da drin steht alles, was Sie wissen müssen. Danach haben Sie Dutzende Verdächtige.«

»Ja … äh, klar.« Kolanski nahm das Notizbuch an sich und blätterte darin. Von Hand notiert waren dort über die Jahre hinweg Beobachtungen, Gerüchte und Streitereien verzeichnet. Jahrealter Klatsch und Tratsch. »Wieso haben Sie das überhaupt aufgeschrieben?«

Die Frau verzog keine Miene. »Es ist immer gut, etwas in der Hand zu haben. Für alle Fälle.«

»Haben Sie auch einmal etwas daraus verwendet?« Kolanski hob das Büchlein in die Höhe.

»Einmal. Es kam daraufhin zu einer Kündigung eines Mitarbeiters.«

»Wer war das?«

»Lesen S' es, dann wissen S' Bescheid. Aber das ist lange her. Das hat sicher nix mit dem Mord zu tun.«

»Das zu lesen, wird länger dauern.« Kolanski klappte das Notizbuch zu und steckte es ein. Das ständige Läuten des Telefons nervte ihn. »Wollen Sie nicht einmal rangehen?«, fragte er. »Scheint dringend zu sein.«

»Es ist immer dringend«, winkte Ursula Strauss ab. »Aber nicht mehr für mich.«

»Wieso nicht?«, meldete sich wieder Heinze zu Wort.

Der Bob wackelte, als Strauss ihren Kopf in seine Richtung drehte. »Weil ich lange genug g'arbeitet hab.«

»Sie sind … wenn ich das mal so sagen darf … schon … na ja …« Offenbar wusste Heinze bei dem strengen Blick, der ihn jetzt traf, nicht so recht, wie er seinen Satz am besten formulieren sollte.

»Wie alt sind Sie, Frau Strauss?«, kam Kolanski ihm zu Hilfe.

»71. Wieso?«

»Andere sind in diesem Alter längst im Ruhestand. Warum Sie nicht?«, fragte der Gruppeninspektor weiter.

»Weil mich der Walter g'braucht hat. Aber das ist jetzt vorbei. Ab heute werde ich das Leben genießen.« Ein seltenes Lächeln breitete sich auf dem Gesicht der Sekretärin aus.

»Heißt das, Sie sind nicht freiwillig so lange im Dienst geblieben?«, schloss Heinze aus der Reaktion der Frau.

»Natürlich bin ich freiwillig g'blieben, dem Walter zuliebe. Was hätt der denn ohne mich machen sollen? Aber damit ist jetzt Schluss! Die Frau Zechner hat ohnehin andere Pläne, als den Betrieb weiterzuführen. Wie man hört, will sie alles, was der Walter aufg'baut hat, verkaufen.« Als sie das aussprach, verschwand das Lächeln aus ihrem Gesicht.

»Und der Herr Zechner wollte Sie nie gegen eine jüngere Assistentin austauschen?«, sprach es Heinze nun endlich direkt aus.

»Nein, gewiss net! Zumindest hat er mir gegenüber nie etwas erwähnt. Und das hätte er, wenn er das vorg'habt hätte.« Strauss schien sich da ganz sicher zu sein.

»Ist der Herr Zechner ein Jäger gewesen?«, fragte wieder Kolanski.

»Nein, das hab ich Ihrem Herrn Saturn auch schon g'sagt. Sein Bruder, der Georg, der ist Jäger. Und der Vater von den beiden, der war auch einer. Von dem hat der Georg die Leidenschaft fürs Jagen vererbt bekommen. Und net nur die, sondern auch den Bauernhof. Der Walter war der Ältere, und so, wie es früher g'handhabt worden ist, hätt' er den Hof erben müssen. Aber er hat sich halt net für die Jagd interessiert, deshalb hat der Georg den Hof bekommen und ebenso den Wald, der bei der Wirtschaft dabei ist. Wenn der Walter eine wichtige Kundschaft zum Jagen eing'laden hat, ist er einfach nur so mitg'gangen, ohne zu schießen. Dabei hat er seine Geschäfte abg'wickelt«, erzählte Ursula Strauss bereitwillig. »Der Walter hat immer g'sagt, dass bei der Jagd so manche Männer viel beeinflussbarer sind als am Besprechungstisch, weiß Gott wieso. Zu jagen liegt halt irgendwie noch immer in der Natur der Menschen, hat er g'meint. Aber das alles ist jetzt bedeutungslos, wo er nimma ist.«

»Danke, Frau Strauss, das war's vorerst«, beendete Kolanski die Befragung und stand auf.

»Warten S'! Ich komm mit euch mit, ich geh jetzt in Pension!« Die Strauss eilte zu ihrem Schreibtisch und schnappte sich ein paar Taschen. Anscheinend hatte sie ihre Sachen schon gepackt und lediglich auf den richtigen Zeitpunkt gewartet, eine lange Ära zu beenden.

»Sie gehen in den Ruhestand? In diesem Augenblick? Ist das überhaupt möglich?«, wollte Heinze wissen.

»Alles ist möglich, Bub, wenn man es nur will. Hier hält mich nix mehr.« Die Sekretärin warf einen letzten Blick in das Büro ihres Chefs und schritt anschließend erhobenen Hauptes aus dem Vorzimmer. Während ihr die Gruppeninspektoren den Flur entlang folgten, wurde das Läuten des Telefons immer leiser. Mit dem Lift fuhren sie ins Erdgeschoss, querten unter dem erstaunten Blick der Empfangsdame das Foyer und verließen das Gebäude. Bestimmt sorgte Strauss' ungewöhnlicher Abgang für den nächsten Firmenklatsch, der jedoch keinen Eintrag mehr in das Notizbuch der ehemaligen Sekretärin finden würde. Draußen stieg die nunmehrige Rentnerin in einen grünen Kleinwagen und fuhr davon.

15. KAPITEL

Stern und Grünbrecht waren gerade auf dem Weg zu Carla Zechner, als Sterns Handy läutete. Die Freisprecheinrichtung des Audis zeigte eine unbekannte Nummer.

»Wer kann das sein?«, murmelte der Chefinspektor.

»Nach deinem gestrigen Fernsehauftritt wollen jetzt alle mit dir reden«, stichelte Grünbrecht, wenn auch auf nette Weise.

Stern nahm das Gespräch entgegen.

»Ist dort die Kriminalpolizei?«, drang es hastig aus den Lautsprechern des Wagens.

»Ja, Chefinspektor Oskar Stern hier. Mit wem rede ich?«

»Harald Koman vom Tierpark in Altenfelden«, stellte sich der Anrufer vor.

»Herr Koman, was kann ich für Sie tun?«, fragte Stern in der Erwartung, dass dem Mann etwas Wichtiges für die Aufklärung des Mordfalles eingefallen war. Oder dass man die Mordwaffe in einer Tierbehausung versteckt gefunden hatte.

»Sie müssen unbedingt herkommen! Auf unserem Parkplatz sind Demonstranten, die behaupten, die Polizei würde vertuschen, dass der Mann in unserem Wolfsgehege von Wölfen getötet wurde. Die ängstigen mit ihrem Geschrei und den Plakaten, auf denen grausliche Fotos zu sehen sind, Familien mit Kindern, die unseren Tierpark besuchen wollen. Bitte, Sie müssen das beenden!«, flehte Koman.

»Wir sind nicht weit weg, wir machen uns auf den Weg zu Ihnen!« Stern legte auf und wendete den Wagen.

»Ich rufe Kolanski und Heinze an, die sollen auch hinfahren. Die sind eh in Ottensheim bei der Bau-Newtech. Je nachdem, wie viele Demonstranten sich beim Tierpark versammelt haben, können wir Verstärkung gut gebrauchen«, beschloss Grünbrecht, wofür Stern ihr dankbar war, denn er musste sich aufs Fahren konzentrieren. Er schaltete das Blaulicht ein und raste die Rohrbacher Bundesstraße zurück nach Altenfelden, wo er links ins Ortszentrum einbog und dann Richtung Tierpark bretterte. Da Grünbrecht neben ihm nicht wegen der Geschwindigkeit meckerte, nahm er an, dass sie mit seinem Fahrtempo zufrieden war. Vielleicht lag es aber auch daran, dass die Gruppeninspektorin die ganze Zeit telefonierte und herauszufinden versuchte, ob die Demonstration angemeldet war. Als man ihr mitteilte, dass sie das nicht sei, forderte sie weitere Kollegen zur Unterstützung an.

Auf dem Parkplatz vor dem Tierpark sah Stern beim Heranfahren nur eine Handvoll Leute mit Transparenten, eine weitaus größere Menschengruppe mit Kindern stand den Demonstrierenden gegenüber. Manche fuchtelten mit den Armen, andere filmten das Aufeinandertreffen unterschiedlicher Meinungen. Denn dass hier gestritten wurde, verriet Stern die Körpersprache einiger Anwesenden. Als der Wagen mit Blaulicht vor den Streitenden anhielt, schien es Stern, als würde die Distanz zwischen den Gruppen größer. Das war schon mal gut, dachte er und war gespannt, was die Demonstranten nun genau wollten.

»Na, dann lass uns mal hören, was die uns zu sagen haben.« Stern stieg aus, ließ das Blaulicht am Wagen jedoch eingeschaltet. Grünbrecht trat an seine Seite, gemeinsam schritten sie auf die aufgebrachten Menschen zu, die ihrerseits den Inspektoren erwartungsvoll entgegenschauten. Stern zählte acht Personen, die Plakate mit Fotos von gerissenen Schafen hochhielten. Auf einem stand, dass es nun einen Menschen erwischt habe, auf anderen prangten Sätze wie »Der Wolf muss weg!«, »Kein Platz hier für Wölfe!« und »Menschschutz vor Tierschutz!«. Dieselben Parolen wurden immer wieder gerufen.

Stern hob die Hand, um das Geschrei zu beenden. Er setzte auf Dialog und hoffte, dass die Anwesenden das genauso sahen. Immerhin glaubte er an ein Missverständnis, das die Demonstranten derart aufgebracht hatte, auch wenn sie nicht aufhörten, ihnen ihre Sätze entgegenzubrüllen.

Neu ankommende Tierparkbesucher machten einen Bogen um das Spektakel, zahlten ihren Eintritt und beobachteten vom Tierparkgelände aus, was ihnen geboten wurde. Dort hatte sich mittlerweile eine ansehnliche Menschenmenge versammelt, die heute unfreiwillig mehr zu sehen bekam als bloß Tiere. Stern machte darunter Harald Koman aus, der sie angerufen hatte, flankiert von seinen Mitarbeitern. Sie wirkten wild entschlossen, den Zoo gegen die Demonstranten zu verteidigen, sollten diese versuchen, über die Absperrung zu klettern oder darunter hindurchzuschlüpfen.

Als der Chor nicht verstummte, nahm Stern die Hand herunter, weil ihm klar geworden war, dass das nichts brachte. Mit ruhiger, aber fester Stimme sagte er: »Ich bin Chefinspektor Oskar Stern vom Landeskriminalamt. Wenn Sie mir etwas mitteilen wollen, dann tun Sie das jetzt. Ansonsten muss ich Sie bitten, die Versammlung aufzulösen, da diese bei den Behörden nicht angezeigt wurde. Sie verstoßen somit gegen das Gesetz und …«

»Was?«, brüllte ihm einer der Demonstranten entgegen.

Stern wiederholte seinen Text. Langsam wurden die Rufe leiser, bis sie gänzlich verstummten und jeder hören konnte, was er sagte. Verunsicherung war nun spürbar, aber auch Zorn und Wut.

»Wir verstoßen gegen kein Gesetz, wir machen darauf aufmerksam, was in unserem Land los ist! Dass hier etwas vertuscht werden soll, nämlich, dass Wölfe den armen Kerl zerfleischt haben, wie er im Wald spazieren g'gangen ist«, donnerte den Inspektoren der erste Vorwurf entgegen.

»Ich kann Ihnen versichern, dass die Polizei in diesem Mordfall nichts unter den Teppich kehrt und …«

»Das Opfer wurde von einem freilebenden Wolf g'tötet und erst danach in den Tierpark in das Wolfsgehege g'schleift. Und das wisst ihr genau! Aber um auf Regierungslinie zu bleiben, behauptet ihr, der Mann ist im Gehege der Wölfe g'storben. Die sind doch so gut wie zahm! Wer soll euch denn das glauben? Wir sind doch net deppert!«, rief einer der Versammelten.

»Wenn dem so wäre, hätten wir Schleifspuren rund um den Fundort der Leiche gefunden. Das haben wir aber nicht und …«

»Ja, weil ihr die beseitigt habt, ist doch klar! Ich hab das im Internet g'lesen von so einem Whistleblower oder wie man die nennt. Ist eh angeblich einer von euch!«

»Diejenigen, die Falschinformationen im Internet verbreiten, verfolgen meistens in Wahrheit ein ganz anderes Ziel als jenes, über das sie angeblich informieren«, entgegnete Grünbrecht.

»Wie sollen wir denn überhaupt wissen, dass ihr von der Polizei seid? Ihr habt ja net einmal eine Uniform an, und so ein Blaulicht fürs Auto kriegst heutzutage sogar bei Amazon.«

Stern und Grünbrecht zogen ihre Ausweise aus der Tasche und hielten sie den Demonstranten entgegen.

»Die kann man fälschen«, warf einer ein.

»Wir sind von der Kriminalpolizei, deshalb tragen wir keine Uniform«, stellte Stern klar. »Ich weise Sie nochmals darauf hin, dass Sie diese Versammlung auflösen müssen, da sie nicht genehmigt ist. Und noch etwas: Das Opfer wurde nachweislich nicht von Wölfen getötet, das hat die Gerichtsmedizin eindeutig festgestellt.«

»Ja, weil die mit euch unter einer Decke steckt, ist doch klar! Wir sind keine Schlafschafe, wir wissen, wie das läuft!«

Die Stimmung war aufgeheizt und die Demonstranten waren wild entschlossen zu glauben, was ihnen zuvor erzählt worden war, wahrscheinlich von jemandem, den sie nicht einmal persönlich kannten. Aber noch viel wahrscheinlich war, dass sie es irgendwo in den sozialen Medien gelesen hatten, wo häufig Fake News verbreitet wurden. Zu den unterschiedlichsten Themen.

»Wieso sollten wir es vertuschen, wenn der Mann von einem Wolf getötet worden wäre?«, fragte Grünbrecht die Demonstrierenden. »Das wäre doch bequem für uns. Wir hätten unseren Mörder und bräuchten nicht weiter zu ermitteln.«

»Weil das der Plan von den Reichen und Mächtigen ist. Die wollen uns einschüchtern, damit sie uns steuern können. Dafür lassen sie Wölfe aus, um die Bevölkerung in Angst und Schrecken zu versetzen. Um uns alle kontrollieren zu können«, behauptete einer.

Stern wollte erwidern, dass das Blödsinn sei, hielt sich

aber zurück. Einerseits verstand er die Verunsicherung der Menschen wegen der durch die Gegend streifenden Wölfe, wenn aber andererseits die Polizei beschuldigt wurde, deswegen einen Todesfall nicht entsprechen zu behandeln, wurde sein Verständnis auf die Probe gestellt.

»Wie ist er denn sonst g'storben, wenn ihn die Wölfe net g'tötet haben?«, fragte eine Frau aus der Gruppe der Demonstrierenden.

»Er wurde erschossen«, berichtete Stern, was er bereits bei der Pressekonferenz mitgeteilt hatte. »Ich will nicht sagen, dass Wölfe nicht dazu fähig sind, einen Menschen zu töten, aber das gefährlichste Raubtier ist immer noch der Mensch. Jedes Jahr werden in Österreich zwischen 50 bis 70 Morde begangen … und wie viele davon gehen auf das Konto vom Wolf?« Stern machte eine Pause und schaute in die Gesichter der Umstehenden. »Kein einziger! Wir sollten dieses Thema ruhiger besprechen, denn zweifelsohne müssen wir es angehen. Aber nicht hier vor diesem Tierpark, wo Familien ihre Freizeit verbringen wollen. Wo sich Kinder ängstigen, wenn wir ihnen neue Geschichten vom bösen Wölf erzählen und ihnen solche Bilder vor die Nase halten.« Stern deutete auf die Plakate.

»Fest steht, dass die Wölfe unsere Schafe reißen«, sagte ein Mann nach einer Weile, wenn auch nicht mehr so aufgeregt wie vor Sterns Ansprache.

»Da haben Sie recht, manche Wölfe tun das. Darüber muss man reden, und zwar mit den Verantwortlichen und den Betroffenen. Die Polizei ist dafür nicht der richtige Ansprechpartner«, antwortete Stern.

»Die Großkopferten hören uns aber net zu! Die sitzen in Wien in ihren Büros und entscheiden von dort aus, was gut für uns sein soll. Sollen die sich die Viecher doch in ihre Luxuswohnungen holen!«, rief einer.

»Wir brauchen den Wolf net bei uns«, schrie ein anderer. »Auch wenn er den Mann net umg'bracht hat, so ist es nur eine Frage der Zeit, bis er den ersten Menschen anfällt. Wacht endlich auf und lasst euch nichts von der angeblichen Elite einreden! Die wollen uns einschüchtern, und da ist ihnen jedes Mittel recht. Auch ein Wolf!«

»Geh, wo hast du denn den Scheiß her!« Lachen war in der Gruppe im Tierpark zu hören.

»Kannst alles nachlesen, du Schlafschaf!«, schrie der Mann wütend.

Stern, der befürchtete, dass ihm die Situation nun doch entglitt, war froh, als er die Straße zum Tierpark zwei Einsatzfahrzeuge mit Blaulicht heranrasen sah, dicht gefolgt von einem Wagen in Zivil – darin saßen bestimmt Kolanski und Heinze.

»So, jetzt beruhigen wir uns wieder«, bat er die Menschen. »Wir können dieses Thema heute nicht lösen. Wenn Sie gehört werden wollen von denen da oben, dann müssen Sie sich an die Gesetze halten, so wie die das ebenfalls tun …«

Nun setzte in beiden Gruppen Gelächter ein, sowohl bei den Demonstranten als auch bei den Tiergartenbesuchern.

»Darum haben wir ja einen Korruptionsausschuss nach dem anderen …«, hörte Stern jemanden sagen.

»Die bereichern sich auf unsere Kosten, und wie es dem Volk geht, interessiert die net. Darüber berichten sogar die von denen gekauften Medien …«, behauptete ein anderer.

Stern seufzte. Gott sei Dank erreichte die Verstärkung den Tiergartenparkplatz. Vier Uniformierte, Kolanski und Heinze stiegen aus den Autos.

»Wir gehen ja schon«, sagte ein Demonstrant und trat als Erster den Rückzug an. Die anderen folgten ihm. Auch die Menge auf dem Tierparkgelände löste sich auf und verstreute sich auf den Wegen zwischen den Gehegen.

»Da hättet ihr uns ja gar nicht gebraucht.« Kolanski schaute den Leuten mit den Plakaten nach, wie sie in ihre Autos stiegen.

»Ohne euch wäre das sicher anders verlaufen. Da hätte die Diskussion ewig gedauert, immerhin waren wir mittlerweile bei korrupten Politikern angelangt«, erzählte Grünbrecht.

In diesem Moment eilte Harald Koman herbei. »Danke, dass Sie so schnell gekommen sind. Wir haben uns solche Sorgen g'macht, was das hätte werden können. Wir haben ja net g'wusst, wie viele Demonstranten noch eintreffen werden und ob die versuchen würden, das Gelände zu stürmen.«

»Es war richtig, dass Sie uns angerufen haben. Erstens war die Demo nicht bewilligt, und zweitens können wir solche Anschuldigungen gegen die Polizei nicht unkommentiert lassen«, sagte Stern.

»Kommen solche Demonstrationen öfter vor?«, fragte Grünbrecht.

»Nein, das war die erste. Und die Leut' heute sind auch net die Norm. Die haben den Wolf für ihre Zwecke missbraucht, um Unruhe zu stiften. Diejenigen, die sich vor dem Wolf fürchten, weil sie in der Nähe von Wäldern wohnen, in denen Wölfe g'sichtet worden sind, sind meist leise und reden mit den Nachbarn darüber. Oder in der Familie und mit Freunden. Wenn die Wolfspopulation aber weiter zunimmt, dann wird sich das ändern, dann werden auch diese Leut' auf die Straße gehen. Die Politik muss endlich in die Gänge kommen, damit die Menschen sich net gegenseitig an die Gurgel gehen. Die Bevölkerung ist eh schon gespalten genug, da braucht es des net auch noch. Und wir als Tierpark haben damit eigentlich gar nix zu tun«, tat Koman seine Meinung kund.

In der Zwischenzeit war auch der letzte Demonstrant abgefahren, vor dem Tierpark herrschte wieder Normalität.

»Ich werde Bormann darauf ansetzen, dass er das Thema beim Landeshauptmann anspricht. Vielleicht kann er etwas bewirken«, überlegte Stern. »Immerhin hab ich etwas gut bei ihm wegen der Pressekonferenz.«

»Das ist eine hervorragende Idee«, pflichtete Grünbrecht ihrem Vorgesetzten bei. »Es wird ihm zwar nicht gefallen, aber trotzdem sollte er sich dafür einsetzen.«

»Brauchen Sie mich noch?« Koman schaute zwischen den Inspektoren hin und her. »Auf mich wartet jede Menge Arbeit. Die Wildschweine wollen g'füttert werden, und die Berberaffen haben ungeplant Nachwuchs bekommen.«

»Nein, Sie können gehen«, erwiderte Stern. Es imponierte ihm, dass der Tierparkleiter bei der Versorgung der Tiere mithalf und nicht nur Büroarbeiten erledigte.

»Vielen Dank für Ihre Hilfe.« Koman schüttelte den Kriminalbeamten die Hand und verabschiedete sich, auch die uniformierten Kollegen rückten ab.

»Was habt ihr herausgefunden?«, wollte Stern von Kolanski und Heinze erfahren. Besonders gespannt war er, wie das Gespräch mit Ursula Strauss verlaufen war. Doch zu seiner Enttäuschung fing Kolanski mit ihrem Besuch im Casino zu erzählen an.

»Es stimmt, was Dr. Steinerle euch gegenüber behauptet hat: Er war tatsächlich den ganzen Abend im Casino. Und er hat an die 2.000 Euro verloren. Ich hab den Angestellten ein Foto von ihm gezeigt, sie haben ihn eindeutig wiedererkannt. Er ist regelmäßig dort.«

»Wie es ausschaut, hat der Herr Doktor ein Spielproblem«, ergänzte Heinze.

»Das ist aber kein Motiv für die Tat«, warf Stern ein.

»Außer er wollte von Walter Zechner Geld erpressen, weil dieser mit seiner Frau geschlafen hat«, schlug Heinze vor.

»Wieso sollte Zechner ihm deshalb Geld geben?«, konnte Grünbrecht dem Gedankengang des Kollegen nicht ganz folgen.

Genauso erging es Stern. »Das ergibt keinen Sinn. Der Zechner bezahlt nicht für etwas, was er ohnehin hat oder bekommt. Und da die Zechners eine offene Ehe geführt haben, hätte ihn der Steinerle deswegen auch nicht erpressen können.«

»Dann hat seine Spielsucht halt nichts mit dem Mord zu tun und der Steinerle hat den Zechner aus Eifersucht erschossen«, gab Heinze klein bei.

»Oder es war genau umgekehrt!«, ließ Grünbrecht aufhorchen. »Was, wenn Walter Zechner den Steinerle im Casino gesehen hat und dessen Ehefrau davon erzählen wollte, dass ihr Mann regelmäßig dort anzutreffen ist, während sie glaubt, er wäre bei Freunden. Das hat der Steinerle natürlich nicht zulassen können und Zechner deshalb umgebracht.«

»Das klingt logisch«, pflichtete Heinze Grünbrecht bei. »Genau so wollte ich es sagen.«

»Ja, klar!« Kolanski lachte.

»Schaut nach, ob auf den Steinerle ein Waffenschein ausgestellt ist, und wenn ja, ob er ein Jagdgewehr besitzt. Wenn wir die Tatwaffe finden, haben wir den Täter.« Stern glaubte, dass dies der effizienteste Weg war, den Mörder zu fassen. Denn noch lagen nicht sämtliche Fakten auf dem Tisch. Es gab so viel, was ihnen unbekannt war, beispielsweise warum Walter Zechner nicht bei seinem Bruder übernachtet hatte. Und warum er nicht nach Hause gefahren war, sondern in den Tierpark. Hier kamen sie keinen Schritt weiter.

»Machen wir gleich als Nächstes, Chef.« Heinze zückte sein Smartphone und tippte darauf herum. Der Kollege notierte sich alles in dem Gerät, das war Stern schon mehrmals aufgefallen. Papier und Stift hatten in dieser Generation wohl ausgedient.

»Und wie war es bei der Strauss?«, fragte Grünbrecht neugierig.

»Sie ist total nett«, erwiderte Kolanski.

»Nett?«, entfuhr es Stern überrascht. »Wart ihr wirklich bei der richtigen Frau?«

»Ich weiß gar nicht, was ihr habt. Wir haben uns mit der Dame ganz normal unterhalten, sie hat jede unserer Fragen beantwortet und sogar noch mehr.« Kolanski holte aus seiner Jackentasche das Notizbuch heraus.

»Was ist das?«, wollte Stern wissen.

»Darin hat die Strauss alles aufgeschrieben, was nicht in den Geschäftsbüchern der Firma verzeichnet steht. Wer mit wem, wann und wie oft ein Stelldichein hatte und andere solche Dinge.« Kolanski grinste, weil die Sekretärin ihm und Heinze die Firmengeheimnisse anvertraut hatte und nicht Stern und Grünbrecht. Zufrieden wedelte er mit dem Buch vor deren Gesichtern.

»Und was heißt, sie ist total nett?«, wiederholte Stern ungläubig. »Die Frau hat Haare auf den Zähnen.«

»Blödsinn!«, winkte Heinze ab. »Sie hat mich sogar Bub genannt.«

»Was?«, riefen Stern und Grünbrecht unisono.

Kolanski und Heinze genossen sichtlich die unterschiedliche Behandlung durch die Sekretärin.

»Und noch etwas«, sagte Ersterer. »Die Strauss ist jetzt im Ruhestand. Sie hat mit uns endgültig das Haus verlassen.«

»Das kann sie doch gar nicht«, hielt Stern dagegen. »Man geht nicht in Pension, wenn man das für sich beschließt und das Büro verlässt. Da musst du zur Behörde und denen das mitteilen.«

»Die Strauss kann das.«

Stern schüttelte den Kopf und seufzte. »Heute tun wohl alle, was sie wollen.« Er ahnte nicht, wer nach Ursula Strauss und den Demonstranten noch auf dieser Liste landen würde.

16. KAPITEL

Während Kolanski das Notizbuch von Ursula Strauss lesen und Heinze überprüfen wollte, ob Steinerle im Besitz eines Waffenscheins war, fuhren Stern und Grünbrecht noch einmal zu Carla Zechner. Die Frage, ob Walter Zechner ein Gewehr besessen hatte, war noch nicht gänzlich geklärt, auch wenn sich die meisten Befragten dagegen aussprachen. Nicht selten nannten Menschen ohne Waffenschein oder -besitzkarte Waffen ihr Eigen, weil sie diese geerbt oder bei Haushaltsauflösungen gefunden hatten. Ebenso gab es welche, die sich auf illegalem Weg ein Gewehr oder eine Pistole besorgten. Und solange sie die Tatwaffe nicht gefunden hatten, mussten sie sämtliche Möglichkeiten in Betracht ziehen, selbst die unwahrscheinlichen.

Carla Zechner öffnete in Schwarz gekleidet den Kriminalbeamten die Tür. Offenbar hatte die Frau etwas vor, schloss Stern aus den Straßenschuhen, in denen ihre Füße steckten.

»Grüß Gott, Frau Zechner. Wir stören nur kurz, aber es haben sich ein paar dringende Fragen ergeben«, ließ Stern sein Gegenüber wissen.

»Muss das jetzt sein?« Es war der Witwe anzusehen, dass ihr ein Gespräch im Augenblick gar nicht passte.

»Es geht ganz schnell …«

»Dann kommen S' rasch rein.« Sie ließ die Tür aufschwingen, und die Kriminalbeamten betraten das Haus.

»Einen Tee biete ich Ihnen dieses Mal net an, und Kaffee hab ich eh noch immer keinen. Also, was gibt es?«

Stern fiel eine Sporttasche auf, die im Eingangsbereich auf dem Fußboden lag. Der Reißverschluss war zur Hälfte offen, dennoch konnte er nicht erkennen, was sich darin befand. Vielleicht plante Carla Zechner, mit einer Tasche voller Geld das Land zu verlassen?

»Wollen Sie verreisen?«, fragte er.

»Ich? Wie kommen S' denn darauf?« Carla Zechner wirkte überrascht.

Stern deutete auf das Objekt, das sein Misstrauen geweckt hatte. »Wegen der Tasche.«

»Darin befinden sich der beste Anzug meines Mannes, ein frisch gebügeltes Hemd und seine schönen Lederschuhe. Es war gar net so einfach, das Richtige rauszusuchen, weil der Walter am liebsten in Jeans und T-Shirt rumg'laufen ist. Ich bring die Sachen nach Ihrem Besuch zum Bestatter, damit der sie dem Walter anzieht ...« Carla Zechner verstummte und kämpfte gut erkennbar mit den Tränen.

»Das ... das tut mir leid.« Stern ärgerte sich, weil er durch seine unsensible Frage der Witwe noch mehr Kummer bereitete.

»Schon gut, Sie konnten das ja net wissen.« Die Frau holte ein Taschentuch aus einer versteckten Tasche ihres Gewandes und tupfte damit vorsichtig die Tränen unter ihren Augen weg, um ihr Make-up nicht zu verwischen.

»Frau Zechner, besaß Ihr Mann ein Gewehr oder eine Flinte?«, kam Grünbrecht auf den Grund ihres Besuches zu sprechen.

»Der Walter? Nein!«, erwiderte die Witwe sich dessen sicher. »Der Walter hat Waffen abg'lehnt. Er ist ja net einmal zum Bundesheer g'gangen, sondern hat beim Roten Kreuz Zivildienst g'macht. Sein Vater war Jäger, aber der Walter net, der hat sich auch da g'weigert, ein Gewehr in die Hand zu nehmen. Er schießt net auf Menschen und auch net auf Tiere. Das hat seinem Vater net g'fallen. Der hat ihn daraufhin quasi enterbt und den Hof dem Georg überschrieben. Ein Landwirt muss auch Jäger sein, ist seine Meinung g'wesen. Der Walter wär daran fast zerbrochen, er hat ja bis dahin als Hoferbe g'golten. Der Georg ist da ganz anders, der schießt auf alles, was im Wald herumrennt. Der ist Jäger mit Leib und Seele, so wie mein Schwiegervater einer g'wesen ist. Die Zeit, die mein Schwager net für die Landwirtschaft aufwenden muss, verbringt er im Wald. Darüber hat sich die Gerlinde oftmals beschwert, vor allem, wie die Martha noch klein g'wesen ist.«

»Es muss hart für Ihren Mann gewesen sein, dass sein Vater den Hof seinem Bruder übertragen hat, nur weil er zu keiner Waffe greifen wollte«, schloss Stern aus dem Gehörten.

»Da haben Sie recht. Aber es war auch Walters Chance, sich das hier aufzubauen.« Carla Zechner deutete um sich. »Wenn der Walter den Hof bekommen hätte, säßen wir in dem alten Gebäude … also jetzt natürlich nur mehr ich allein. Ich bin froh, dass es anders g'kommen ist, und auch der Walter hat seinen Frieden damit g'macht g'habt.«

»Danke, Frau Zechner. Tut uns leid, dass wir Sie so lange aufgehalten haben«, beendete Stern das Gespräch und ging zur Haustür. Dort verabschiedete er sich.

»Ich hab noch eine Frage …«, hielt Grünbrecht ihren Chef zurück. »Frau Zechner, besitzen Sie ein Gewehr?«

»Ich? Nein, das hätte der Walter net zug'lassen. Außerdem, was soll ich damit?«

»Wir müssen danach fragen, da wir die Tatwaffe noch immer nicht gefunden haben«, erklärte Grünbrecht. »Okay, danke. Auf Wiedersehen.«

Draußen auf der Straße fasste Stern die Informationen zusammen, die sie erhalten hatten. »Die Strauss hat also die Wahrheit gesagt. Der Walter Zechner hat kein Gewehr besessen, darin sind sich alle einig.«

»Du hast der Strauss nicht über den Weg getraut, stimmt's?« Grünbrecht schmunzelte.

»Und du traust offenbar Carla Zechner nicht, denn sonst hättest du sie nicht gefragt, ob sie im Besitz einer Waffe ist«, parierte Stern.

»Touché!«

Stern schaute auf die Armbanduhr, konnte aber die Zeigerstellung nicht ausmachen. Seinem Magen nach zu urteilen, war es längst Abendbrotzeit.

»Es ist schon nach fünf«, half Grünbrecht ihm, da ihr sein Blick auf die Armbanduhr und die weit ausgestreckte Hand wohl aufgefallen war.

»Dann fahren wir auf die Dienststelle und hören, welche Ungeheuerlichkeiten Kolanski in dem Notizbuch von der Strauss inzwischen gelesen hat.«

»Du glaubst doch nicht, dass sie uns darin den Täter auf dem Silbertablett liefert?« Grünbrecht hegte daran offenbar ernsthafte Zweifel.

Und ganz von der Hand zu weisen waren diese nicht, das musste Stern zugeben. »Irgendwer hat den Zechner umgebracht. Vielleicht jemand aus dem Unternehmen, den wir noch nicht im Visier haben. Denn bei den Zechners kommen wir nicht weiter, auch wenn bei den meisten Mordfällen der Täter in der Familie zu finden ist. Und wenn nicht dort, dann zumindest im näheren Umfeld.«

Die Gruppeninspektoren stiegen in den Wagen.

»Vielleicht sollten wir mit einem Angestellten der Bau-Newtech reden, der über die einzelnen Projekte Bescheid weiß«, spann Stern den Gedanken weiter. »Möglicherweise hat jemand einen Hass auf den Zechner entwickelt, weil etwas bei einem Bau schiefgelaufen ist. Oder es hat einen Unfall gegeben, für den der Zechner verantwortlich gemacht wurde. Das ist nur so eine Idee, die wir im Auge behalten sollten.«

»Schon möglich. Und jetzt, wo die Strauss endlich in Pension ist, traust du dich dort auch wieder hin, gell?«, analysierte Grünbrecht sein Verhalten wieder einmal treffend.

»Ah geh!«, winkte Stern ab und gab Gas.

*

Stern und Grünbrecht fanden das Großraumbüro der Kollegen verwaist vor.

»Wo sind die denn?«, stellte Stern eine rhetorische Frage, da er wusste, dass ihm Grünbrecht darauf keine Antwort geben konnte. Immerhin war sie die ganze Zeit bei ihm gewesen.

»Ich ruf Kolanski mal an«, schlug die Gruppeninspektorin vor.

»Und ich schau, ob …« Stern brach ab, da die Kollegen mit einem Kaffeehäferl in der Hand den Flur entlang auf sie zukamen. Das Getränk erweckte nicht den Anschein, als stammte es aus dem Automaten, zu zufrieden wirkten die Inspektoren.

»Das Notizbuch von Ursula Strauss ist der Wahnsinn«, sagte Kolanski und blieb vor Stern stehen. Genussvoll nahm er einen Schluck aus seiner Tasse, auf der das Polizeilogo aufgedruckt war. »Das ist besser als jede Soap, die sie im Fernsehen zeigen.«

»Erzähl!«, forderte Stern den Kollegen auf, doch eigentlich interessierte ihn im Augenblick viel mehr, woher der Kaffee stammte.

Heinze, der Sterns begehrlichen Blick bemerkte, fragte ihn: »Magst auch einen?«

Stern nickte. »Ja!« Sein Koffeinspiegel lag bei null und musste dringend angehoben werden.

»Hier! Nimm meinen, ich hab eh noch nicht davon getrunken, weil er so heiß ist.« Heinze reichte sein Häferl an seinen Vorgesetzten weiter. »Ich hol mir dann später einen neuen, gar kein Problem.«

Stern zögerte, nahm das Angebot dann jedoch an. »Danke!« Er nippte daran und stellte fest, dass der Kaffee ausgezeichnet schmeckte. »Wo habt ihr den her?«

»Von den Kollegen vom Verfassungsschutz«, gab Heinze die Quelle preis. »Die haben sich eine neue Kaffeemaschine zugelegt. Würde uns auch nicht schaden.«

Stern stimmte dem Gruppeninspektor zu und genoss auch den nächsten Schluck.

»Hallo? Interessiert sich noch wer für den Inhalt vom Notizbuch der Strauss?«, machte Kolanski auf sich aufmerksam.

»Klar! Was steht drin?«, wollte Grünbrecht erfahren.

»Der Walter Zechner hat nichts anbrennen lassen, wirklich gar nichts. Der hatte nicht nur etwas mit der Steinerle, also der Innenarchitektin, sondern auch mit der Maier aus der Buchhaltung und der Swetlovsky aus der Planungsabteilung. Letzteres ist allerdings schon eine Weile her. Und es lief immer ähnlich ab. Bei irgendwelchen Firmenfeiern kommen sie sich näher, gehen ein paar Wochen miteinander ins Bett, und das war's dann, weil sich der Zechner eine neue Flamme sucht. Deswegen hat es zwischen den Frauen auch schon mal heftigen Streit gegeben, steht in dem Buch, und eine Mitarbeiterin musste sogar das Unternehmen verlassen. Das liegt jedoch ein paar Jahre zurück.«

»Für den Zechner war das sicher kein Problem, er führte mit seiner Frau ja eine offene Ehe«, warf Stern ein. »Aber was ist mit den Ehemännern dieser Frauen?«

»Und nicht nur die hätten ein Motiv, sondern auch andere. Einmal gab es auf einer Baustelle einen Unfall, bei dem ein Bauarbeiter verletzt wurde. Angeblich hat er den Zechner verklagt, weil das Gerüst, das sie verwendet haben, so alt gewesen ist, dass eines der Bretter geborsten und der Arbeiter zwei Stockwerke in die Tiefe gestürzt ist«, berichtete Kolanski.

»Wurde er schlimm verletzt?«, fragte Grünbrecht.

»Er hat sich den Oberschenkel und mehrere Rippen gebrochen.«

»Wie ging der Prozess aus?«

»Das steht nicht in dem Buch.«

»Noch etwas?«

»Der Georg Zechner war mal bei seinem Bruder im Büro und hat den Briefbeschwerer nach ihm geschmissen. Sie haben heftig gestritten, und die Strauss hat die Schimpfwörter, die sich die beiden an den Kopf geworfen haben, in einer Liste notiert.«

»Wann war das?«, wollte Stern wissen.

»Vor circa fünf Jahren.«

»Dann ist das ein alter Hut, da sich die beiden mittlerweile schon fast versöhnt hatten, auch wenn es immer wieder Streit zwischen ihnen gegeben hat«, wusste Stern aus den Vernehmungen der Bauersleute.

»Geschwister streiten nun mal, ganz egal, wie alt sie sind«, warf Kolanski ein. »Das ist ganz normal.«

»Vielleicht war das zu jenem Zeitpunkt, als der Georg das Doppelte oder Dreifache von seinem Bruder für den Grund für das gemeinsame Bauprojekt haben wollte, wie wir ja schon erzählt bekommen haben«, schlussfolgerte Stern. »Was noch?«

»Weiter bin ich nicht. Aber ich klemm mich gleich wieder dahinter.«

»Das scheint dir tatsächlich Spaß zu machen«, sagte Grünbrecht.

»Langweilig ist die Lektüre nicht«, gab Kolanski zu.

»Während Hermann diese Seifenoper gelesen hat, hab ich echte Polizeiarbeit erledigt und in Erfahrung gebracht, dass auf Dr. Steinerle kein Waffenschein und ebenso keine Waffenbesitzkarte ausgestellt ist«, verkündete Heinze.

»Angeblich sind sich der Steinerle und der Walter Zechner nie begegnet«, erinnerte Grünbrecht an die Aussage des Gynäkologen.

»Steht in dem Notizbuch der Strauss darüber vielleicht etwas anderes?«, fragte Stern Kolanski.

»Sollte ich darauf stoßen, lasse ich es euch wissen.« Der Gruppeninspektor verschwand grinsend mit seinem Polizeihäferl im Großraumbüro.

»Mara und Martin, schaut ihr euch bitte die Finanzen der Zechners und die vom Steinerle an«, trug Stern den Kollegen auf und ging selber in sein eigenes Büro, wo er hinter dem Schreibtisch Platz nahm und seine Brille aufsetzte. Als Erstes kontrollierte er seine E-Mails, ob Bormann ihm vom Krankenbett aus geschrieben hatte, was jedoch nicht der Fall war. Als er sich gerade den Bericht der Spurensicherung anschauen wollte, läutete sein Handy.

»Stern!«, meldete er sich.

»Chefinspektor Oskar Stern vom Landeskriminalamt?«, fragte eine männliche Stimme.

»Ja. Mit wem spreche ich?«

»Friedrich Malschner. Kaufhausdetektiv.«

»Was kann ich für Sie tun?«, fragte Stern und suchte gleichzeitig die Nummer von den Kollegen heraus, die üblicherweise Diebstahlanzeigen entgegennahmen. Woher dieser Kaufhausdetektiv seine Handynummer hatte, wunderte ihn einerseits, andererseits auch nicht, da er schon vielen Menschen seine Visitenkarte gegeben hatte. Manche griffen darauf zurück, ohne darüber nachzudenken, ob sie bei ihm überhaupt an der richtigen Adresse waren.

»Ich habe hier eine Melanie Berger, die behauptet, Ihre Enkeltochter zu sein.«

Vor Schreck fiel Stern beinahe das Handy aus der Hand.

17. KAPITEL

Stern schnaubte. Den Kollegen hatte er lediglich mitgeteilt, dass er etwas Dringendes erledigen musste. Nun fuhr er auf der Welser Straße Richtung Pasching. Der Berufsverkehr um diese Zeit war zäh, wie eine übermächtige Blechschlange quälten sich die kleinen und großen Karosserien trotz unterschiedlicher Motorstärken alle in derselben Geschwindigkeit aus der oberösterreichischen Landeshauptstadt hinaus. Das verschaffte Stern Zeit, um sich zu beruhigen, bis er im Einkaufszentrum ankam. Und Melanie konnte so lange darüber nachdenken, was sie getan hatte. Das hoffte er zumindest.

Den Wagen ließ er im Parkhaus stehen und folgte der Beschreibung des Kaufhausdetektivs zu dessen Büro. Dort klopfte er an die Tür und trat nach einem »Herein« ein. Hinter einem Schreibtisch mit mehreren Monitoren saß ein stämmiger Mann um die 40. Auf einem Stuhl, der rechts neben ihm an die Wand gestellt war, wartete Melanie, die Augen gerötet und die schwarze Schminke rundum verschmiert. Ihren Rucksack hielt sie fest auf ihrem Schoss umklammert, als hätte sie Angst, es könnte ihn ihr jemand aus der Hand reißen.

»Oskar Stern«, stellte er sich vor. »Ich bin der Großvater von Melanie. Wir haben telefoniert.«

Die Männer reichten einander die Hände.

»Normalerweise tue ich das nicht, sondern verständige gleich die Polizei, wenn die Person, die wir beim Ladendiebstahl erwischen, minderjährig ist wie in diesem Fall, damit die sich mit den Eltern auseinandersetzt. Aber die junge Dame hat mir glaubwürdig versichert, dass Sie selber Polizist sind.«

»Ja, ich bin Chefinspektor am Landeskriminalamt.« Stern holte seinen Ausweis hervor und zeigte ihn seinem Gegenüber. »Was ist passiert?«

»Melanie hat diese Sachen gestohlen ...« Der Kaufhausdetektiv griff hinter sich auf den Schreibtisch und hielt Stern etwas Pinkfarbenes und Blaues entgegen. »Sie ist damit in die Umkleidekabine gegangen und Minuten später ohne herauskommen. In der Kabine hat sie die Sachen in den Rucksack gesteckt und ist anschließend damit aus dem Geschäft spaziert. Ich hab sie über die Monitore, die auf den Bereich vor den Umkleidekabinen gerichtet sind, beobachtet und sie nach dem Verlassen des Geschäftes zur Rede gestellt. In ihrem Rucksack habe ich dann die beiden Kleidungsstücke gefunden. Ich hab alles auf Video. Sie können es sich gerne anschauen.« Friedrich Malschner deutete auf die Monitorgalerie.

Stern zweifelte nicht an der Richtigkeit der Darstellung. Ihn interessierte in diesem Augenblick vor allem, was Melanie dazu zu sagen hatte. Eindringlich blickte er sie an.

»Es tut mir leid, Opa!«, schluchzte die 14-Jährige.

»Was tut dir leid?«, hakte Stern nach. »Dass du erwischt worden bist oder dass du die Sachen gestohlen hast?«

»Dass ich die Sachen gestohlen hab«, antwortete Melanie.

»Was hast du dir dabei gedacht?«, fragte Stern.

»Ich weiß auch nicht ... Es war so ein ... Kick, ob ich das auch alleine hinkriege ...«

»Was heißt das denn jetzt? Hast du das schon mal gemacht?«, bohrte Stern nach.

Melanie zuckte mit den Schultern.

Stern beugte sich zu ihr hinab und schaute ihr ins Gesicht. »Wann?«

»Wie ich … wie du mich … wie ich mit Mama … und ich dann weggelaufen bin und dann Manu und seine Freunde kennengelernt hab … Da hab ich …« Die 14-Jährige verstummte.

»Dieses durchsichtige rosa Teil?«, erinnerte sich Stern an das winzige Nichts, das ihm Melanie während des Essens in dem Burgerladen gezeigt hatte und das der Grund für die anschließende Eskalation und das Handyverbot gewesen war.

Melanie nickte.

»Sag mal, geht's noch? Du hast mich eiskalt angelogen!« Stern erinnerte sich genau daran, dass seine Enkelin behauptet hatte, sie habe sich dieses Kleidungsstück von ihrem eigenen Geld gekauft. Jetzt war er richtig sauer.

»Ich … ich … Es tut mir leid«, flüsterte die 14-Jährige.

»Das reicht nicht! Du kannst nicht glauben, dass die Sache damit erledigt ist, nur weil du dich entschuldigt hast. Du hast eine Straftat begangen, Melanie. Andere gehen dafür ins Gefängnis!«

»Und ich nicht?« Mit großen Augen sah Melanie ihren Großvater an.

»Das kommt darauf an, ob Herr Malschner Anzeige erstattet«, sagte der Chefinspektor und wusste gleichzeitig, dass das wie eine Drohung auf seine Enkelin wirken musste. Doch noch war er nicht bereit, die weiße Fahne zu hissen, denn dass Melanie ihn angelogen hatte, nahm er persönlich.

»In diesem Fall verzichten wir darauf«, versicherte ihnen der Kaufhausdetektiv.

Stern, der angenommen hatte, seine Enkelin würde sich nun überschwänglich bei dem Mann bedanken, wartete vergeblich auf eine Reaktion. Mit einem entsprechenden Blick forderte er Melanie dazu auf.

»Was ... was bedeutet das?«, fragte die 14-Jährige jedoch.

»Das bedeutet, dass du nicht ins Gefängnis musst, dieses Gewand aber zurückbringst«, erklärte Stern ihr.

Melanie warf den Rucksack zu Boden, sprang auf und schlang ihre Arme um den Hals ihres Großvaters. Sie schluchzte und klammerte sich an ihn. Sofort fiel der Ärger von ihm ab. Er drückte sie an sich und streichelte ihr beruhigend über den Rücken. Eine Weile standen sie so da, bis der Blickkontakt mit dem Detektiv ihn zum Handeln aufforderte. »Jetzt bedankst du dich erst mal bei Herrn Malschner«, sagte er und löste sich von seiner Enkelin.

»Danke«, schluchzte Melanie. Immer noch liefen ihr Tränen über die Wangen.

»Ich hoffe, das war dir eine Lehre und du machst das nie wieder. Verstanden? Nie wieder!«, sagte der Kaufhausdetektiv mit erhobenem Zeigefinger. »Noch einmal wird dich dein Großvater nämlich nicht raushauen können.«

»Ich verspreche es«, gelobte Melanie schniefend.

»Danke, Herr Malschner.« Stern reichte dem Mann die Hand.

»Passen Sie auf Ihre Enkelin auf«, erteilte ihm dieser einen gut gemeinten Ratschlag. Und zu Melanie sagte er: »Ich hoffe, wir sehen uns das nächste Mal unter angenehmeren Umständen.«

»Das werden wir«, versprach Melanie. »Danke noch mal!«

»Jetzt nimm deinen Großvater mit und verschwinde.«

Melanie hob ihren Rucksack vom Boden auf und verließ vor Stern das Büro des Detektivs. Als die Tür hinter ihnen ins Schloss fiel, drehte sie sich zu ihrem Großvater um. »Danke, Opa. Und es tut mir ehrlich leid. Ich werde das nie, nie, nie mehr tun!«

Stern würde ihr gerne glauben. Da sie ihn aber angelogen hatte, war er skeptisch, und das befreiende Gefühl, dass seine Enkelin aus der Sache etwas gelernt hatte, blieb aus. »Wenn du dich nicht daran hältst, landest du eines Tages wirklich im Gefängnis, Melanie. Das ist kein Spiel und auch keine Mutprobe. Es ist eine Straftat, und wenn du volljährig bist, ruft mich keiner mehr an. Dann kommt die Polizei und verhaftet dich wegen Diebstahls, ist dir das klar?«

»Ja, Opa.«

Stern ging voraus, blieb kurz darauf jedoch erneut stehen. »Eine Sache noch: Lüg mich nie wieder an! Das untergräbt das Vertrauen zwischen uns beiden.«

»Ja, Opa.«

»Und noch etwas …«

»Ja?«

»Hat dich dieser Manu dazu angestiftet, das Gewand zu stehlen?«

Melanie schwieg.

»Sag mir die Wahrheit!«

»Er hat gesagt, wenn ich mich traue zu klauen und ihm als Beweis die Sachen gebe, bekomme ich die Hälfte davon ab«, beichtete Melanie.

»Die Hälfte von was?«, hakte Stern nach, da ihn eine böse Ahnung beschlich.

»Na, von den Sachen.«

»Weißt du, was dieser Manu damit macht?«

Melanie zuckte mit den Schultern. »Keine Ahnung, vielleicht hat er eine Schwester, der er das schenkt.«

»Wie …?« Stern verkniff sich die Frage, wie naiv Melanie eigentlich sei. Immerhin war sie erst 14 und viel zu unerfahren, um solchen verschlagenen Typen, wie dieser Manu einer zu sein schien, nicht auf den Leim zu gehen. »Der verkauft die Sachen und verschenkt sie nicht. So finanziert er sein Leben. Und die Mädchen, die bei ihm gewesen sind, haben gewiss für ihn gestohlen, damit er nicht gefasst wird, sondern sie oder du. Und damit erpresst er sie … Hat er dich noch einmal kontaktiert?«

Melanie schossen wieder Tränen in die Augen. »Er hat mir geschrieben, dass wir uns heute hier treffen …«

»Und dann hat er dir aufgetragen, die Sachen zu stehlen.«

»Opa, ich bin so dumm!« Melanie stürzte erneut in die Arme ihres Großvaters, der sie dieses Mal lange nicht ausließ. Diesem Manu würde er das Handwerk legen, nahm er sich vor, auch wenn solche Delikte nicht in seinen Zuständigkeitsbereich fielen.

Nachdem sich Melanie beruhigt hatte, fuhr Stern sie nach Hause. Seine Enkelin sperrte die Wohnungstür auf, Geschirrklappern war zu hören und der Geruch von gebratenem Fleisch drang zu ihnen in den Flur.

»Meli?«, rief Barbara aus der Küche.

»Ja, Mama, ich bin's«, gab sich die 14-Jährige zu erkennen. »Und ich hab jemanden mitgebracht.«

Stern wusste noch nicht, zu wessen Verstärkung er antreten musste, doch er befürchtete, dass das folgende Gespräch schwierig werden würde.

»Wer ist es denn?«

»Ich bin es.« Der Chefinspektor betrat die Küche.

»Papa? Ich hab dich gar nicht erwartet. Dagegen dich viel früher, Meli. Wo bist du so lange gewesen?« Barbara rührte in der Pfanne um, damit nichts anbrannte.

»Ich war im Einkaufszentrum«, antwortete Melanie handzahm und kam ebenfalls in die Küche.

»Im Einkaufszentrum?«, echote Barbara und schaute zu Stern und ihrer Tochter herüber. »Was wolltest du dort? Und wie schaust du überhaupt aus?« Dass Melanie sich schminkte, war offenbar auch für ihre Mutter neu, und dass diese Schminke dann noch verschmiert war, machte diesen ungewohnten Eindruck nicht besser.

»Ich … ich …«, stotterte Melanie. Anscheinend wollten ihr die zurechtgelegten Worte nicht über die Lippen kommen.

Barbara schob die Pfanne vom Herd und legte den Pfannenwender beiseite. Nun schenkte sie ihre ganze Aufmerksamkeit ihrem Kind und fragte: »Was ist hier los?«

Melanie signalisierte ihrem Großvater, dass er für sie das Reden übernehmen sollte. Das war zwar so nicht abgesprochen, er hielt es jedoch in dieser Situation ebenso für das Beste. »Melanie wurde dabei erwischt, wie sie etwas aus einem Geschäft gestohlen hat …«

»Was?« Barbaras Augen weiteten sich.

»Wir haben das schon geregelt«, sagte Stern rasch. »Melanie hat sich entschuldigt und bringt alles zurück.«

»Das heißt ja, dass sie das nicht nur ein Mal gemacht hat«, zog Barbara die richtigen Schlüsse.

Melanie fing wieder an zu weinen, blieb aber neben der Tür stehen, als fürchtete sie sich davor, das Gleiche bei ihrer Mutter zu tun wie bei ihrem Großvater: sich in ihre Arme werfen. Sich von ihr trösten lassen. Weil ihre heile Welt gerade Risse bekam.

»Melanie weiß, dass sie einen Fehler begangen hat. Wir haben bereits darüber geredet.«

»Komm her, Schätzchen!« Barbara breitete die Arme aus und ging auf ihre Tochter zu.

»Es tut mir so leid, Mama!«, rief Melanie und versuchte gar nicht, ihren Fehler schönzureden, wie sie das sonst immer machte. Sie ließ sich von ihrer Mutter umarmen, schmiegte sich an sie, bis der Strom an Tränen versiegte.

Stern blieb zum Abendessen. Melanie erschien ungeschminkt bei Tisch, und Tobias freute sich, dass sein Großvater ein wenig von dem Mordfall in Altenfelden erzählte, obwohl dieser nur das wiedergab, was ohnehin in den Zeitungen stand.

Das Nudelgericht seiner Tochter schmeckte Stern gut, auch wenn er lieber einen Schweinsbraten auf dem Teller gehabt hätte. Doch die Stimmen derer, die verlangten, nicht jeden Tag Fleisch zu konsumieren, waren mittlerweile so laut, dass nicht einmal er sie mehr überhören konnte.

»Auf TikTok hab ich ein Video von dir gesehen, Opa«, überraschte Tobias seinen Großvater, nachdem dieser das Mahl beendet hatte.

»Ja? Um was ging es darin?«, hakte Stern nach. Wahrscheinlich war es ein Ausschnitt von der Pressekonferenz, dachte er und wunderte sich, dass sich der Elfjährige die Nachrichten auf diesem Kanal anschaute.

»Um die Demo vor dem Tierpark«, antwortete Tobias. »Du warst aber nur kurz zu sehen. Die meisten Aufnahmen sind gemacht worden, bevor du und Mara gekommen seid.«

Stern wurde hellhörig. »Aha, zeigst du es mir mal?«

»Bei Tisch darf man nicht mit dem Handy spielen, gell, Mama?«

Barbara pflichtete ihrem Sohn bei und warf ihrem Vater einen strengen Blick zu, diese Regel keinesfalls zu unterwandern.

»Äh, ja, da hat deine Mutter natürlich recht«, sagte Stern, wenngleich es ihn brennend interessierte, was in dem Video zu sehen war. »Dann gehen wir halt in dein Zimmer«, fiel ihm eine Lösung ein.

»Mama, dürfen wir? Bitte!«, bettelte Tobias.

»Aber nicht lange. Du musst ins Bett, morgen ist Schule.« Barbara begann, den Tisch abzuräumen. Melanie half ihr dabei, was Stern wohlwollend registrierte. Offenbar war die 14-Jährige bemüht, keinen Grund für einen weiteren Streit zu liefern.

In Tobias' Zimmer setzte sich Stern auf das Bett. Sein Enkel war eine Leseratte, Bücher stapelten sich nicht nur in den Regalen, sondern auch auf dem Boden. Die meisten handelten von Detektivgeschichten, da Tobias wie sein Großvater Chefinspektor bei der Kriminalpolizei werden wollte.

»Da!« Tobias hatte das Video gefunden und reichte das Handy Stern. »Du musst deine Brille aufsetzen, bevor ich es laufen lasse, damit du alles genau siehst.«

Stern zog seine Brille aus der Brusttasche seines Hemdes und schob sie auf seine Nase. »Bereit.«

Tobias drückte auf den Pfeil und das Video startete. Jemand von den Demonstrierenden hatte es aufgenommen, das war anhand der Perspektive zu erkennen. Es zeigte, wie eine kleine Gruppe mit Transparenten auf dem Parkplatz einen Sprechchor anstimmte. »Der Wolf muss weg, hier lebt der Mensch!«, skandierten sie und wiederholten die Parole, bis sie vor dem Schranken beim Tierparkeingang anlangten.

»Jetzt tut doch die grauslichen Plakate weg, hier sind Kinder!«, rief ein Tierparkbesucher in die Kamera.

»Der Wolf muss weg, hier lebt der Mensch! Der Wolf muss …«, kam als Antwort zurück.

»Geht's woanders hin!«, verlangte eine Mutter, die ihrem Kind die Augen zuhielt, als sie es an den Demonstrierenden mit den hochgehaltenen Transparenten vorbeischob.

»Der Wolf muss weg, hier lebt der Mensch! Der Wolf muss …«

»Da habt's recht! Wir stellen uns zu euch«, meinte ein Pärchen, das eigentlich den Tierpark hatte besuchen wollen, sich nun aber unter die Demonstranten mischte. Unverständliches Gerede war im Hintergrund zu hören, wahrscheinlich unterhielten sich die Neuhinzugekommenen mit jemandem aus der Gruppe.

Das Aufnahmegerät wurde in Richtung Tierpark geschwenkt, wo Stern Harald Koman, der sie verständigt hatte, hinter dem Schranken stehen sah. Zahlreiche Menschen hatten sich dort versammelt, um das Spektakel aus sicherer Entfernung zu beobachten. Und plötzlich rückte eine Person in den Fokus, von der Stern glaubte, sie zu kennen.

»Warte!«, rief er und packte den Arm seines Enkels.

»Was?«, kreischte Tobias und ließ das Handy fallen. Die unerwartete Reaktion des Großvaters hatte ihn erschreckt.

»Oh, tut mir leid.« Stern tätschelte Tobias' Hand und hob das Smartphone auf. »Kannst du das zurückspulen? Bis die Leute hinter der Absperrung ins Bild rücken.«

»Klar.« Tobias drückte ein paarmal auf das Display und hielt es wieder seinem Großvater hin. »Hier.« Das Video begann erneut zu laufen.

»Stopp!«, rief Stern.

Dieses Mal war sein Enkel vorbereitet und tippte auf das Display. Das Bild fror ein.

»Vergrößern bitte!« Stern war auf ein Gesicht in der zweiten Reihe der Schaulustigen fokussiert, das zwar zunehmend größer wurde, dadurch jedoch auch unschärfer. Aber wenn er sich nicht irrte, gehörte es Irmgard Steinerle, der Innenarchitektin der Bau-Newtech GmbH. Was hatte sie dort zu suchen?

»Näher ran geht nicht«, riss Tobias Stern aus seinen Überlegungen.

»Das passt schon, Tobi. Kannst du mir das irgendwie zukommen lassen? Per Mail oder so?«

»Das ist nicht mein Video, Opa. Ich kann dir nur den Link über WhatsApp schicken. Damit du es dir anschauen kannst, musst du dich bei TikTok anmelden«, erwiderte Tobias.

Die Tür zum Kinderzimmer ging auf und Barbara steckte ihren Kopf herein. »Zeit, ins Bett zu gehen.«

»Später, Mama! Opa braucht mich ganz dringend. Ich muss ihm helfen, den Fall aufzuklären«, verkündete Tobias stolz.

Barbaras Blick wanderte zu ihrem Vater.

»Das stimmt. Wir sind gleich fertig. Gib uns noch zehn Minuten.«

»Fünf!« Barbara schloss die Tür hinter sich.

»Dann schick mir bitte den Link zu dem Video, den Rest erledigen meine Kollegen«, sagte Stern zu seinem Enkel.

Mit ein paar Fingerbewegungen führte Tobias das von seinem Großvater Verlangte aus und fragte: »Hab ich dir jetzt echt helfen können?«

»Ja, das hast du!« Stern drückte dem Jungen einen Kuss auf die Stirn. »Danke! Und nun ab ins Bett, bevor deine Mutter sauer wird.«

»Die streitet eh nur mit Melanie. Was ich tue, fällt ihr gar nicht auf«, erwiderte Tobias.

»Echt?« Stern schaute seinen Enkel überrascht an.

»Aber keine Angst, ich stelle nichts an. Nicht so wie Meli, die ständig Blödsinn im Kopf hat. Ich hoffe, ich werde nicht auch mal so, wenn ich in diese Pubertät komme. Davor hab ich echt Angst.«

»Das brauchst du nicht. Du schaffst das, und Mama kriegt das ebenso hin. Sie hat euch beide sehr lieb, so wie dein Vater und ich.«

»Ich krieg übrigens noch 100 Euro von dir, das haben wir mit Handschlag besiegelt«, erinnerte Tobias seinen Großvater an das versprochene Geld, das der Junge erhalten sollte, wenn er sich von Mara Grünbrecht vom Tatort wegführen ließ.

»Und geschäftstüchtig bist du obendrein.« Stern zog seine Geldbörse aus der Tasche, holte einen grünen Schein heraus und reichte ihn seinem Enkel.

Tobias grinste, stand auf, holte hinter den Büchern in dem Regal eine Piratenschatzkiste hervor, in die er das Geld legte, und schob sie anschließend dorthin zurück.

»Ich muss los.« Stern umarmte den Jungen.

»Und ich muss Zähne putzen«, sagte Tobias.

Bevor Stern ging, klopfte er an Melanies Zimmertür, durch die laute Musik drang. Als keine Reaktion erfolgte, hämmerte er mit der Faust gegen das Holz. Die Musik wurde leiser. »Ja?«

»Darf ich reinkommen?«, fragte Stern.

»Klar!«

Stern betrat das Zimmer seiner Enkelin. Offenbar war die 14-Jährige gerade dabei, es aufzuräumen, was längst überfällig war. »Bitte gib mir die Handynummer von diesem Manu«, verlangte er.

»Wieso?« Melanie sah ihn erschrocken an.

»Weil er unschuldige Mädchen zu Diebinnen macht. Das kann ich nicht zulassen.«

»Was hast du vor? Bekomme ich Ärger?«

»Du nicht. Aber er wird Ärger kriegen, wenn er nicht damit aufhört. Und das wird er vermutlich nicht.«

Melanie zögerte.

»Du hast es in der Hand, ob er damit weitermachen und noch mehr Mädchen in Schwierigkeiten bringen kann oder ob wir ihm das Handwerk legen. Es ist deine Entscheidung«, sagte Stern, wenngleich das nicht ganz stimmte. Wenn Melanie ihm die Nummer nicht freiwillig gab, würde er sie sich auf anderem Weg beschaffen. Doch das musste sie nicht erfahren. Sie sollte sich jetzt entscheiden, damit er wusste, dass er sich auf sie verlassen konnte.

Melanie nahm ihr Handy vom Bett und tippte darauf herum.

»Schreib mir die Nummer auf einen Zettel. Hier wird sicher irgendwo einer herumliegen … und ein Stift …« Stern deutete auf das Chaos in dem Zimmer.

»Nicht nötig, ich schicke sie dir per WhatsApp.«

Sterns Handy gab einen Signalton von sich.

»Schon da.« Melanie warf ihr Smartphone zurück auf das Bett.

»Keine Angst, ich werde ihn nicht wissen lassen, dass ich die Nummer von dir hab, wenn wir ihn erwischen«, versuchte Stern, seiner Enkelin ein wenig die Angst zu nehmen. Doch das schien gar nicht nötig zu sein.

»Das kannst du diesem Arschloch ruhig sagen«, erwiderte sie mit fester Stimme. »Mit dem bin ich fertig!«

Stern war froh, das zu hören. Melanie hatte ihre Lektion offenbar gelernt.

18. KAPITEL

Am nächsten Morgen auf der Dienststelle betrat Stern das Großraumbüro der Kollegen und fand es leer vor. »Was …?« Er schaute auf die Uhr, es war 8:21 Uhr. Normalerweise saßen die Gruppeninspektoren um diese Zeit längst hinter ihren Bildschirmen.

Hatte er etwas vergessen?

Er wählte Grünbrechts Nummer. Nach dem vierten Mal läuten ging die Gruppeninspektorin ran. »Ja, Chef?« Im Hintergrund war Gelächter zu hören.

»Ich bin gerade in eurem Büro und niemand ist da. Wo bist du? Und wo sind Kolanski und Heinze?«

»Wir kommen gleich, Chef! Soll ich dir einen wirklich ausgezeichneten Kaffee von den Kollegen vom Verfassungsschutz mitbringen?«, fragte Grünbrecht.

Daher wehte der Wind also. Jetzt waren nicht nur Heinze und Kolanski fremdgegangen, nun hatten sie auch noch Grünbrecht, die eigentlich lieber Tee statt Kaffee trank, dazu angestiftet, in fremden Abteilungen zu schnorren. »Äh … ja, bitte!«

Wenige Minuten später hielt Stern eine Tasse guten Espresso in der Hand und erzählte von dem Video auf TikTok, das Tobias ihm gezeigt hatte. Er reichte Heinze sein Handy, damit er besagte Aufnahme auf einem größeren Bildschirm abspielen lassen konnte. Für den technikaffinen Ermittler war das kein Problem, denn kaum hatte Stern zwei Schlucke Kaffee genommen, startete der Film.

Bei dem Schwenk in die Menge hinter der Tierparkabsperrung ließ Stern die Aufnahme von Heinze stoppen und heranzoomen. Da außer ihm nur Grünbrecht die Steinerle persönlich kannte, wartete er gespannt, ob sie seine Meinung teilen würde, dass es sich bei der Person um die Innenarchitektin handelte.

»Kann man das schärfer machen?«, fragte die Gruppeninspektorin.

»Warte, ich versuche es mal.« Heinze vollzog ein paar Mausklicks, und tatsächlich veränderte sich das eingefrorene Bild auf dem Monitor, wenn auch nur unwesentlich.

»Ja, ich glaube schon, dass das die Steinerle ist, doch mit Sicherheit kann ich es nicht sagen.« Grünbrecht erging es da wie ihrem Chef.

»Dann sollten wir sie fragen«, schlug dieser vor. »Denn seltsam finde ich es schon, dass sie – falls sie es ist – so kurz nach der Ermordung ihres Liebhabers an der Stelle auftaucht, wo dieser getötet wurde. Hat sie nach etwas gesucht? Nach der Tatwaffe vielleicht? Und einen anderen Verdächtigen haben wir ohnehin nicht. Es könnten zwar irgendwie alle gewesen sein, doch Beweise haben wir gegen keinen.«

»Ihren Ehemann können wir ausschließen, der war zur Tatzeit im Casino«, sagte Kolanski. »Ich hab mir seine Finanzen angeschaut. Er und seine Frau haben getrennte Konten. Bei seinem ergibt sich ein klares Bild. Das, was er verdient, abzüglich der Kosten für die Arztpraxis, trägt er in die Spielhölle.«

»Was ist mit Carla Zechner? Kennen wir ihre Finanzen und die der Bau-Newtech GmbH?«, fragte Stern. »Immerhin gibt es Gerüchte, dass sie das Unternehmen verkaufen möchte.«

»Ich weiß nicht, wie sich der Walter Zechner das überhaupt hätte leisten können, den Grund seines Bruders als Bauland zu kaufen. Auf den Bankkonten befinden sich derzeit 600.000 Euro. Er hätte also einen Kredit aufnehmen müssen«, berichtete Kolanski.

»Solche Projekte werden doch eh immer fremdfinanziert«, wusste Heinze. »Niemand zahlt so ein Bauvorhaben in bar im Voraus. Wichtig ist, dass das Unternehmen gut dasteht und nicht schon vorher verschuldet ist.«

»Gibt es in diese Richtungen irgendwelche Hinweise?«, fragte Stern.

»Wenn ich Bilanzbuchhalter wäre, könnte ich es dir sagen. Darum sollen sich die Kollegen kümmern, die sich damit auskennen«, schlug Kolanski vor.

»Was ist mit Gerlinde und Georg Zechner?« Stern schaute in die Runde.

»Sie haben durch den Tod von Walter Zechner am meisten verloren. Sie hätten eine Zukunft ohne finanzielle Sorgen haben können, so aber müssen sie weiterhin auf dem Hof arbeiten. Ich hatte das Gefühl, dass ihnen das nicht wirklich Spaß macht«, meinte Grünbrecht.

»Den Eindruck teile ich«, pflichtete Stern ihr bei.

»Und auf ihrem Bankkonto befindet sich gerade mal so viel Geld, dass sie über die Runden kommen. Die beiden leben nicht im Überfluss«, informierte Kolanski die Kollegen.

»Aber das hätten sie getan, wenn Walter nicht ermordet worden wäre. Deshalb haben sie für mich kein Motiv«, gab Grünbrecht zu bedenken.

»Zumindest keines, das wir kennen«, relativierte Stern die Aussage der Gruppeninspektorin.

»Was ist mit Ursula Strauss?«, fragte Heinze.

»Was soll mit ihr sein?« Kolanski schaute den Kollegen überrascht an und blinzelte dann zu Stern hinüber. »Das ist eine nette, ältere Dame, die keiner Fliege etwas zuleide tut.«

Der Chefinspektor schnaubte. »Wer's glaubt! Der traue ich alles zu. Aber ich sehe kein Motiv mehr, warum sie den Zechner hätte umbringen sollen, jetzt, wo sie von selber in den Ruhestand getreten ist. Steht in ihrem Notizbuch etwas, was auf einen weiteren Verdächtigen schließen lässt?«

»Wenn es danach ginge, müssten wir die halbe Belegschaft verhaften. Wegen unzüchtigen Benehmens, Drohungen, Anlügen des Chefs und weiß der Kuckuck was noch alles.« Kolanski klopfte auf das Buch, das vor ihm lag.

»Eine ganz normale Firma halt«, fasste Heinze zusammen.

»Bei uns im Landeskriminalamt ist es nicht viel anders«, warf Grünbrecht ein und grinste.

»Zurück zu unserem Fall«, forderte Stern, bevor das Gespräch in die von Grünbrecht eingeschlagene Richtung abglitt und der Klatsch der Dienststelle verbreitet wurde. »Was ist mit Harald Koman? Hat der ein Motiv?«, fragte die Gruppeninspektorin.

»Wir haben keine Verbindung zwischen ihm und Walter Zechner feststellen können.« Heinze holte tief Luft, bevor er weiterredete. »Wir haben außerdem die Tiergartenmitarbeiter überprüft. Nichts. Von ihnen ist keiner Jäger oder hat auch nur einen Waffenschein.«

»Aber irgendeine Verbindung zum Tiergarten muss es geben.« Stern fuhr sich mit der freien Hand durch die Haare. »Wieso sonst sollte Walter Zechner dort erschossen worden sein? Wer geht denn mitten in der Nacht in einen

Zoo? Sicher niemand, der sich Tiere anschauen möchte, zumal man zu dieser Uhrzeit dort ja auch noch einbrechen muss.«

»War der Walter Zechner ein Tierliebhaber? Vielleicht hat er nachts Tiere beobachtet, um zu sehen, wie sie sich verhalten?«, stellte Grünbrecht diese Möglichkeit in den Raum.

»Darüber hätte uns Harald Koman sicher in Kenntnis gesetzt, wenn es so gewesen wäre. Schließlich hätte der Zechner um Erlaubnis fragen müssen, ob er sich nachts im Tierpark aufhalten darf.«

»Stimmt, da hast du recht.« Grünbrecht dachte weiterhin angestrengt nach, auf ihrer Stirn bildeten sich Falten.

»Also, was übersehen wir?«, fragte Stern in die Runde.

»Sobald ich es weiß, sag ich es dir.« Kolanski klopfte mit seinem Kugelschreiber auf das Notizbuch von Ursula Strauss.

Heinze starrte auf seinen Monitor, wo jedoch nichts stand, was sie weiterbrachte. Und Grünbrecht schwieg, weil ihr offenbar auch nichts einfallen wollte.

»Dann gehen wir jetzt wie folgt vor, solange wir keine bessere Spur haben: Mara und Hermann, ihr fahrt zu der Steinerle und fragt sie, warum sie im Tierpark gewesen ist«, verkündete Stern und blieb selber sitzen. Als er erstaunte Blicke erntete, die gewiss in der Frage begründet lagen, warum er ausgerechnet die beiden zur Innenarchitektin schickte, ergänzte er: »Ich muss noch etwas mit Martin besprechen.« Das machte die Sache jedoch nicht klarer.

»Ja? Was denn?«, hakte Kolanski nach, der sich nicht vom Fleck rührte.

»Das geht nur Martin und mich etwas an«, erwiderte Stern schroffer, als er es beabsichtigt hatte, und hoffte, dass damit die Sache erledigt wäre. Er hasste es, wenn er den Chef raushängen lassen musste, aber in diesem Fall ging es nicht anders.

»Also, auf zur Steinerle«, sagte Grünbrecht in Richtung Kolanski, was diesen seine Jacke nehmen und hinter der Gruppeninspektorin das Büro verlassen ließ.

Stern zog sein Handy aus der Tasche und setzte seine Brille auf. Dann kritzelte er auf ein Blatt Papier von Grünbrechts Schreibtisch die Handynummer von diesem Manu und erzählte dem Kollegen, was gestern geschehen war.

»Wow!« Heinze war sichtlich erschüttert. »Wenn ich daran denke, wie leicht sich Kids zu Straftaten überreden lassen, krieg ich Zustände. Wenn Mia an so einen Typen gerät …« Heinze presste die Lippen zusammen und behielt den Rest des Satzes für sich.

»Kannst du den Namen von diesem Manu rausfinden?«, fragte Stern.

»Wenn die Nummer registriert ist, ist das kein Problem.«

»Wie lange brauchst du?«

»Ohne Beschluss?«

»Kann man das nicht googeln oder so?«

»Gib mir zehn Minuten.«

Es dauerte keine vier Minuten und Heinze hatte einen Namen parat. »Manuel Kredinzky, 20 Jahre. Er wohnt in der Neuen Heimat. Was soll ich tun?«

»Finde heraus, wo er sich gerade aufhält.«

»Ohne Beschluss?«

Stern überlegte. Wenn er jetzt ja sagte, übertrat er eine rote Linie – genau wie Melanie. Dann beging er eine Straftat. Doch er wollte diesem Manu unbedingt das Handwerk legen.

Was sollte er tun?

»Nein. Ich überleg mit etwas.« Sauer auf sich selbst, weil er das alles grundsätzlich in Erwägung zog, und sauer auf diesen Manuel Kredinzky, weil der ihn überhaupt erst in diese Situation gebracht hatte, stürmte er aus dem Büro.

19. KAPITEL

»Das ist ja interessant«, murmelte Kolanski, als er in das Notizbuch der Ursula Strass vertieft neben Grünbrecht auf dem Beifahrersitz des BMW saß und sie über die A7 in Richtung Gallneukirchen fuhren. Die Gruppeninspektorin hatte die Steinerle vorher angerufen, die weiterhin krankgeschrieben war, und sich die Adresse von der Schwester geben lassen, bei der sie derzeit untergekommen war.

»Was meinst du?«, hakte Grünbrecht nach.

»Hier steht, dass die Affäre der Steinerle mit dem Walter Zechner beendet gewesen sein soll.« Kolanski klappte das Notizbuch zu.

»Davon hat die Steinerle aber nichts gesagt«, erinnerte sich Grünbrecht.

»Dann fragen wir sie jetzt.« Der Gruppeninspektor steckte seine Lektüre ein und wechselte das Thema. »Hast du eine Ahnung, was Martin angestellt hat?«

»Ich glaube nicht, dass es um Martin geht. Ich vermute eher, dass er Oskar bei etwas behilflich sein soll.« Grünbrecht setzte den Blinker und fuhr von der Autobahn ab.

»Meinst du, es hat mit unserem Fall zu tun?«

»Nein, eher mit Melanie.«

»Die hat doch bereits diesen Tracker auf ihrem Handy. Stern weiß also zu jeder Zeit, wo sie sich aufhält. Was will er noch? Ihr Heinze hinterherschicken, damit er auf sie aufpasst? Mein Gott, die Kleine ist 14! Sie braucht Freiraum, um sich entfalten zu können.«

»Wir wissen nicht, wie viel Freiraum sich die Kleine schon gönnt. Vielleicht längst im Übermaß und nicht ihrem Alter entsprechend«, hielt Grünbrecht dagegen und parkte den Wagen vor einem Einfamilienhaus in der Gusenstraße in Gallneukirchen.

»Als ich in ihrem Alter gewesen bin, hat niemand auf mich aufgepasst. Da gab es eine Uhrzeit, zu der ich zu Hause sein musste, und was ich in der Zwischenzeit gemacht hab, hat niemanden interessiert. Außer es hat sich jemand über mich beschwert, dann musste ich natürlich Rede und Antwort stehen.«

»Das ist ewig her, Hermann! Das kannst du nicht mit dem vergleichen, was die jungen Leute heute alles zu bewältigen haben. Handys, Computer, die sozialen Netzwerke – das gab es damals nicht beziehungsweise hatte nicht jeder Zugang dazu«, erwiderte Grünbrecht und stieg aus.

»Deshalb bin ich froh, in einer Zeit groß geworden zu sein, wo von Instagram und TikTok noch keine Rede war. Die Jugend von heute lebt in einer Scheinwelt, die ihr alles Mögliche vorgaukelt, und dann kommt sie mit dem echten Leben nicht zurecht.« Kolanski warf die Autotür zu.

»Genau deswegen vermute ich, dass die Geheimniskrämerei zwischen Stern und Heinze etwas mit Melanie zu tun hat.« Grünbrecht drückte auf die Klingel neben der Haustür. Eine aufsteigende Tonabfolge erklang.

Eine Frau in Jeans und rosa Oversize-Shirt öffnete die Tür. »Ja?«

»Gruppeninspektorin Mara Grünbrecht vom Landeskriminalamt Oberösterreich, das ist mein Kollege Gruppeninspektor Hermann Kolanski. Ist Irmgard Steinerle da? Ich hab mit ihr vor einer halben Stunde telefoniert und ihr mitgeteilt, dass wir noch einmal mit ihr reden müssen.«

»Ah, Sie sind das! Kommen S' rein, wir besprechen eh gerade, wie es weitergehen soll.« Die Frau schritt den Inspektoren voraus in die Küche. »Die Irmgard überlegt, ihren Job bei der Bau-Newtech zu kündigen, was ich net g'scheit find, weil sie ja zudem ihren Ehemann verlassen will, und von irgendetwas muss sie dann ja leben, auch wenn der Hubert nie wirklich viel zur Haushaltskasse beig'steuert hat. Aber es ist natürlich ihre Entscheidung, ich misch mich da net ein. Wir helfen, wo wir können.«

Am Küchentisch saß Irmgard Steinerle, in der Hand einen Kugelschreiber und vor ihr ein halbvoll beschriebenes Blatt Papier. Sie schaute auf, als die Kriminalbeamten über die Schwelle traten, und legte den Stift beiseite. Die Inspektoren grüßten freundlich.

»Nehmen S' doch Platz.« Die Schwester deutete auf zwei freie Stühle.

»Danke, wir wollen nicht lange stören«, winkte Grünbrecht ab und wandte sich der Innenarchitektin zu. »Frau Steinerle, was haben Sie gestern im Tierpark gemacht? Wir gehen davon aus, dass Sie Herrn Zechner wirklich geliebt haben, und finden es deshalb seltsam, dass Sie sich so kurz nach seinem Tod den Ort anschauen, wo er ermordet wurde.«

»Sie haben recht, es war wirklich ein schmerzhafter Gang für mich. Aber ich musste sehen, wo er … Und ich hab Blumen für ihn abg'legt.« Die Frau schluchzte.

»Ich muss Sie das jetzt fragen.« Kolanski holte das Notizbuch von Ursula Strauss aus der Jackentasche und blätterte darin. »Hier steht, dass die Affäre zwischen Ihnen und Ihrem Chef längst beendet gewesen war, weil Herr Zechner sich an die Kerstin von der Marketingabteilung rangemacht hat. Ist da etwas dran?«

Sämtliche Augenpaare richteten sich auf Irmgard Steinerle. Vor allem Grünbrecht wollte hören, welchen Grund die Frau nennen würde, warum sie Stern und ihr bei der ersten Befragung nichts vom Ende des Verhältnisses erzählt hatte.

Die Angesprochene atmete tief durch. »Ja, das stimmt. Ich hab ihn aber net umg'bracht, sondern immer noch g'liebt.«

»Vielleicht haben Sie ihn genau deswegen ermordet, weil er Sie gegen eine andere ausgetauscht hat«, schlussfolgerte Grünbrecht. »Eifersucht und gekränkte Eitelkeit sind keine seltenen Mordmotive.«

Die Innenarchitektin schüttelte den Kopf. »So ist es net g'wesen. Ich weiß ja net, was da alles drinsteht«, sie deutete auf das Notizbuch in Kolanskis Hand, »aber wenn derjenige, der das aufg'schrieben hat, richtig informiert ist, dann muss er auch erwähnt haben, dass wir uns im Guten g'trennt haben.«

»Davon steht hier leider nichts.« Kolanski wedelte mit dem Notizbuch.

»Von wem haben Sie das?«, wollte die Steinerle erfahren.

»Das spielt keine Rolle.«

»Bestimmt von der Strauss.« Die Innenarchitektin lächelte bitter. »Es ist eh immer g'munkelt worden, dass sie alles aufschreibt, was ihr zu Ohren kommt, aber ich hab das für ein Gerücht g'halten, weil sie sich stets darüber beklagt hat, dass ihr niemand was erzählt.«

»Ein ziemlich umfangreiches Gerücht, wenn Sie mich fragen.« Kolanski steckte das Büchlein ein.

»Nehmen wir an, es war so, wie Sie behaupten, Frau Steinerle. Fällt Ihnen jemand ein, der einen Grund gehabt hat, Walter Zechner zu ermorden?«, fragte Grünbrecht.

»Inzwischen sind seit seinem Tod ein paar Tage vergangen, in denen Sie sicher darüber nachgedacht haben.«

Die Steinerle schüttelte den Kopf. »Nein, der Walter war wirklich ein netter Mensch. So ganz anders als mein Ehemann. Man konnte ihm net böse sein, wegen nix.«

»Walter Zechner war ein erfolgreicher Geschäftsmann, Frau Steinerle. Da kann er nicht nur lieb und nett gewesen sein. Gerade in der Baubranche sind manchmal Ellbogen gefragt«, warf Kolanski ein.

»Der Walter hat zwischen dem Privaten und dem Geschäftlichen unterschieden. Nach Dienstschluss war er ein anderer Mensch als in der Arbeit«, erklärte die Innenarchitektin.

»Ein Mann mit zwei Gesichtern also«, formulierte Grünbrecht den Gedanken, der sich ihr aufdrängte.

*

Stern hatte sich wieder beruhigt. Als er das Großraumbüro der Kollegen betrat, um noch mal mit Heinze zu reden, war dieser nicht da. Er rief ihn an, der Gruppeninspektor hob nicht ab. Vielleicht versuchte er gerade, eine Lösung zu finden, wie sie diesen Mann zu fassen bekamen, ohne gegen Polizeivorschriften zu verstoßen. Wahrscheinlich war es besser, wenn Stern vorerst die Füße stillhielt, da Heinze aus seiner Zeit bei der Wiener Polizei noch immer Kontakte zur hiesigen Unterwelt pflegte. Er entschied sich deshalb dafür, solange der Kollege beschäftigt war, einen offenen Punkt in den aktuellen Mordermittlungen abzuarbeiten.

Der Chefinspektor erinnerte sich an das Gespräch mit Carla Zechner. Wenn man ihren Schilderungen Glauben schenkte, dann war Walter Zechners Weigerung, eine Waffe in die Hand zu nehmen, ausschlaggebend dafür gewesen, dass der jüngere Bruder den Hof übertragen bekommen hatte.

Aber wo war Zechner senior heute? Nach Sterns Einschätzung müsste der Mann zwischen 70 und 80 Jahre alt sein. Lebte er noch? Und wenn ja, wo?

Bei Bauernhöfen war es üblich, dass mehrere Generationen unter einem Dach wohnten, doch dies schien bei den Zechners nicht der Fall zu sein. Niemand hatte etwas in diese Richtung erwähnt, und er selbst hatte auf dem Hof keine Hinweise gesehen, die darauf schließen ließen, dass noch jemand dort lebte außer Gerlinde, Georg und Martha.

Eine Möglichkeit, wo Zechner senior sein könnte, war ein sogenanntes Auszugshaus, das von den alten Bauersleuten nach Hofübergabe bezogen wurde. Oder der alte Mann war verstorben. Aber dann müssten zumindest sein Jagdgewehr und seine Flinte, die er als leidenschaftlicher Jäger zweifelsohne beide besessen hatte, irgendwo auf dem Hof zu finden sein. Als Stern sich die Waffen von Georg Zechner hatte zeigen lassen, hatten sich in dem abschließbaren Schrank lediglich jene von Georg befunden, daran erinnerte sich der Chefinspektor genau.

Mit dem Gewehr und der Flinte im Kofferraum fuhr Stern nach Altenfelden, um sie ihrem Besitzer zurückzugeben. Bei dieser Gelegenheit konnte er sich gleich nach dem Verbleib von Zechner senior und dessen Waffen erkundigen.

An dem Bauernhof angekommen, öffnete Stern niemand die Tür, also umrundete er das Gebäude im Mühlviertler Steinbloß-Stil. Da er jetzt wusste, dass es hätte abgerissen werden sollen, fiel ihm auf, dass er sich von dem Anblick der typischen Mühlviertler Mauerstruktur über das ein oder andere Manko hatte hinwegtäuschen lassen. Der Putz bröckelte ab und die alten Holzfenster waren gewiss undicht. Auch schien das Dach nicht mehr im allerbesten Zustand zu sein, die Ziegel drückten schwer auf das darunterliegende Gebälk, welches unter dem Gewicht hie und da nachgab.

»Herr Zechner?«, rief Stern in den Stall.

Außer den Lauten der Kühe war nichts zu hören.

Der Chefinspektor ging weiter, bis er den Bauernhof umrundet hatte. Anschließend setzte er sich in den Wagen und überlegte, ob er hier auf die Zechners warten sollte. Vielleicht waren sie auf dem Feld oder im Ort einkaufen und würden schon bald zurückkehren. Oder er fuhr auf die Dienststelle, schaute, wie weit Heinze war, und kam später noch einmal her.

Sterns Handy läutete. »Stern!«, meldete er sich.

»Opa …« Schluchzen drang aus dem Lautsprecher.

»Melanie?«

»Er hat mir wieder geschrieben …«

»Wer? Dieser Manu?«

»Ja!« Melanie weinte.

»Was hat er geschrieben?«

»Dass ich gefälligst meinen Mund halten und ins Einkaufszentrum kommen soll. Dass ich mit niemanden darüber reden darf, was er von mir verlangt.«

Dieser verdammte Mistkerl, fluchte Stern innerlich und ballte die freie Hand zur Faust.

»Wenn ich rede, dann erzählt er allen, was ich getan hab. Dass ich eine Diebin bin! Allen! Auch meinen Freunden und den Lehrern! Opa, was mache ich denn jetzt?«, kreischte Melanie hysterisch. Sie war mit den Nerven völlig am Ende.

»Wo bist du?«

»In der Mädchentoilette.«

»In der Schule?«

»Ja. Ich trau mich nicht mehr heraus. Die fragen mich sicher, was los ist, weil ich so verheult ausschaue. Was soll ich denen denn sagen?«

»Dass es dir nicht gut geht. Ich komme und hol dich ab.«

»Und was ist mit Mama?«

»Überlass das mir, ich mach das schon. Sie liebt dich und wird dir helfen, genau wie ich.«

»Und Papa? Er wird furchtbar enttäuscht sein.«

»Nein, wird er nicht. Mach dir um deine Familie keine Sorgen, und alles andere kriegen wir genauso wieder hin.«

»Ich warte auf dem Mädchenklo auf dich.«

Auch das noch, dachte Stern, sagte aber: »Klar.«

»Opa?«

»Ja?«

»Ich hab dich lieb.«

»Ich hab dich auch lieb.«

Stern raste zurück nach Linz. Als er die Schule erreichte, parkte er den Audi auf dem Lehrerparkplatz, stieg aus und querte den Vorplatz. Da gerade Unterricht war, waren die Gänge leer und er konnte niemanden fragen, wo sich die Mädchentoiletten befanden. In jedem Stockwerk gab es mindestens eine, der Größe des Gebäudes zu urteilen aber mehrere, dachte er, das ergab bei drei Stockwerken eine Menge. Er wählte die Nummer seiner Enkelin, doch die ging nicht ran. Wahrscheinlich hatte sie das Handy in der Schule auf lautlos gestellt. Da er nicht wusste, wo ihre Klasse war, begann er im Erdgeschoss mit der Suche.

»Meli?«, rief er in die erste Toilettenanlage hinein.

»Ich bin Alina«, kam es zurück.

»Oh, Entschuldigung!« Stern zog die Tür hinter sich zu und eilte durch die Gänge. Vor der zweiten Mädchentoilette blieb er stehen, klopfte und öffnete sie. »Melanie?«

Keine Antwort.

Der Chefinspektor lief die Stiege hinauf in den ersten Stock, stieß die Tür zur nächsten WC-Anlage auf und rief den Namen seiner Enkelin. Als sie dort ebenfalls nicht anzutreffen war, befürchtete er, dass sie es sich anders überlegt haben könnte und gar nicht mehr hier war.

Ob er ihr Handy orten sollte mit der App, die Heinze ihm installiert hatte?

Nein, noch wollte er sie nicht nutzen. Nur für Notfälle, hatte er sich vorgenommen …

Aber war das nicht ein Notfall?

Und was, wenn ihn jemand in der Mädchentoilette erwischte? Dann hielt man ihn womöglich für einen Spanner.

Er verdrängte den Gedanken und öffnete die Tür der nächsten Toilettenanlage. »Melanie?«

»Ich bin hier«, kam es leise zurück.

Der Chefinspektor trat ein und sah fünf Kabinen. »Alles wird gut, Meli. Komm raus, wir lösen das gemeinsam.« Er schaute die weißen Türen an in der Hoffnung, eine würde aufgehen, bevor eine andere Schülerin das Örtchen aufsuchen musste und bei seinem Anblick erschrak.

»Ich schäme mich so«, schluchzte Melanie.

»Der Einzige, der sich schämen muss, ist dieser Manuel Kredinzky«, sagte Stern unbedacht.

»Du weißt, wie er mit vollem Namen heißt?«

»Um dir helfen zu können, muss ich das wissen«, erklärte er ihr.

Endlich ging eine Kabinentür auf. Mit verheulten Augen und roten Flecken im Gesicht schaute Melanie ihren Großvater an.

»Komm her, Liebes!« Ihr Anblick zerriss ihm das Herz.

Sie eilte herbei und ließ sich von ihm umarmen.

Gemeinsam traten sie Augenblicke später aus der Mädchentoilette. Stern war froh, dass noch immer Unterricht war und sie von niemandem gesehen wurden.

»Musst du dich nicht abmelden?«, fragte er seine Enkelin, als sie direkt auf die Stiege zusteuerte.

»Aber ich schau doch furchtbar aus! Wie ein Zombie! So kann ich nicht in die Klasse.«

»Du kannst nicht gehen, ohne Bescheid zu geben. Du schaffst das, ich warte so lange auf dich«, verlangte er von ihr. Auch das war etwas, das sie lernen musste. Man konnte nicht einfach abhauen und hoffen, dass sich die Probleme von alleine lösten. Er beobachtete, wie sie widerwillig die Tür zu ihrer Klasse öffnete und seinem Blickfeld entschwand. Anschließend hörte er die Stimme der Lehrerin, die kurz darauf zu Stern in den Flur heraustrat, ihm zunickte und in die Klasse zurückging.

Als Melanie mit ihrem Rucksack erneut neben ihm stand, fragte er: »Fertig?«

»Ja.«

Im Wagen wollte Stern mehr darüber erfahren, was dieser Manu seiner Enkelin geschrieben hatte. Melanie reichte ihm ihr Handy.

Du blöde Bitch! Hast dich erwischen lassen! Hast du mit den Kiwaran geredet? Du hast was gutzumachen. Wir treffen uns um 14 Uhr am gewohnten Platz. Wenn du nicht kommst, sag ich allen, dass du gestohlen hast. Deiner Fami-

lie, deinen Freunden, deinen Lehrern. ALLEN! Sei also besser pünktlich!, stand dort auf dem Display.

Sterns Blutdruck schoss in die Höhe. Er schaute auf die Uhr. Sie hatten noch genügend Zeit. Und die von Manu lief eindeutig ab. Da hatte er sich das falsche Mädchen als Opfer ausgesucht. Eines mit einem Chefinspektor als Großvater.

*

Es war 13:53 Uhr. Melanie stand in dem Einkaufszentrum am vereinbarten Treffpunkt und lehnte an dem Geländer. Es musste alles ganz locker und wie zufällig aussehen, hatte ihr Manu schon bei ihrer ersten Begegnung eingetrichtert. Nur so würde niemand auf sie aufmerksam werden.

Stern saß in dem Lokal gleich gegenüber, von dem aus er eine gute Sicht auf seine Enkelin hatte, und trank einen Kaffee, den er gleich bezahlt hatte, um jederzeit aufbrechen zu können. Er hatte Melanie gebrieft, wohin sie das Gespräch lenken sollte. Und dass sie keine Angst zu haben brauchte, da er und seine Kollegen ein Auge auf sie haben würden. Grünbrecht hatte Position im Geschäft gegenüber bezogen und Kolanski und Heinze an anderen Plätzen im Einkaufscenter, von denen aus sie Melanie gut sehen konnten.

Die 14-Jährige wirkte verloren, wie sie mit ihrem Schulrucksack auf dem Rücken an das Geländer gelehnt dastand. Stern hatte ihr geraten, auf ihr Handy zu schauen, damit ihre Unsicherheit nicht auffiel. Trotzdem sah sie immer wieder hoch und scannte die Umgebung.

Um 14:05 Uhr wurde er ungeduldig. Die Frage der Bedienung, ob er noch Kaffee wolle, lehnte er ab.

14:10 Uhr. Der Chefinspektor rechnete nicht mehr

damit, dass dieser Manu noch auftauchen würde. Melanie hatte das Handy inzwischen eingesteckt und schaute sich um. Dann stieß sie sich vom Geländer ab und ging in Richtung des Lokals, in dem Stern saß. Auf halbem Weg rempelte sie ein junger Mann an.

Stern hielt die Luft an.

»Wo warst du? Ich hab eine Ewigkeit auf dich gewartet«, hörte er die Stimme seiner Enkelin aus dem Lautsprecher in seinem Ohr. Grünbrecht hatte Melanie verkabelt und unter ihrem Gewand ein Mikrofon versteckt, sodass sie mithören konnten. Außerdem hatten sie ein Codewort vereinbart, das Melanie sagen sollte, falls ihr alles zu viel wurde und sie den Einsatz beenden mussten.

»Ich wollte erst sichergehen, dass du allein bist«, folgte eine männliche Stimme, aufgrund der Distanz zum Mikrofon um einiges leiser.

»Ich mach nicht mehr mit«, sagte Melanie.

»Das kannst du dir nicht aussuchen, hast du das nicht kapiert?«

»Ich stehle nie wieder für dich!«

»Du tust das nicht nur für mich, du machst das auch für dich. Schon vergessen? Du kriegst die Hälfte.«

»Die will ich aber nicht.«

»Und wer beschafft mir dann mein Zeugs?«

»Du selber!«

»Du kapierst es immer noch nicht! Ich mach mir nicht die Hände schmutzig.«

»Ich mir auch nicht mehr. Das war ein Fehler …«

»Der einzige Fehler bist du«, zischte der junge Mann. »Aber ich werde dich nicht einfach so gehen lassen.«

»Was verlangst du?«, ließ sich Melanie nicht einschüchtern.

Stern war stolz auf seine Enkelin, denn mit der richtigen Antwort auf diese Frage könnten sie Manuel Kredinzky festnehmen.

»Du gehst jetzt in dieses Geschäft und holst so viel raus, wie du in deinen verdammten Rucksack stopfen kannst. Aber davon kriegst du nichts ab! Das gehört alles mir, als Entschädigung für deine Weigerung, mir zu helfen. Verstehst du?«

Bravo, jubelte Stern innerlich. Nun konnten sie ihn sich schnappen. Er wollte schon aufstehen, als ihn Melanies Stimme in seinem Ohr zurücksinken und den Befehl des Zugriffs nicht erteilen ließ.

»Lässt du mich dann in Ruhe?«, fragte die 14-Jährige.

»Das überleg ich mir noch. Nun mach endlich!«

»Was ist mit den anderen Mädchen?«

»Die gehen dich nichts an.«

»Ich will, dass du sie auch in Ruhe lässt.«

Sachte, Melanie, sachte. Übertreib es nicht, sonst verlierst du ihn, dachte Stern. Er bereitete sich darauf vor, aufzuspringen und nach draußen zu laufen, wo seine Enkelin ihrem Widersacher mutig gegenüberstand.

»Was soll das?«, keifte er.

»Ich will, dass du aufhörst, Mädchen für dich stehlen zu lassen«, sagte Melanie entschlossen.

»Du hast ja keine Ahnung, wie das läuft«, zischte der Typ ihr zu. »Die Bitches tun das, was ich ihnen sage, und nicht andersrum. Und wenn du keine gratis Sachen absahnen möchtest, dann ist das deine Entscheidung, klar? Und jetzt rein in die Bude und hol raus, was geht. Vielleicht ist es ja dein letztes Mal …«

»Zugriff!«, erteilte Stern nun endlich den Befehl. Er ging nach draußen, wo sich von allen Seiten Kriminalbeamte den Jugendlichen näherten.

»Ich glaube eher, dass es dein letztes Mal ist«, sagte Melanie und machte ein paar Schritte rückwärts. Angewidert grinste sie den jungen Mann an.

Der schaute sich um und rannte davon, genau in Kolanskis Arme.

»Na, wo wollen wir denn so schnell hin?«, fragte der Gruppeninspektor und hielt ihn fest.

Manuel Kredinzky versuchte, sich aus dem Griff des Kriminalbeamten zu befreien. Doch da legte Heinze ihm bereits Handschellen an und klärte ihn über seine Rechte auf.

»Du blöde Bitch!«, schrie der Bursche.

»Bringt ihn weg!«, sagte Stern ruhig. Er wollte ihn sich später vorknöpfen und dafür sorgen, dass er nie wieder unschuldige Mädchen zu Diebinnen machte.

Während sie zuschauten, wie Manuel Kredinzky abgeführt wurde, fragte Melanie ihren Großvater: »Na, wie war ich?«

»Nicht schlecht. Du solltest überlegen, Schauspielerin zu werden«, erwiderte Stern.

»Ist es vorbei?«, fragte seine Enkeltochter.

»Wir bringen ihn auf die Dienststelle und vernehmen ihn dort. Aber wir haben alles auf Band. Du musst nur noch zu mir ins Büro kommen, wo wir deine Aussage aufnehmen, damit wir sie dem Richter vorlegen können. Dann hast du es geschafft.«

»Danke, Opa.«

»Ich würde gerne sagen, jederzeit wieder, aber ich hoffe doch sehr, dass so ein Fall nicht noch einmal eintritt.«

»Schon klar. Bist du mir böse, wenn ich dich vor all den Leuten nicht umarme?« Melanie schaute sich verlegen um. Viele Neugierige waren stehen geblieben und hatten die

Verhaftung mitverfolgt. Einige Handykameras waren auf sie gerichtet.

»Nein, das verstehe ich«, antwortete er, wenngleich er es sich anders wünschte. Doch da war ja diese Sache mit der Pubertät.

»Ich hab riesigen Hunger. Gehen wir einen Burger essen?«, fragte Melanie.

Auch Sterns Magen knurrte. Die Vernehmung von Manuel Kredinzky konnten die Kollegen übernehmen. Jetzt wollte er für seine Enkelin da sein und herausfinden, ob sie das Erlebte gut verkraftet hatte oder ob sie einen Termin bei einem Jugendpsychologen vereinbaren sollten. Das klappte bekanntlich mit gefülltem Magen besser. Aber musste es unbedingt Fast Food sein?

»Einen Burger? Können wir nicht etwas anderes …?«

»Bitte, Opa!«

Welcher Großvater konnte seinem Enkelkind eine mit treuherzigem Blick und zartem Lächeln vorgetragene Bitte schon abschlagen?

20. KAPITEL

Nach einem Burger mit Pommes und Cola wurde Melanie müde. Das Adrenalin ließ nach, was normal war nach so einer Situation, wie sie die 14-Jährige eben erlebt hatte. Während des Essens hatte sie ohne Pause geredet. Stern hatte sie nicht unterbrochen und nur hin und wieder eine Frage gestellt. Nun waren sie auf dem Weg nach Hause, und Stern hatte das Gefühl, dass seine Enkelin alles gut verarbeitete.

»Mama?«, rief Melanie, als sie die Wohnung betraten. »Tobi?«

»Wir sind hier«, drang Barbaras Stimme zu ihnen in den Flur. Stern folgte seiner Enkelin in die Küche, wo Tobias gerade seine Hausaufgaben erledigte und Barbara ihm dabei half. »Papa?« Seine Tochter schaute ihn überrascht an.

»Grüß euch«, sagte Stern.

»Ist Opa jetzt dein Privatchauffeur?«, fragte Barbara in Richtung ihrer Tochter, da diese schon wieder unangekündigt in Begleitung ihres Großvaters auftauchte.

»Opa hat mich hergebracht, weil ich heute meinen ersten Polizeieinsatz gehabt hab, gell, Opa?« Melanie wirkte wieder ganz aufgeregt. Die Müdigkeit von vorhin schien verschwunden zu sein. Jetzt brannte sie darauf, ihrer Familie alles zu erzählen.

»Was?« Barbara war sichtlich entsetzt.

»Was?«, echote Tobias. »Menno! Warum habt ihr nichts

gesagt? Da wäre ich gerne dabei gewesen.« Der Junge verschränkte schmollend die Arme vor der Brust.

»Es war ganz harmlos«, versuchte Stern, seine Tochter zu beruhigen und gleichzeitig seinen Enkel zu trösten.

»Das stimmt doch gar nicht!«, platzte Melanie heraus. »Um Haaresbreite hätte er mich erwischt oder er wäre entkommen!«

»Wer ist *er*?« Barbara schaute von ihrer Tochter zu ihrem Vater.

Nun gab es kein Halten mehr. Die Worte purzelten aus Melanies Mund. Stern wusste schon währenddessen, dass er aus dieser Sache nicht ohne Rüge seiner Tochter herauskommen würde. Er hätte ihr von dem Plan, Melanie als Köder zu benutzen, im Vorfeld erzählen müssen, aber sie wäre natürlich dagegen gewesen. Deshalb hatte er es wohl unterlassen. Er hatte sich davor gedrückt, das Richtige zu tun, weil er diesem Mistkerl unbedingt das Handwerk hatte legen wollen, damit Melanie ein für alle Mal Ruhe vor ihm hatte. Seine Enkelin war zu keiner Zeit in Gefahr gewesen, redete er sich ein, darauf hatten vier Kriminalbeamte geachtet.

»Melanie, versprich mir, dass du so etwas nie wieder machst«, verlangte Barbara von ihrer Tochter, als diese geendet hatte.

»Wenn ich Polizistin werde, muss ich ständig so etwas tun«, begehrte Melanie auf.

»Du willst Polizistin werden?«, fragte Barbara überrascht.

Stern war dieser Berufswunsch seiner Enkelin ebenfalls neu.

Melanie zuckte mit den Schultern. »Vielleicht, vielleicht auch nicht. Wer weiß das schon? Das heute ist jedenfalls aufregend gewesen.«

»Da siehst du, was du angerichtet hast«, warf Barbara ihrem Vater vor.

»Das Land braucht gute Leute, die im Dienst der Polizei für Recht und Ordnung sorgen«, erwiderte er, wenngleich er selbst nicht wusste, was er von Melanies Wunsch halten sollte. Bislang hatte nur Tobias in seine Fußstapfen treten wollen.

»Aber nicht meine Kinder! Es reicht mir schon ein Vater, der sein Leben für andere aufs Spiel setzt.«

»Du übertreibst …«

Barbara seufzte. »Das tue ich nicht.«

Stern wusste, dass sie es mit ihm nicht leicht hatte. Er war kein guter Vater gewesen, und vielleicht war er aus denselben Gründen kein guter Großvater. Aber er liebte seine Familie und würde alles tun, damit sie glücklich war.

»Ich muss los, ich hab noch zu arbeiten.« Stern verabschiedete sich und drückte allen einen Kuss auf die Stirn. Sogar Melanie ließ diese Prozedur über sich ergehen. »Seid brav und helft eurer Mutter!« Mit diesen Worten war Stern zur Tür hinaus und fuhr noch einmal nach Altenfelden zum Bauernhof der Zechners, das Gewehr und die Schrotflinte des Landwirts im Kofferraum. In der Zwischenzeit würden Grünbrecht, Heinze und Kolanski diesen Manuel Kredinzky ordentlich in die Mangel nehmen und in Erfahrung bringen, wie viele Mädchen dieser für sich stehlen ließ und wo er die Sachen anschließend verkaufte. Da war es ohnehin besser, wenn Stern nicht dabei war, denn vielleicht hätte er sich nicht unter Kontrolle.

Der Bauernhof rückte in Sichtweite. Davor stand ein silberner Kleinwagen, demnach war jemand zu Hause. Stern parkte seinen Audi vor dem Tor und klopfte wenig später an die Eingangstür. Kurz darauf ging selbige auf.

»Grüß Gott, Frau Zechner. Ist Ihr Mann auch da?«

»Gibt es leicht etwas Neues?«, fragte die Landwirtin.

»Noch nicht, aber …«

Georg Zechner erschien an der Tür, wahrscheinlich hatte er Sterns Stimme gehört.

»… ich bringe Ihnen das Gewehr und die Flinte zurück.« Stern öffnete den Kofferraum seines Wagens, nahm die Waffen heraus und reichte sie dem Landwirt mit den Worten, dass darauf keine verdächtigen Spuren gefunden worden seien.

»Das hab ich Ihnen eh g'sagt«, erwiderte Georg Zechner und nahm sein Eigentum entgegen.

»Lebt Ihr Vater noch?«, fragte Stern.

»Was hat denn mein Vater damit zu tun?« Georg Zechner wirkte überrascht.

»Wir suchen nach wie vor die Tatwaffe, und Ihr Vater ist oder war doch auch Jäger.«

»Ja, war er. Er ist vor vier Jahren g'storben.«

»Und wo sind seine Waffen? Oder haben Sie die geerbt?« Stern deutete auf das Gewehr und die Flinte in der Hand des Landwirts. »In dem Schrank, in dem Sie sie aufbewahren, waren nur die, daran erinnere ich mich.«

»Das sind meine, und die vom Vater werden halt bei den anderen Sachen von ihm sein. Oder, Gerlinde?«

Die Landwirtin überlegte kurz und meinte dann: »Wahrscheinlich sind die oben auf dem Dachboden, wo wir alles von ihm hing'tan haben, nachdem er g'storben ist.«

»Können wir nachschauen?«

»Jetzt?«

»Ja.« Stern blieb hartnäckig.

»Und was, wenn ich nein sag?«, fragte der Landwirt herausfordernd.

»Dann warte ich hier so lange, bis meine Kollegen mit einem Durchsuchungsbeschluss da sind«, tat Stern kund.

»Meinetwegen, kommen S' halt rein. Aber sauber ist es dort oben net, das sag ich gleich«, erwiderte Gerlinde Zechner nicht gerade erfreut.

»Es räumt doch eh niemand seinen Dachboden auf, da sind wir g'wiss net allein«, maulte ihr Mann und ging vor Stern eine Stiege hinauf in das Obergeschoss. Von dort führte hinter einer Tür eine Holztreppe unter das Dach, wo allerlei Gerümpel gelagert war. Kisten, Möbel, alte Skier. Ein ausgedienter Kinderwagen und ein rosarotes Gitterbett.

»Da hinten sind die Sachen vom Vater«, wusste die Bäuerin und deutete in einen finsteren Winkel. Mehrere Säcke lagerten dort neben Schachteln, gefüllt mit Dingen aus dem Leben eines Menschen, die für diesen einst wichtig gewesen waren.

»Kann man hier oben Licht machen?«, fragte Stern.

»Nein, da gibt es keine elektrischen Leitungen. Der Hof ist 200 Jahre alt«, erwiderte Georg Zechner.

Stern leuchtete mit der Taschenlampe seines Handys auf die abgestellten Gegenstände und in die Schachteln und Säcke mit Gewand und Schuhen hinein. Er entdeckte weder ein Gewehr noch eine Flinte, ebenso keine Munition.

»Hier ist nichts«, ließ er nach erfolgloser Suche verlauten.

»Ich weiß auch net, wo sie sein könnten.« Der Landwirt wirkte ratlos. »Du, Gerlinde?«

»Ich bin mir fast sicher, dass ich sie zu dem Zeug vom Vater g'tan hab. Wenn sie net da sind, dann weiß ich net, wo sie hing'kommen sind«, antwortete die Frau.

»Das heißt, sie könnten bereits kurz nach dem Tod Ihres Vaters verschwunden sein«, fasste Stern das Gehörte zusammen.

»Ich glaub schon«, gab Georg Zechner zu. »Vielleicht hat sie ja der Walter mal mitg'nommen.«

»Das glaub ich net, der hatte doch mit Waffen nix am Hut«, widersprach die Bäuerin.

»Hatte er beim Jagen mit Ihnen und seinen Kunden ein Gewehr dabei?«, fragte Stern.

»Nein. Ich hab ihn deswegen oft aufg'zogen, weil ich g'funden hab, dass das komisch ausschaut, aber das ist ihm egal g'wesen. Da ist er drüber g'standen. Ihm ist es nur ums G'schäftliche g'gangen. Und beim Jagen bespricht sich manches einfach anders als in einem nüchternen Büro, hat er immer g'sagt.«

Stern schaltete die Taschenlampe auf seinem Handy aus, steckte das Gerät ein und klopfte sich den Staub von den Händen. »Falls Ihnen einfällt, wo die Waffen Ihres Vaters hingekommen sein könnten, rufen Sie mich bitte an. Denn eigentlich müssten sie sicher verwahrt sein, wenn sie sich im Nachlass Ihres Vaters befunden und Sie sie geerbt haben.«

Der Landwirt nickte. »Wir werden noch einmal überall nachschauen.«

»Ja, das machen wir«, bestätigte seine Frau.

Stern verabschiedete sich und stieg in den Audi. Sie kamen in dem Fall einfach nicht weiter. Sie hatten viele Verdächtige, aber keine Beweise. Lediglich Vermutungen stellten sie an.

Dann war noch die Sache mit Melanie, die ihn mehr belastete, als er zugeben wollte. Er hatte Angst, dass seine Enkelin durch eine Dummheit auf die schiefe Bahn geraten könnte. Immer wieder passierte Ähnliches mit Jugendlichen, weil sie die Gefahren unterschätzten. Das wusste Stern als Chefinspektor am Landeskriminalamt nur zu gut.

Er startete den Motor und fuhr aus der Einfahrt vor dem Bauernhof rückwärts auf die Zufahrtsstraße. Als er die Hauptstraße erreichte, bog er spontan nicht nach links Richtung Linz ab, sondern steuerte nach rechts zum Tierpark. Er wollte sich den Tatort noch einmal anschauen und hoffte auf eine Eingebung, warum das Opfer ausgerechnet dort getötet worden war. Irgendeinen Grund hierfür musste es geben.

*

Als der Chefinspektor beim Tiergarten ankam, war der Parkplatz davor leer. Der Zoo hatte bereits geschlossen, es dämmerte und das weitläufige Gelände mit den vielen Einzäunungen strahlte Ruhe aus. In Stern hingegen herrschte Aufruhr, da ihn viele offene Fragen quälten.

Warum hatte man den Bauunternehmer Zechner ausgerechnet in einem Wolfsgehege getötet? Spielten die Wölfe in dem Mordfall überhaupt eine Rolle? Oder war alles Zufall?

Weshalb hatte sich Melanie zum Stehlen verleiten lassen?

Und hatte die Beziehung mit Silvia Burgstaller eine Chance?

Er würde sie später anrufen. In ihrer Gegenwart fühlte er sich wie ein anderer Mensch. Da durfte Stern er selbst sein, musste nicht immer stark sein. Von ihr wurde er verstanden. Und geliebt. Bei ihr konnte er sich entspannen, die Last seines Berufes fiel von ihm ab. Er würde sie fragen, ob er heute zu ihr nach Bad Kreuzen kommen dürfe. Sie könnte ihn aber auch gerne in seiner Linzer Wohnung besuchen. Er würde sie in ein Restaurant einladen und dann …

Lächelnd parkte Stern den Wagen vor dem geschlossenen Schranken und ging zu Fuß zum Wolfsgehege. Der Marsch durch den Park würde ihm Zeit verschaffen, um über alles nachzudenken. Er wusste selber nicht genau, was er sich von dem Besuch erwartete. Vielleicht brauchte er auch bloß ein paar Minuten Auszeit.

Von Weitem sah er das polizeiliche Absperrband rund um die Aussichtsplattform beim Wolfsgehege, das Besucher davon abhalten sollte, den Tatort zu betreten. Stern hob es an und schlüpfte darunter hindurch. Von der hölzernen Konstruktion aus schaute er in das Wolfsgehege hinab. Jetzt war von den Tieren nichts zu sehen. Sie hielten sich verborgen. Versteckten sich. Es war dem Chefinspektor egal, da er nicht ihretwegen hier war. Er war wegen Walter Zechner gekommen, um zu verstehen, warum er ausgerechnet an diesem Ort hatte sterben müssen, und stellte sich vor, wie dessen letzte Momente vor seinem Tod abgelaufen waren. Zechner hatte auf der Plattform gestanden, und der Mörder hatte auf ihn gezielt. Zuvor hatten sie sich vermutlich unterhalten.

Oder war Zechner aus dem Hinterhalt erschossen worden?

Stern wechselte die Position, prüfte die Möglichkeiten. Blickte in Richtung der Straße, von wo aus sich der Täter angeschlichen haben könnte …

Nein! Die Schrotladung hatte das Opfer in die Brust getroffen, demnach hatte Zechner seinem Mörder ins Gesicht geschaut, als dieser abgedrückt hatte.

Hatte er den Täter gekannt?

War er zuvor vor ihm davongelaufen und schließlich auf der Plattform von ihm in die Enge getrieben worden?

Stern drehte sich um und sah wieder in das Gehege hinab. Ein Wolf beobachtete ihn aus sicherer Entfernung.

Ein schönes Tier, fand der Chefinspektor. Langsam, um es nicht durch hastige Bewegungen zu vertreiben, verließ er die Aussichtsplattform und stellte sich vor die Umzäunung. Von hier aus hatte er eine bessere Sicht auf das Tier, und die groben Maschen des doppelwandigen Zauns vermittelten ihm Schutz.

Der Wolf kam näher, nur wenige Meter vor dem Geflecht blieb er stehen. Er wirkte entspannt. Neugierig. Mit seinen gelben Augen musterte er den Menschen wie der ihn.

Stern war von dem Augenblick fasziniert und suchte rasch das Gelände nach dem anderen Wolf ab. Zwei dieser Tiere sollten sich in dem Gehege befinden, hatte es am Tag des Mordes geheißen, doch das andere konnte er nicht ausmachen.

»Was hast du gesehen?«, fragte Stern den Wolf, der keinerlei Reaktion zeigte. Die gelbe Iris seiner Augen funkelte wie sonnendurchfluteter Bernstein.

»Wie ist es passiert? Haben sich Täter und Opfer gekannt?« Stern blickte von seiner jetzigen Position zur Aussichtsplattform hinauf und stellte sich vor, wie dort zwei Menschen miteinander redeten, das Gespräch zu einem Streit eskalierte und einer ein Gewehr auf den anderen richtete. Wie er abdrückte, der andere taumelte und über das Geländer stürzte. Wie der Getroffene in das Wolfsgehege fiel und liegen blieb, mit unzähligen Schrotkugeln im Körper.

»Hat er noch gelebt, als du und dein Freund euch ihm genähert habt? Man hat ihn euch wie auf dem Silbertablett serviert.« Es erschien dem Chefinspektor, als verstünde der Wolf jedes Wort. Als wollte er ihm etwas mitteilen, wofür Stern nicht empfänglich war. »Was ihr getan habt, interessiert mich nicht. Ihr seid eurem Instinkt gefolgt. Dafür habe ich Verständnis, nicht aber dafür, was dort oben passiert ist.« Stern sah wieder hinauf zu der Holzkonstruktion. Und plötzlich schoss ihm ein Gedanke durch den Kopf, den er schon einmal gehabt hatte, den sogar jemand ausgesprochen hatte, den er aber nie weiterverfolgt hatte.

»Jemanden den Wölfen zum Fraß vorwerfen …«, murmelte er vor sich hin. »Jemand hat euch Walter Zechner zum Fraß vorgeworfen. Deshalb war er hier!« Noch ehe er den Gedanken zu Ende gebracht hatte, wandte sich der Wolf ab und lief zurück in den Wald.

»Du hast recht!«, rief Stern ihm hinterher.

Der Wolf verschwand zwischen den Bäumen.

Und Stern blieb mit vielen Fragen zurück. »Wer hat Zechner den Wölfen zum Fraß vorgeworfen? Und weshalb? Was hat Zechner verbrochen, dass diese Art zu sterben eine angemessene Strafe für ihn gewesen war?« Stern überlegte in alle Richtungen. Was könnte Zechner seiner Ehefrau angetan haben? Hatte er sie anderen Männern angeboten?

Und was war mit den Kindern? Hatte er ihnen gegenüber Schuld auf sich geladen, sodass Carla sie vor dem eigenen Vater hatte beschützen müssen?

Irmgard Steinerle fiel ihm ein und ihr spielsüchtiger Ehemann. Hatte Walter Zechner von ihren Problemen gewusst und gedroht, mit diesen Informationen den Ruf des Arztes zu ruinieren? War der Innenarchitektin bekannt, dass ihr Ehemann sein Geld im Casino verjubelte?

Und dann waren da noch Georg und Gerlinde Zechner. Sie schienen kein Motiv zu haben, doch es war vorstellbar, dass dieses Bauprojekt ganz anders abgelaufen war, als sie ihnen erzählt hatten. Dass Walter Zechner etwas in der Hand gehabt hatte, mit dem er den Bruder erpresst hatte, um ihm das Land, das ja eigentlich ihm gehören sollte, zu einem Spottpreis abzuluchsen? Was könnte dieses Druckmittel gewesen sein?

Und wo war diese verdammte Schrotflinte von Zechner senior?

Stern stand noch immer nahe am Zaun und schaute in das Wolfsgehege. Er war froh über das Metallgeflecht, das ihn und die Wölfe trennte, dadurch fühlte er sich sicher. Trotzdem war er für die Begegnung mit dem Wolf dankbar. Er wandte sich ab und ging zurück zu seinem Wagen. Tierstimmen begleiteten ihn und wurden erst nach dem Schranken leiser.

Im Auto rief er Silvia Burgstaller an. Als er ihre samtweiche Stimme hörte, fiel die Anspannung wegen der vielen offenen Fragen langsam von ihm ab, und er freute sich, sie in einer Stunde in seiner Wohnung zu sehen.

21. KAPITEL

Schweißgebadet erwachte Stern mitten in der Nacht. Sein Herz pochte heftig. Er hatte von Wölfen geträumt. Überall waren sie gewesen. Sie hatten ihn umzingelt, ihm jeglichen Fluchtweg versperrt. Hatten ihre Zähne gefletscht und geknurrt, bis der erste auf ihn losgestürmt war. Er hatte in seine gelben Augen geschaut und sich nicht bewegen können. Wie gelähmt war er gewesen. Unfähig, ihn abzuwehren. Die anderen Wölfe waren ihrem Rudelführer gefolgt, er hatte gehört, wie sie immer näher gekommen waren …

Stern verstand die Angst, von diesen Tieren angegriffen zu werden, auch wenn sein Erlebnis bloß ein Traum gewesen war und er wusste, dass die Gefahr, dass ein Mensch von einem Wolf attackiert wurde, gering war. Dennoch waren es wilde Tiere, und manche von ihnen waren vielleicht unberechenbar. Wie bei den Menschen. Die meisten waren friedlich, doch ein paar taten schlimme Dinge. Niemand konnte vorhersehen, was passierte. Bestimmt war die Begegnung mit dem Wolf im Tierpark schuld, dass ihn diese Tiere bis in den Schlaf hinein verfolgten.

Vorsichtig, um Silvia Burgstaller nicht zu wecken, schlug er die Decke zur Seite und stieg aus dem Bett. In der Küche ließ er Wasser in ein Glas laufen und nahm einen Schluck. Miro, die zu ihrem Missfallen auf der Couch im Wohnzimmer schlafen musste, wenn Stern Besuch hatte, nutzte seine Anwesenheit für einen nächtlichen Happen.

»Ist alles in Ordnung?« Silvia Burgstaller stand im Türrahmen und beobachtete ihn.

»Ich hab schlecht geträumt … von Wölfen«, sagte Stern und fand es selber lächerlich, als er es laut aussprach.

»Diese Tiere können einem schon Angst einjagen. Ich weiß nicht, ob ich mich wohlfühlen würde, wenn ich beim Spazierengehen jederzeit damit rechnen müsste, einem zu begegnen. Noch ist es nicht so weit, aber eines Tages wird die Population dafür groß genug sein, und was dann?«

»Sie werden dir nichts tun«, erwiderte Stern.

»Was macht dich da so sicher?«

»Sie bekämen es sonst mit mir zu tun.« Stern umarmte sie und roch ihr Parfum.

Silvia lachte ob Sterns Beschützerinstinkt und schmiegte sich in seine Arme. »Du weißt aber schon, dass ich mich gut selber verteidigen kann, auch gegen einen Wolf.«

»Ja, das weiß ich«, raunte Stern ihr ins Ohr.

»Irgendetwas beschäftigt dich, sonst hättest du nicht schlecht geträumt. Vielleicht muss ja ich dich vor etwas beschützen.«

»Vor was? Den Wölfen?«

»Möglicherweise.«

Stern löste sich von Silvia Burgstaller und schaute sie an. Er begehrte sie. Sie war schön und klug. Er schätzte ihre Meinung zu vielerlei Themen. Beim Abendessen im Rauner in der Kraußstraße hatten sie über die aktuelle politische Lage in Österreich diskutiert, die wie in vielen Ländern zwischen Machterhalt der regierenden Politelite und notwendigen Reformen zerrissen erschien. Während Stern aufgrund seiner Arbeit der dunklen Seite von Menschen nur allzu oft begegnete, glaubte Silvia unbeirrt an das Gute in ihnen und verhalf ihm zu einer anderen Sichtweise.

Schon mehrmals hatte er deswegen seine Meinung geändert. Es gab keinen Zweifel, diese Frau war ihm wichtig.

»Ich werde das Gefühl nicht los, dass der Ort, an dem wir Walter Zechners Leiche gefunden haben, etwas zu bedeuten hat und nicht bloß Zufall ist«, sprach Stern aus, was ihn wahrscheinlich an einem ruhigen Schlaf hinderte. »Aber ich finde den Grund dafür nicht. Es gibt kein Indiz. Ich bin mir sicher, dass diese ganze Wolfsdiskussion, ob die Tiere nun bei uns leben dürfen sollen oder nicht, nichts mit dem Mord zu tun hat. Es muss etwas anderes sein …« Stern ließ sich auf einem Stuhl am Küchentisch nieder. Um wieder ins Bett zu gehen, war er zu aufgewühlt. Die Tatsache, dass sein Team und er keine Beweise fanden, setzte ihm ordentlich zu.

»Dann hör doch auf dein Gefühl«, schlug Silvia ihm vor, stellte sich in seinen Rücken und massierte seine Schultern.

»Gefühle werden vor Gericht nicht zugelassen, wir brauchen Beweise, um jemanden zu verhaften.« Stern genoss Burgstallers Hände auf seiner Haut.

»Sollen wir darüber reden?«

»Jetzt? Es ist 3 Uhr morgens.« Der Chefinspektor war überrascht. Seine Ex-Frau Franziska hatte sich nie für seine Arbeit interessiert. Im Gegenteil! Sein Job bei der Kriminalpolizei war der Grund gewesen, warum ihre Ehe nicht funktioniert hatte.

»Ich kann ohnehin nicht schlafen, jetzt wo ich weiß, dass dich etwas quält«, antwortete die Frau, die er liebte.

Stern lächelte und erzählte ihr alles über den Mordfall Walter Zechner. Während die Ereignisse aus ihm heraussprudelten, wechselten sie von Wasser zu Wein. Um halb fünf war Stern dann klar, dass der Schlüssel, diesen Fall zu lösen, die verschwundene Schrotflinte war.

»Nur einer, der Zugang zu einer Flinte hat, kann der Täter sein. Und da ausgerechnet jene vom alten Zechner, der bereits vor Jahren gestorben ist, nicht auffindbar ist, tippe ich auf jemanden aus dieser Familie«, fasste Stern zusammen.

»Georg oder Gerlinde«, zählte Silvia auf.

»Aber auch Carla könnte die Mörderin sein. Es ist durchaus möglich, dass Walter die Flinte mal mit nach Hause genommen hat, weil er vorgehabt hat, sie bei den Jagdausflügen mit seinen Kunden zu verwenden. So ein maskulines Auftreten kann in bestimmten Kreisen schon eine Rolle spielen, wenn man ein Geschäft abschließen will. Aber irgendwann hatte Walter Zechner genügend Selbstbewusstsein entwickelt oder vielleicht hatte er auch bloß ausreichend Kunden, dass er sich diesbezüglich nicht mehr verstellte. Dann ist er ohne Flinte mit in den Wald gegangen, um das Geschäftliche zu regeln. Die Waffe blieb bei ihm zu Hause, wo Carla sie entdeckt hat. Oder sie wusste ohnehin schon von ihr. Was hältst du von dieser Idee?«

»Hört sich plausibel an, hat aber nichts mit dem Wolf zu tun und warum er dich bis in den Schlaf hinein verfolgt«, erwiderte Silvia Burgstaller.

»Du hast recht. Irgendwie habe ich geglaubt, dass hinter dem Tatort etwas Symbolisches stecken muss. Vielleicht habe ich mich geirrt und mich nur von der Begegnung mit dem Wolf beeinflussen lassen.«

»Ich finde den Gedanken interessant.«

»Und ich finde dich interessant. Also lass uns nicht mehr von Wölfen reden.« Stern stand auf und wandte sich Silvia zu.

»Was hast du vor?«, lachte sie.

»Ich bin der böse Wolf, der dich jetzt vernaschen wird.«

*

Um 8:15 Uhr betrat Stern das Großraumbüro der Kollegen mit den Worten: »Ich will keinen blöden Kommentar von euch hören, was meine Laune anbelangt.« Erst dann wünschte er ihnen einen guten Morgen.

Grünbrecht schmunzelte, konnte sich eine Bemerkung aber nicht verkneifen. »Die Frau tut dir gut, Oskar.«

Das wusste Stern selber und war froh, dass Heinze und Kolanski schwiegen, denn in ihren Gesichtern las er den Wunsch nach durchaus anzüglicheren Aussprüchen. »Erzählt mir von Manuel Kredinzky. Wie ist die Vernehmung gelaufen?«, wurde er dienstlich.

»Wir haben die Namen und Telefonnummern von fünf weiteren Mädchen, denen es ähnlich ergangen ist wie Melanie. Sie werden am Nachmittag mit ihren Eltern hier sein, damit wir sie befragen können. Außerdem stellen wir ihnen professionelle Hilfe zur Seite, falls sie das wollen. Keines der Mädchen ist volljährig.« Heinze schüttelte den Kopf. Bestimmt dachte er an seine Tochter Mia, die er aus der Ferne nicht vor Derartigem beschützen konnte.

»Wo ist Kredinzky jetzt?«, fragte Stern.

»Er wird heute dem Untersuchungsrichter vorgeführt, der dann entscheidet, was als Nächstes geschieht. Ob er auf freiem Fuß angezeigt wird oder in Untersuchungshaft kommt«, berichtete Kolanski.

»Und wie geht es Melanie? Hat sie die Ereignisse schon halbwegs verarbeitet?«, wollte Grünbrecht wissen.

»Wir haben gestern gemeinsam mit Barbara und Tobias geredet, das Gespräch verlief eigentlich ganz gut. Ihrem Vater muss sie es selber beichten, der ist beruflich in Schweden, doch ich bin mir sicher, Barbara hilft ihr dabei. Solange die Familie zusammenhält und füreinander da ist, ist so etwas kein Problem. Ich hoffe, Melanie hat jetzt auch kapiert, wie wichtig es ist, dass man sich aufeinander verlassen kann.«

»Übrigens, ein …« Grünbrecht hielt inne und suchte auf ihrem Schreibtisch nach einer Notiz. Als sie den Zettel gefunden hatte, redete sie weiter. »Ein Herr Friedrich Malschner hat angerufen. Er bedankt sich herzlich für die Festnahme von Kredinzky bei dir. Und natürlich bei Melanie. Er hat sie extra erwähnt.«

»Das wird sie freuen.« Stern nahm sich vor, seiner Enkelin später den Dank des Kaufhausdetektives auszurichten. Jetzt wollte er erst einmal hören, was es Neues im Mordfall Zechner gab.

»Nicht viel, außer dass die Affäre zwischen dem Walter Zechner und der Steinerle zum Zeitpunkt seines Todes bereits beendet war und Letztere behauptet, dass sie sich im Guten getrennt haben. Außerdem hat sie anklingen lassen, dass Zechner zwei Gesichter gehabt hat. Nach Dienstschluss sei er ganz anders gewesen als in der Arbeit«, berichtete Grünbrecht.

»Dieser Gedanke ist mir auch schon gekommen«, erwiderte Stern grübelnd.

»Könnte die Steinerle den Zechner ermordet haben, weil er die Beziehung beendet hat?«, fragte Heinze in die Runde. »Zum Zeitpunkt seines Todes war sie angeblich zu Hause und hat auf ihren Mann gewartet, der im Casino gewesen ist. Was, wenn das nicht zutrifft?«

»Ich glaube nicht, dass sie ihn umgebracht hat«, ergriff Grünbrecht Partei für die Innenarchitektin. »Als wir das erste Mal bei ihr waren, hat sie um den Zechner getrauert, das war nicht gespielt. Außerdem hatte sie furchtbare Angst vor ihrem Ehemann, wenn der von der Affäre erfahren hätte. Wenn sie zu einem Mord fähig wäre, hätte sie doch sicher ihn umgebracht und nicht Zechner, auch wenn die Beziehung da schon zu Ende gewesen ist.«

»Ich pflichte Mara bei«, schloss sich Stern der Kollegin an. Auch er sah keine Indizien dafür, dass die Steinerle ihren Ex-Liebhaber ermordet hatte.

»Wie geht es weiter?«, fragte Kolanski.

»Wir suchen nach der Flinte, mit der Walter Zechner erschossen wurde. Die von Zechner senior ist nicht auffindbar. Besorgt für das Anwesen von Carla Zechner, für das Firmengebäude der Bau-Newtech GmbH und für den Bauernhof des Bruders einen Durchsuchungsbefehl. Meinetwegen auch für die Wohnung der Steinerle. Durch die Affäre mit ihrem Chef hatte sie vielleicht Zugang zu der Waffe, wenn der sie mal an sich genommen hat. Ich will diese Flinte haben! Oder zumindest wissen, wo sie die ganze Zeit über gewesen ist. Wenn wir das herausfinden, können wir den Täterkreis einschränken.«

»Machen wir, Chef!«

»Ich bin einstweilen in meinem Büro. Gebt Bescheid, wenn es losgehen kann.« Stern trat in den Flur hinaus und steuerte auf den Kaffeeautomaten zu. Als er davorstand, überlegte er kurz, ob er ebenfalls bei den Kollegen vom Verfassungsschutz eine Tasse Espresso schnorren sollte, entschied sich aber dagegen. Irgendwie ließ das sein Stolz nicht zu.

Unverrichteter Dinge ging er in sein Büro, nahm hinter dem Schreibtisch Platz und setzte seine Brille auf. In seinem Postfach waren fünf neue Nachrichten eingegangen, alle von Bormann. Stern wusste, dass der Dienststellenleiter noch immer krank war. Das erste Mail enthielt die Anfrage einer Zeitung für ein Interview. Die zweite Nachricht war eine Einladung in ein Fernsehstudio zu einer Diskussionsrunde über die steigende Anzahl an Femiziden in Österreich. Ein wichtiges Thema, fand Stern, dennoch war er dafür nicht der Richtige. Er fühlte sich vor einer Kamera nicht wohl und geriet oftmals ins Stottern. Die letzten drei Nachrichten wiesen ähnliche Inhalte auf. Er beneidete Bormann nicht um seinen Job und nahm sich vor, ein wenig nachsichtiger mit ihm zu sein, wenn er wieder einmal über die Maße schlechte Laune hatte.

Grünbrecht steckte den Kopf zur Tür herein. »Wir können los.«

»Sehr gut!« Stern nahm seine Brille ab und stand auf.

»Wer fährt?«, fragte die Gruppeninspektorin.

»Ich, schließlich haben wir es eilig.« Stern lächelte.

»Okay«, erwiderte Grünbrecht, was bis vor Kurzem noch nicht der Fall gewesen wäre. Da hätte sie protestiert, wenn Stern hinter dem Steuer hätte sitzen wollen.

Die Kriminalbeamten teilten sich auf. Während Kolanski zum Bauernhof in Altenfelden und Heinze zum Privathaus von Carla Zechner fuhren, waren Grünbrecht und Stern zum Firmengebäude der Bau-Newtech GmbH unterwegs. Die Wohnung der Steinerle übernahmen uniformierte Kollegen. Begleitet wurden sie von mehreren Beamten, die ihnen helfen würden, alles zu durchsuchen.

Auf dem Firmengelände erregte die Ankunft der Einsatzfahrzeuge Aufmerksamkeit. Da der Firmenchef tot war und Ursula Strauss sich selbst in Pension geschickt hatte, legten die Ermittler der verdutzten Empfangsdame den Durchsuchungsbeschluss hin.

»Was erhoffen S' sich denn zu finden?«, fragte Doris Bleicher, während die uniformierten Kollegen ausschwirrten und sich im Firmengebäude verteilten.

»Die Mordwaffe«, antwortete Stern.

»Wieso ausgerechnet hier?«

»Irgendwo muss sie sein«, sagte Grünbrecht. »Oder haben Sie einen Tipp für uns?«

»Überall, aber net bei uns. Ich hab den Herrn Zechner nie mit einem Gewehr g'sehen, der hat Gewalt ja abgelehnt«, erzählte Doris Bleicher.

»War das schon immer so?«, hakte Stern nach.

»Das weiß ich net, so lange bin ich noch net da, erst seit zwei Jahren. Aber seit ich ihn kenne, ist er so g'wesen.« Doris Bleicher schob ihre Brille den Nasenrücken hinauf.

Eine häufige Angewohnheit von ihr, fiel Stern auf. »Wir werden sehen, ob sich Ihre Vermutung bestätigt.«

Die Kriminalbeamten fuhren mit dem Lift in den zweiten Stock, wo Zechners Büro lag. In seinem Vorzimmer fanden sie eine verzweifelte Frau vor, die wahrscheinlich die Nachfolge von Ursula Strauss angetreten hatte.

»Ja?«, fragte sie mit den Händen voller Papier.

»Kriminalpolizei. Wie haben einen Durchsuchungsbeschluss für das Gebäude, wenn Sie bitte …«

»Gott sei Dank!«, rief die Frau und legte alles auf einen Stapel auf dem Schreibtisch. »Wenn Sie bei Ihrer Suche den Vertrag mit Herrn Schmittbautzer finden, lassen Sie es mich wissen.«

Stern schmunzelte. »Wir sind nicht da, um Ihnen zu helfen, etwas zu suchen, Frau …?«

»Sicharitz, Helene.« Die Frau kam hinter dem Schreibtisch hervor und beobachtete, wie die Männer und Frauen begannen, in sämtliche Kästen, Schränke und Rollcontainer zu schauen.

»Sind Sie die Nachfolgerin von Frau Strauss?«, fragte Stern.

»Ich bin eigentlich die Buchhalterin. Aber da Frau Strauss beschlossen hat, ausgerechnet jetzt in Pension zu gehen, läuft hier alles aus dem Ruder. Und die Geschäfte müssen schließlich so lange weitergehen, bis feststeht, was mit dem Unternehmen passiert.«

»Klar. Warten Sie bitte draußen, bis wir fertig sind«, bat Stern die Frau, die über eine Pause nicht unglücklich zu sein schien.

Stunden später war die Hausdurchsuchung abgeschlossen.

»Nichts!«, stieß Stern frustriert aus. »Und ich hab so fest daran geglaubt, dass die Waffe hier ist. Oder dass wir zumindest Munition finden würden. Oder einen Waffenschrank. Irgendetwas halt!«

»Ich rufe Heinze und Kolanski an und frag, ob sie bessere Nachrichten haben.« Grünbrecht wählte die Nummer des ersten Kollegen, während Stern ein paar Schritte auf dem Platz vor dem Firmengebäude ging, um seinen Frust abzulassen. Als er zurückkam, offenbarte ihm die Gruppeninspektorin, was er befürchtet hatte: Im Haus von Carla Zechner waren weder Waffen noch Zubehör entdeckt worden. Im Bauernhof von Georg und Gerlinde Zechner hatten sie ebenfalls keinen Erfolg gehabt, genauso wenig wie in der Wohnung der Innenarchitektin. Von den Waffen von Zechner senior fehlte nach wie vor jede Spur.

»Wir haben also nichts«, resümierte er, stieg in den Audi und knallte die Tür zu.

*

Auf der Fahrt zurück ins Landeskriminalamt redeten Stern und Grünbrecht kaum miteinander. Jeder hing seinen Gedanken nach. Der Chefinspektor würde sich vor Bormann rechtfertigen müssen, warum er mit Sack und Pack ausgerückt war und gleich vier Hausdurchsuchungen hatte durchführen lassen. Jetzt im Nachhinein würde er anders handeln, aber er war sich so sicher gewesen, dass sie die Flinte oder das Gewehr von Zechner senior finden würden. Denn auch wenn der Täter die Tatwaffe versteckt oder entsorgt hatte, hätte die zweite Waffe von Zechner senior auffindbar sein können. Leider war das nicht der Fall gewesen.

Als die Ermittler wieder im Großraumbüro versammelt waren, nahm Stern sämtliche Fotos und Notizen von der Magnetwand und legte sie mit der Rückseite nach oben auf Grünbrechts Schreibtisch.

»Wir fangen ganz von vorne an und gehen alles noch einmal durch. Systematisch! Denn irgendetwas übersehen wir oder ist nicht so, wie wir es annehmen. Also, wir haben das Opfer, das erschossen wurde und dann in das Wolfsgehege gestürzt ist oder gestoßen wurde. Es könnte aber auch umgekehrt gewesen sein, dass es zuerst ins Gehege gefallen ist und der Täter es von der Aussichtsplattform aus erschossen hat. Fest steht jedenfalls, dass der Mörder auf Nummer sicher gehen wollte, dass Zechner auch wirklich stirbt. Er hat ihn erschossen und den Wölfen zum Fraß vorgeworfen. Da war vielleicht viel Hass im Spiel.«

»Stimmt«, pflichtete Grünbrecht ihrem Chef bei. »Außerdem bin ich mir nicht sicher, was dieses Wohnprojekt der Brüder anbelangt. Es gibt nirgendwo Unterlagen, dass es tatsächlich hätte umgesetzt werden sollen. Wir haben nur die Aussagen der Zechners und die von Ursula Strauss. Als wenn da irgendwer ein Luftschloss konstruiert hat.«

»Vielleicht war der Plan noch nicht so weit fortgeschritten, weil sich die Brüder bei manchen Details erst einigen mussten«, warf Heinze ein. »Zumindest hab ich das so verstanden.«

»Davon hat auch Carla Zechner geredet und es damit quasi bestätigt«, ergänzte Stern.

»Was ist mit der Witwe?«, fragte Kolanski. »Sie ist zwar ein wenig schräg und verwöhnt, aber insgesamt unverdächtig, finde ich.«

»Wenn sie das Unternehmen verkauft, hat sie ausgesorgt und muss sich nie wieder Gedanken um Geld machen«, spekulierte Grünbrecht weiter. »Das wäre womöglich anders gewesen, wenn die beiden Brüder das Wohnungsprojekt realisiert hätten, weil Walter alles, was er hatte, in dieses Projekt hätte stecken müssen. Und falls das Konzept aus zins- oder baukostentechnischen Gründen nicht aufgegangen wäre, hätte es für ihn nicht gut ausgeschaut. Das wäre beim Georg anders gewesen, der hätte ja nach wie vor das Geld vom Grundverkauf gehabt.«

»Uns fehlt immer noch die Tatwaffe.« Stern war in seine alten Gedankengänge zurückgefallen, löste sich aber sofort daraus. »Aber die kann überall sein, wahrscheinlich hat der Täter sie entsorgt. Und die Familie mauert. Sie will, dass wir glauben, dass Walter Zechner ein guter Mensch gewesen ist.«

»Das wollen doch alle, wenn jemand aus der Familie stirbt. Deshalb gibt es ja auch diesen Spruch, dass man über Tote nicht schlecht reden soll«, meinte Heinze.

»Schon, aber das hier ist anders. Wenn ich mich richtig erinnere, hat Doris Bleicher es sehr eilig gehabt, bei der Bau-Newtech auf ihren Platz zurückzukehren, weil sie befürchtet hat, Walter Zechner könnte sehen, dass der

Empfang nicht besetzt ist. Die Frau hatte Angst vor ihm.« Stern fühlte, dass sie auf der richtigen Spur waren.

»Wir haben ja auch nur die Familie befragt, wie der Zechner so gewesen ist und ob sie sich vorstellen können, wer ihn ermordet hat. Und Ursula Strauss, aber bei der hatte ich den Eindruck, dass der Walter wie ein Sohn für sie gewesen ist und sie bis zum Umfallen für ihn gearbeitet hätte, wenn er das von ihr verlangt hätte«, ergänzte Grünbrecht.

»Und die Steinerle«, zählte Kolanski weiter auf. »Obwohl die Affäre schon beendet war, hat sie nur Gutes über Zechner berichtet.«

»Wenn man davon ausgeht, dass die meisten Morde in der Familie verübt werden – und da gibt mir die Statistik recht –, dann war es einer von denen.« Stern holte die Fotos von Georg, Gerlinde und Carla Zechner aus dem Stapel Unterlagen von Grünbrechts Schreibtisch und heftete sie wieder auf die Magnettafel.

»Was ist mit den Kindern?«, fragte Grünbrecht.

»Die Mädchen von Walter sind 14 und 16 Jahre alt. Und die Tochter von Georg ist 18«, wusste Heinze aus den Unterlagen.

»Wir haben sie nie befragt.« Stern nahm seinen Blick von der Magnetwand und drehte sich zu den Kollegen um. »Das werden wir jetzt tun, damit wir ein besseres Bild von Walter Zechner und der Familie erhalten. Erwachsene lügen, wenn sie es für das Richtige halten. Doch wie heißt es im Volksmund so schön: Kinder und Narren sagen die Wahrheit.«

22. KAPITEL

Stern erteilte die Anweisung, die Tochter von Georg und Gerlinde Zechner in den Vernehmungsraum zu bringen. Da diese bereits volljährig war, konnten sie sie ohne Eltern befragen.

»Wie war Ihr Verhältnis zu Ihrem Onkel?«, wollte Stern von der 18-Jährigen wissen, die ihre lockigen blonden Haare hinter die Ohren gesteckt und die Augen und den Mund dezent geschminkt hatte.

»Ich hab ihn net g'mocht. Der Onkel Walter ist kein netter Mensch g'wesen«, offenbarte ihnen die junge Frau.

Bingo, dachte Stern, denn bislang hatte keiner ein schlechtes Wort über den Toten verloren. Doch wie hatte der Gerichtsmediziner verlauten lassen: Oftmals trüge der Schein. Das war offenbar auch bei Walter Zechner der Fall.

»Was wollen Sie uns damit sagen? Können Sie ein Beispiel nennen, wo er sich Ihrer Meinung nach nicht nett verhalten hat?«, hakte Grünbrecht nach.

Martha schien zu überlegen. »Was Genaueres weiß ich net. Ich hab ihn in letzter Zeit auch nimma so oft g'sehen. Jedes Mal, wenn er zu uns auf den Hof g'kommen ist, bin ich entweder in mein Zimmer g'gangen oder zu meiner besten Freundin g'fahren. Und einen Eindruck, ob einer nett ist oder net, gewinnt man halt über die Jahre aus lauter kleinen Begegnungen. Was einer sagt und was er tut.«

»Wie haben sich Ihre Eltern mit Ihrem Onkel verstanden?«, fragte Stern. Vielleicht war ja auch da das Verhältnis ein anderes, als alle ihnen weismachen wollten.

»Manchmal gut, ein anderes Mal wieder net. Der Papa hat ja den Hof bekommen, darüber war der Onkel Walter echt sauer, weil er ihn ja eigentlich hätte kriegen sollen. Deswegen haben sie ziemlich oft gestritten. Der Onkel Walter mit dem Opa und der Papa mit dem Onkel Walter. Also jeder mit jedem.«

»Das ist aber schon eine Weile her, oder?«

»Ja, schon. Aber Neid und Missgunst verjährt net, sagt der Papa.«

»Haben sich Ihr Onkel und Ihr Vater in letzter Zeit auch gestritten?«

»Kann sein. Wie g'sagt, ich bin immer g'gangen, wenn der Onkel Walter zu uns auf den Hof g'kommen ist.«

»Wie stand Ihre Mutter zu Ihrem Onkel?«

»Ich glaub, wie der Papa. Die beiden sind sich da schon einig.«

»Was wissen Sie über das Bauprojekt, das Ihre Eltern mit dem Walter Zechner realisieren wollten?«

»Nix. Sie haben mir nie etwas davon erzählt.«

»Sind Sie deswegen sauer auf Ihre Eltern? Immerhin hätten Sie den Hof einmal geerbt. Wenn er allerdings verkauft worden wäre …«

»Hätte ich das Geld bekommen.« Martha zuckte gleichgültig mit den Schultern. »Ich wollte den Hof eh nie haben, ganz ehrlich, die Landwirtschaft ist nix für mich.«

»Das Geld hätten Ihre Eltern bis zu dem Zeitpunkt, wo Sie es hätten erben können, womöglich bereits ausgegeben. Sie wollten sich ein schönes Leben machen, wie sie uns erzählt haben«, legte Grünbrecht nach.

»Mama und Papa haben sich ein schönes Leben ja auch irgendwie verdient …«

»Das hört sich so an, als wären Sie nicht sicher?« Stern schaute die junge Frau eindringlich an.

»Doch, natürlich.« Martha lächelte. »Sie schuften hart und kommen trotzdem gerade mal so über die Runden. Ich hätte es ihnen g'gönnt, wenn es mit dem Bauprojekt etwas g'worden wäre, auch wenn sie es mit dem Onkel Walter umg'setzt hätten. Und vielleicht hätte ich ja doch ein bisserl was von dem Geld abbekommen, solange sie noch leben, wer weiß? Dann hätt ich mir eine Wohnung g'kauft, für mich und meine beste Freundin.«

»Fällt Ihnen jemand ein, der Ihren Onkel umgebracht haben könnte?«, fragte Grünbrecht.

»Der Onkel Walter ist net nett g'wesen, aber deswegen bringt man niemanden um, oder? Da müssten sonst viele sterben«, wich Martha einer klaren Antwort aus.

»Also, fällt Ihnen jemand ein?«, blieb Stern dran.

Die junge Frau schüttelte den Kopf. »Nein, net wirklich.«

»Können Sie mit einem Gewehr umgehen?«, wollte Stern wissen.

Die 18-Jährige verneinte diese Frage.

»Ihr Vater ist Jäger, genau wie Ihr Großvater einer gewesen ist. Sind Sie nie mit auf die Jagd gegangen und haben mal zu schießen versucht?«

»Der Opa hat immer g'sagt, das ist nix für Mädchen. Die Mädchen müssen in der Küche das zubereiten, was die Männer im Wald schießen. Das ist seine Meinung g'wesen. Er war halt einer vom alten Schlag.«

»Gut, Frau Zechner, Sie dürfen gehen«, entließ Stern die junge Frau.

Martha Zechner stand auf, verabschiedete sich und schloss hinter sich die Tür des Vernehmungsraums.

»Hat uns das jetzt weitergebracht?«, fragte Grünbrecht über die Befragung sinnierend.

»Nicht wirklich«, gab Stern zu. »Vielleicht haben wir ja mit den Töchtern von Walter Zechner mehr Glück.«

Nach einer kurzen Pause saßen die Kriminalbeamten den 14- und 16-jährigen Mädchen und ihrer Mutter im Vernehmungsraum gegenüber. Auf dem Tisch vor ihnen standen zwei Flaschen Cola und eine Schale Chips. Kinder und Jugendliche zu befragen, war nicht einfach, das wusste Stern. Man musste behutsam vorgehen, um ihr Vertrauen zu gewinnen und sie nicht zu traumatisieren. Deshalb überließ er Grünbrecht das Feld, die dafür besser geeignet war als er.

»Brauchen wir einen Anwalt?«, fragte Carla Zechner misstrauisch.

»Glauben Sie denn, dass Sie einen benötigen?«, stellte Grünbrecht eine Gegenfrage.

»Nein. Ich bin nur verunsichert, weil sie mit Maria und Natalie reden wollen. Die beiden wissen doch gar nix.«

»Keine Angst, wir versuchen nur, uns ein umfangreicheres Bild von Ihrem Mann zu verschaffen, wie er gewesen ist. Kinder haben auf Menschen oftmals einen völlig anderen Blick als Erwachsene. Wir haben bislang keinen wirklichen Verdächtigen, deshalb müssen wir die Ermittlungen ausweiten«, beruhigte Grünbrecht die Mutter. »Sie werden ohnehin die ganze Zeit über anwesend sein. Sobald Sie das Gefühl haben, dass es Ihren Töchtern zu viel wird, geben Sie mir ein Zeichen.«

Carla Zechner war damit einverstanden.

»Seid ihr bereit?« Grünbrecht lächelte die Mädchen an.

Stern saß daneben und beobachtete die Befragung.

»Ja, kann losgehen«, sagte die Ältere und trank einen Schluck Cola.

»Du bist Maria, oder?«, wandte sich Grünbrecht gleich an sie, da sie die Mutigere zu sein schien. Wenn sie mit ihr in ein lockeres Gespräch käme, würde sich die jüngere Schwester hoffentlich bald daran beteiligen.

»Ja. Und das ist Natalie.« Maria deutete auf die Schwester.

»Hey!« Natalie lächelte schüchtern.

»Gut, Maria und Natalie. Erzählt mir von eurem Vater. Wie ist er denn so gewesen? War er sehr streng?«

»Er war normal, wie andere Väter auch, denke ich mal«, antwortete Maria und schaute ihre Schwester an. »Oder?«

»Ja, ganz normal«, schloss sich Natalie ihr an.

»Wisst ihr, ob er in letzter Zeit mit jemandem gestritten hat?«

Maria warf einen Blick zu ihrer Mutter hinüber, die keine Miene verzog. »Er hat sich schon oft mit jemanden g'stritten, aber er hat uns net davon erzählt, sondern bloß der Mama. Wir haben es nur manchmal mitbekommen, wenn seine Stimme lauter g'worden ist und wir ihn bis in unsere Zimmer g'hört haben.«

»Das stimmt. Wir haben versucht, solche Dinge von den Kindern fernzuhalten«, bestätigte Carla Zechner.

»Wisst ihr, mit wem er gestritten hat?«

»Mit allen möglichen Leuten, auch mit der Mama und mit dem Onkel Georg …« Maria zuckte mit den Schultern, was wohl ein Zeichen dafür sein sollte, dass die Liste unendlich lang zu sein schien.

»Er hat sich net immer gleich mit allen g'stritten, sondern es ging dabei oftmals um seine Arbeit«, rückte Carla

Zechner die Aussage ihrer Tochter zurecht. »Und dabei ist er halt manchmal lauter g'worden, weil ihn die Erinnerungen an so manche Gespräche oder Vorkommnisse auf Baustellen aufg'regt haben.«

»Hattet ihr auch Streit mit eurem Vater?«, fragte Grünbrecht.

Maria und Natalie schüttelten die Köpfe.

»Hat er manchmal etwas getan, was er nicht sollte?«

»Er hat uns die Handys wegg'nommen, wenn er g'glaubt hat, wir hätten das verdient. Das war net okay. Ich finde, die Strafe war viel zu hart«, sagte Natalie keck.

»Ich glaube, das reicht jetzt. Die beiden wissen nix und können Ihnen auch net weiterhelfen«, beendete Carla Zechner die Befragung.

»Okay. Danke, das habt ihr gut gemacht«, richtete Grünbrecht das Wort an die Mädchen.

»Eine Frage habe ich noch«, hielt Stern die Familie zurück. »Können Ihre Töchter mit einem Gewehr umgehen?«

»Nein! Der Walter war entschieden dagegen. Es hat einmal einen mächtigen Krach g'geben, weil der Opa die Kinder auf dem Hof hat schießen lassen. Der Walter ist aus'zuckt! Und Maria und Natalie haben eine Zeit lang net mehr zum Opa dürfen, weil es der Walter verboten hat«, berichtete Carla Zechner.

»Wie lange ist das her?«

Die Witwe überlegte. »Ich glaub, das war vor sechs oder sieben Jahren. Die Natalie war zu dem Zeitpunkt jedenfalls noch sehr klein und hat das Gewehr kaum halten können. Der Opa hat ihr dabei g'holfen. Echt schlimm, was manchen Leuten so einfällt.«

»Daran erinnere ich mich gar net.« Natalie schaute ihre Mutter neugierig an.

»Und das ist gut so«, erwiderte diese und streichelte ihr über die Schulter.

»Ich erinnere mich schon«, verkündete Maria. »Die Martha ist mit dabei g'wesen. Ich hab sie beneidet, weil sie so gut hat schießen können und die Scheibe g'troffen hat, die der Opa für uns im Hof aufg'stellt hat.«

»Die Martha ist älter als wir«, erklärte Natalie altklug. »Klar, dass die das besser hing'kriegt hat.«

»Die Martha war auch dabei?«, wiederholte Stern überrascht. Ihnen hatte die 18-Jährige vorhin glaubhaft versichert, dass sie nicht mit einem Gewehr umgehen könne.

»Ja, klar!«, war sich die Familie einig.

Stern schaute Grünbrecht an. Von ihrem Gesicht las er ab, dass sie dasselbe dachte wie er. Die Gruppeninspektorin sprang auf und rannte aus dem Vernehmungsraum. Stern erhob sich ebenfalls.

»Was ist denn los? Haben wir etwas Falsches gesagt?«, fragte Carla Zechner über den abrupten Aufbruch der Kriminalbeamten sichtlich überrascht.

»Sie können gehen!«, rief Stern ihr zu und folgte seiner Kollegin hinaus in den Flur, um nachzuschauen, ob sich Martha Zechner noch im Polizeigebäude aufhielt.

23. KAPITEL

»Martha ist nicht mehr da!«, teilte Grünbrecht Stern mit. Sie war bis zum Ausgang gelaufen und hatte draußen nachgeschaut.

»Sie hat uns angelogen! Den einzigen Grund, den ich dafür sehe, ist, dass sie etwas mit Walter Zechners Tod zu tun hat. Vielleicht deckt sie jemanden«, brachte es Stern auf den Punkt.

»Sie hat eine halbe Stunde Vorsprung und fährt sicher nach Hause, wir können hinterher …«

»Oder wir rufen sie an und fragen, ob sie noch einmal zu uns kommt, weil wir etwas vergessen haben«, unterbrach Stern die Kollegin. »Wir tun einfach so, als hätten wir keinen Verdacht geschöpft. Denn was, wenn sie nicht nach Hause fährt, sondern woanders hin? Dann verlieren wir Zeit.«

»Heinze hat ihre Telefonnummer, er hat sie herbestellt. Das kann er noch einmal machen.«

Stern folgte Grünbrecht ins Großraumbüro. Dort setzten sie die Kollegen über die aktuellen Ereignisse in Kenntnis. Daraufhin wählte Heinze die Handynummer von Martha Zechner.

»Sie geht nicht ran«, teilte er ihnen mit.

»Vielleicht hat sie mitbekommen, dass wir etwas ahnen«, spekulierte Stern.

»Was genau ahnen wir denn?«, frage Kolanski.

»Dass sie uns angelogen hat, was ihre Schießfertigkeit

anbelangt«, erläuterte Grünbrecht. »Sie hat mitgekriegt, dass ihre Tante und ihre Cousinen auch bei uns waren. Und wenn wir denen die gleichen Fragen stellen wie ihr, liegt auf der Hand, dass wir das mit dem Großvater, der den Mädchen das Schießen beigebracht hat, erfahren werden.«

»Das ahnen wir nicht mehr nur, mittlerweile bin ich mir sicher, dass es so gewesen ist«, stellte Stern klar.

»Außer Carla Zechner lügt. Und natürlich ebenso ihre Kinder …«, warf Heinze ein.

»Unwahrscheinlich«, erwiderte Grünbrecht.

»Dann suchen wir Martha jetzt und fragen sie.« Kolanski stand auf und schnappte sich seine Lederjacke.

»Ich komme mit.« Heinze folgte ihm.

»Äh …« Stern schaute den Kollegen hinterher.

»Eigentlich wollten wir doch fahren, oder?« Grünbrecht schien genauso überrascht zu sein wie er.

»Das tun wir auch«, entschied er.

»Und Bormann? Wie willst du dem die Überstunden von gleich vier Beamten erklären?« Grünbrecht tippte auf ihre Armbanduhr und machte ihren Vorgesetzten auf die fortgeschrittene Zeit aufmerksam. »Immerhin wissen wir noch gar nicht, ob Martha wirklich etwas mit dem Tod ihres Onkels zu tun hat. Vielleicht hat sie aus einem anderen Grund gelogen.«

»Bormann ist krank und ich bin seine Vertretung. Für irgendetwas muss das ja gut sein.« Stern war sich allerdings nicht sicher, ob der Dienststellenleiter das wie er sehen würde, wenn er aus dem Krankenstand zurückkam.

Die Inspektoren verließen das Landeskriminalamt und stiegen in ihre Dienstautos. Über die Rohrbacher Bundesstraße rasten sie mit eingeschaltetem Blaulicht, aber ohne Sirene, nach Altenfelden. Bevor sie in die Zufahrt zum Bauernhaus der Zechners abbogen, schalteten sie das Blaulicht aus, um möglichst spät auf sich aufmerksam zu machen.

Vor dem Hof stand der silberne Kleinwagen. Stern vermutete, dass Martha damit gefahren war, und parkte den Audi dahinter, sodass der Kleinwagen nicht mehr fortbewegt werden konnte. Kolanski stellte sein Dienstauto daneben ab. Derart in die Zange genommen war keine Flucht möglich.

»Die Haustür steht offen«, bemerkte Grünbrecht.

»Das ist kein gutes Zeichen.« Stern stieg aus und eilte auf den Eingang des Bauernhauses zu. In der halben Stunde, die Martha Vorsprung hatte, konnte einiges passiert sein. Als er näherkam, hörte er aufgeregte Stimmen …

Jemand schrie. Ein Mann, wahrscheinlich Georg Zechner.

Darauf folgte eine weinerliche Frauenstimme. Bestimmt die von seiner Frau Gerlinde!

Oder gehörte sie Martha?

»Mara und ich gehen rein! Ihr beide sichert die Umgebung, bestimmt gibt es einen Hinterausgang«, flüsterte Stern den Kollegen zu und betrat das bäuerliche Vorhaus.

Das Gerede wurde lauter. Das Flehen, es nicht zu tun, eindringlicher. Es könne doch irgendwie weitergehen …

»Wir hätten was sagen müssen«, war Gerlindes Stimme zu hören.

»Was hätte das gebracht?«, fragte Georg.

»Ich weiß es net, aber vielleicht wäre dann alles anders g'kommen und …«

»Wie denn? Glaubst du, ich hätte damit leben können?«

Stern bedeutete Grünbrecht, keinen Mucks zu machen. Er wollte das Gespräch eine Zeit lang belauschen, um vielleicht Information zu erhalten, die man ihnen sonst vorenthielt.

»Haben wir so ja auch müssen«, sagte Gerlinde hinter der schweren Holztür.

»Und was haben wir davon? Unsere Familie ist zerstört … und die ganze Schande …«

»Aber du kannst doch net … Georg … bitte!«

»Ich kann net mehr …«

»Wir schaffen das!«

»Wie denn, verdammt noch mal?«

»Georg, bitte net!«

Die Zeit drängte. Stern nahm seine Glock aus dem Holster und zog den Schlitten zurück, da er nicht wusste, was ihn dort drin erwartete. Grünbrecht war dicht hinter ihm. Gleich würde er die Tür aufstoßen und in die Stube eintreten, wo sich gut hörbar ein Drama abspielte. Er drückte die Klinke nach unten und ließ die Tür aufschwingen, die Waffe schussbereit vor sich haltend.

»Was …?« Der Bauer fuhr herum. Er stand mit dem Gewehr im Anschlag vor seiner Frau, die auf dem Boden kniete, als betete sie vor ihrem Ehemann ein Vaterunser. Beide schauten den Chefinspektor entsetzt an. Als dann auch noch Grünbrecht mit der Glock auf sie gerichtet die Stube betrat, stieß die Bäuerin einen spitzen Schrei aus.

»Treten Sie von Ihrer Frau weg, Herr Zechner! Und legen Sie das Gewehr beiseite«, sagte Stern eindringlich.

Der Landwirt rührte sich nicht, er wirkte wie paralysiert.

»Herr Zechner! Legen Sie das Gewehr weg!«, forderte der Chefinspektor den Mann abermals auf.

»Es ist … Ich kann net!«, stieß dieser heiser aus.

»Herr Zechner, es gibt für alles eine Lösung. Wir helfen Ihnen, diese zu finden«, sagte Grünbrecht in Sterns Rücken.

Der Bauer schüttelte den Kopf. »Sie haben ja keine Ahnung … Lassen Sie uns alleine! Gehen Sie!«, schrie er.

»Wir können nicht gehen, das wissen Sie. Nicht, wenn Sie Ihre Frau mit dem Tod bedrohen.« Stern deutete auf das Gewehr in der Hand des Landwirtes. »Geben Sie es mir!«

»Gehen Sie! Wir regeln das unter uns! Der Gerechtigkeit wird Genüge getan!«, brüllte der Mann.

»Ich war's! Ich hab den Walter umg'bracht!«, stieß die Bäuerin hastig aus, während ihr unaufhörlich Tränen aus den Augen rannen. »Sie müssen mich verhaften!« Auf Knien bewegte sie sich auf Stern zu.

Der Landwirt hieb seiner Frau mit dem Lauf des Gewehrs auf die Schulter und stoppte sie mit den Worten: »Bleib da! Das ist unsere Sache!«

»Herr Zechner, geben Sie mir das Gewehr!«, startete Stern einen zweiten Versuch, die Situation zu deeskalieren.

»Verschwinden S'!«

»Erzählen Sie uns, wie es passiert ist«, versuchte Grünbrecht, die Bauersleute zum Reden zu bewegen. Vielleicht ergab sich ein Moment der Unachtsamkeit, in dem sie dem Mann das Gewehr entwenden konnten.

»Ich hab den Walter umg'bracht«, wiederholte Gerlinde Zechner auf dem Boden knieend.

»Wieso haben Sie das getan?«

»Sei still!«, herrschte der Landwirt seine Frau an und richtete den Lauf des Gewehrs auf ihren Kopf.

Ein Schuss entlud sich in den Raum. Der Landwirt taumelte nach hinten. Grünbrecht hatte auf den Mann gefeuert und ihn an der Schulter getroffen. Durch die Wucht riss er das Gewehr in die Höhe. Ein weiterer Knall zerfetzte die aufgeheizte Stimmung. Die von Georg Zechner abgefeuerte Kugel bohrte sich in die Holzdecke des Raumes.

Stern hechtete nach vorne und entwand dem Landwirt die Waffe.

Georg Zechner landete auf dem Boden.

Gerlinde kroch zu ihm und schrie: »Mörder! Ihr habt meinen Mann umg'bracht!«

Stern zog die Frau von dem am Boden Liegenden weg. »Ihr Mann ist nicht tot, er ist verletzt.«

Grünbrecht schaute sich die Wunde des Getroffenen an, sicherte ihre Glock und steckte sie in das Holster zurück. Dann holte sie ihr Handy aus der Tasche und rief einen Krankenwagen.

Im selben Moment kamen Heinze und Kolanski zur Tür herein, alarmiert durch die Schüsse, ebenfalls ihre Dienstwaffen einsatzbereit vor sich haltend. Als sie erkannten, dass Stern und Grünbrecht die Lage im Griff hatten, wollte Kolanski wissen, was passiert sei.

»Das würde mich auch interessieren«, sagte Stern und trat vor die Bauersleute hin. Von oben schaute er auf sie hinab.

»Ich hab den Walter umg'bracht«, wiederholte die Landwirtin wie ein Mantra.

»Warum hat Ihr Mann mit dem Gewehr auf Sie gezielt?«, fragte der Chefinspektor.

»Er ... er wollte mich ... erschießen, zur Strafe, weil ich seinen Bruder umg'bracht hab«, antwortete die Frau. »Genau so ist es gewesen!«

Der Landwirt hielt seine Schulter fest, aus der Blut floss, und stöhnte.

»Stimmt es, was Ihre Frau behauptet?«, richtete Stern das Wort an ihn.

»Es ist so, wie es die Gerlinde sagt«, keuchte er.

»Die Rettung ist unterwegs«, verkündete Grünbrecht. »Ich brauche etwas, das ich auf die Wunde drücken kann.«

»Ich hab was!« Die Frau rappelte sich auf und holte aus der Kommode neben dem Tisch mehrere Tücher.

»Und warum haben Sie seinen Bruder umgebracht?«, hakte Stern nach.

»Weil … weil ich …«, stotterte die Frau herum.

»Du musst gar nix sagen«, keuchte der verletzte Mann.

»Ich muss gar nix sagen«, wiederholte Gerlinde. »Ich hab ihn umg'bracht, basta.« Sie streckte Stern die Hände entgegen, wahrscheinlich in der Erwartung, er würde ihr umgehend Handschellen anlegen.

Stern kam das Benehmen der Bauersleute seltsam vor. Ihn ihm reifte ein Verdacht. »Wo ist Ihre Tochter?«, fragte er.

»Nehmen S' mich jetzt fest oder net?« Die Frau trat entschlossen an den Chefinspektor heran. Als dieser sie nur anschaute und nichts unternahm, wandte sie sich an Grünbrecht. »Sie müssen mich festnehmen, oder? Was soll ich denn noch machen? Ich hab eben den Mord g'standen!«

»Wo ist Martha? Ihr Auto steht draußen, der kleine silberne Wagen. Das ist doch ihrer, oder?«

Die Zechners warfen einander Blicke zu, sagten aber nichts.

»Martin und Hermann, ihr bleibt hier, bis die Rettung und die Verstärkung da sind. Mara, du kommst mit mir!«, befehligte Stern.

Die Gruppeninspektorin folgte ihrem Chef nach draußen. Gemeinsam suchten sie den Hof nach der Tochter des Ehepaares ab. Sie schauten in den Wohnräumen, im Stall, am Heuboden und unter dem Dach nach. Ohne Ergebnis.

»Was würdest du tun, wenn du das Gefühl hast, dass du aufgeflogen bist? Die Vernehmung bei uns auf dem Landeskriminalamt hat sie das vielleicht vermuten lassen. Sie kommt nach Hause, erzählt es den Eltern, die total aufgelöst sind und die Tat auf sich nehmen wollen, und geht dann … wohin?« Stern hoffte, dass Grünbrecht eine Eingebung hatte, denn ihm wollte im Augenblick nichts einfallen.

»Zu ihrer besten Freundin, mit der sie in eine Wohnung zusammenziehen möchte. Sie hat uns von ihr erzählt. Ich würde das so machen«, sagte Grünbrecht.

Stern eilte zurück in die Bauernstube, wo der Landwirt noch immer auf dem Boden lag und Heinze ihm die Tücher auf die Wunde presste. Mittlerweile war der Stoff mit Blut vollgesogen. Die Frau saß daneben und hielt die Hand ihres Mannes, obwohl dieser noch vor wenigen Minuten versucht hatte, sie zu erschießen.

»Wer ist die beste Freundin von Martha?«, fragte er die Bauersleute harsch.

Keine Antwort.

»Wohin könnte Martha gelaufen sein?«

Schweigen.

»Was ist passiert, dass Sie, Frau Zechner, den Mord gestehen, obwohl sie ihn nicht begangen haben? Denn genau das glauben wir! Martha hat Walter umgebracht und Sie halten jetzt den Kopf für sie hin. Warum?« Stern trat dicht an die Landwirtin heran, die erneut zu weinen anfing.

»Du sagst nix!«, zischte der Ehemann.

»Frau Zechner, reden Sie mit uns, bevor sich Ihre Tochter etwas antut! Das wird sie nämlich, wenn Sie die Schuld weiterhin auf sich nehmen. Sie wird damit nicht leben können, so wie Sie offenbar nicht mit dem Geheimnis leben wollen, das Sie mit sich herumschleppen. Also, was ist passiert?« Grünbrecht hockte sich neben die Frau.

Die Bäuerin öffnete den Mund, doch ihr Mann hieb ihr mit der Hand, die sie eben noch festgehalten hatte, unsanft in die Seite.

»So, jetzt reichts!«, schrie Stern den Landwirt an. »Wenn Martha etwas passiert, ist das Ihre Schuld!«

Der Bauer presste die Lippen zusammen und schaute Stern wütend an. »Was wollen S' denn noch? Wir haben Ihnen eine Lösung präsentiert, lasst uns doch einfach in Ruhe, dann wird das wieder.«

»Nix wird wieder«, zischte Gerlinde ihren Mann an.

»Kommen Sie, wir gehen vor die Tür.« Grünbrecht half der sichtlich gebrochenen Frau auf die Beine und begleitete sie hinaus vor den Bauernhof. Mittlerweile war die Sonne hinter den Hügeln untergegangen, und die Dämmerung legte sich über das Land.

»Die Martha hat es nimma ausg'halten. Und ehrlich g'sagt, ich auch net«, fing die Bäuerin endlich an zu reden. »Die hat ihren Onkel nimma sehen können. Vor fünf Jahren ist etwas passiert, das unser Leben verändert hat. Da war der Walter mit einem Kunden bei uns, einem wichtigen Kunden, der Entscheidungen trifft, welches Bauunternehmen welche Zuschläge bei den ganz großen Aufträgen erhält. Seinen Namen weiß ich leider net, den hat uns der Walter net verraten aus Angst, wir könnten was unternehmen und diesen wichtigen Mann bloßstellen … Sie haben damals g'trunken und sind dann trotzdem in den Wald g'gangen, da ist es g'schehen. Die Martha ist mitg'wesen, als Aufputz und weil sie ja so gut schießen kann. Da haben die Mannsbilder immer g'schaut, hat der Georg g'sagt. Stolz ist er auf sie g'wesen. Aber dann …« Gerlinde hielt einen Moment inne und schaute mit tränenverhangenem Blick in die Ferne. »Sie ist doch erst 13 g'wesen!«

»Was ist passiert?«, fragte Grünbrecht.

»Der Saukerl ist im Suff über die Martha herg'fallen und hat sie verg'waltigt«, redete Gerlinde weiter. »Und der Walter hat so getan, als wär das net schlimm und die Martha soll sich net so anstellen. Der Georg hat davon nix mitg'kriegt, der hat den Bock für diesen Saukerl in ihre Richtung g'trieben, damit der ihn bequem hat schießen können. Seit dem Tag war die Martha nimma sie selber, und wir haben ihr erst net g'glaubt, wie sie es uns erzählt hat. Immerhin war der Walter ja der Bruder vom Georg, und dass der zug'schaut haben soll … Ich hab ihn zur Rede g'stellt. Zuerst hat er behauptet, dass die Martha sich alles nur ausg'dacht hat, dass sie lügen würd. Aber warum hätte sie das tun sollen?« Tränen rannen der Frau über die Wangen. »Was bin ich für eine Mutter, die das net verhindert hat? Das Mindeste, was ich für die Martha tun kann, ist, dass ich sag, ich hab den Walter umg'bracht.« Gerlinde Zechner sah Grünbrecht davon überzeugt an. »Sie ist doch noch so jung!«

»Sie müssen Ihrer Tochter *jetzt* helfen, wenn Sie schon all die Jahre geschwiegen haben und dadurch eine Verurteilung von dem Mann, der Martha vergewaltigt hat, verhindert haben. Ihre Tochter will sich vielleicht etwas antun. Marthas Verhalten zeigt ja überdeutlich, dass sie mit dem, was geschehen ist, nicht zurechtkommt. Und wenn sie eine Dummheit begeht, dann ist es völlig egal, ob Sie die Schuld auf sich nehmen oder nicht«, redete Grünbrecht auf die Landwirtin ein. »Helfen Sie Ihrer Tochter! Sie braucht Sie!«

»Ich weiß auch net, wo sie ist. Seit dieser Sache hat sie sich zurückgezogen. Sie hat keine Freunde mehr, und wenn sie von ihrer besten Freundin spricht, so ist das eine

Fantasiefigur, die es gar net gibt. Von der sie sich wünscht, dass sie existieren würd.«

»Denken Sie nach, Frau Zechner! Sie kennen Ihre Tochter. Wo könnte sie sein?«, blieb Grünbrecht hartnäckig.

»Vielleicht ist sie beim Wolf …«, sagte Gerlinde Zechner unerwartet.

»Beim Wolf?«, echote Stern, der eben aus der Tür kam. »Bei welchem Wolf?«

»Bei dem im Tierpark. Sie ist gerne dort. Und sie behauptet, er redet mit ihr.«

Stern fand den Gedanken gar nicht mal so abwegig und erinnerte sich daran, dass die Bauersleute einmal erwähnt hatten, dass der Tierpark von hier etwa eineinhalb bis zwei Kilometer entfernt lag. Da der silberne Kleinwagen immer noch vor dem Bauernhof stand, musste Martha zu Fuß dorthin gelaufen sein.

»In welche Richtung liegt der Tierpark?«, fragte Stern.

»Wenn Sie die Abkürzung durch den Wald nehmen, dann da lang.« Die Bäuerin deutete in die entsprechende Richtung.

»Wir fahren mit dem Auto!«, entschied der Chefinspektor. Er befürchtete, dass der Fußmarsch zu lange dauern könnte, sie aber keine Zeit mehr vergeuden durften.

24. KAPITEL

Stern und Grünbrecht rasten die Landstraße entlang bis zum Tierpark. Auf dem Parkplatz sprangen die Kriminalbeamten aus dem Wagen, überwanden die Absperrung und rannten durch den Park bis zum Wolfsgehege. Als es in Sichtweite rückte, verlangsamten sie ihre Schritte.

»Dort ist sie!«, schnaufte Stern und hielt Grünbrecht am Arm zurück. Er wollte, dass Martha so spät wie möglich mitbekam, dass sie Gesellschaft kriegen würde.

Die 18-Jährige stand auf der Holzplattform. Ihre blonden Haare und die helle Jacke leuchteten in der Dämmerung wie Warnsignale.

Stern und Grünbrecht pirschten sich an. Doch noch waren sie zu weit weg, um zu erkennen, was Martha vorhatte.

Die junge Frau ließ etwas zu Boden fallen und kletterte auf das Geländer.

»Halt!«, rief der Chefinspektor, um sie nun doch auf sich aufmerksam zu machen und daran zu hindern, dass sie in das Wolfsgehege sprang.

Doch Martha ließ sich nicht beirren. Sie setzte sich auf das Geländer und ließ ihre Beine über dem Gehege baumeln. Erst jetzt wandte sie den Kopf in Richtung der Kriminalbeamten, die wieder losgelaufen waren. Die Ermittler bemerkten, dass Marthas Jacke voller Blut war. Die junge Frau musste verwundet sein.

Hatte sie sich die Verletzungen selber zugefügt?

Damit die Wölfe das Blut rochen und ihrem Instinkt folgten?

Damit sie Martha angriffen und das Gleiche mit ihr taten wie mit Walter Zechner?

Stern und Grünbrecht liefen schneller, um Martha zu erreichen. Um sie festzuhalten. Um die tragische Geschichte zu einem Ende zu bringen, bei dem nicht noch jemand starb.

Doch sie waren zu spät …

Martha ließ los.

Und fiel.

In das Wolfsgehege.

Die Kriminalbeamten hörten den Aufschlag. Nur noch wenige Meter trennten sie von dem Geländer, das jetzt leer war. Stern bereitete sich auf einen schlimmen Anblick vor. Dass sich die Wölfe auf Martha stürzten. Er erreichte das Holz, das die Besucher von den Tieren trennte. Und entdeckte davor ein Messer auf dem Boden. Beinahe wäre er darauf getreten. Damit hatte sich Martha selber verletzt, schoss es ihm durch den Kopf.

Dann sah er hinab.

Zu der im Gras liegenden Martha.

Etwa 20 Meter von ihr entfernt entdeckte er einen Wolf.

Martha richtete sich auf und trat ein paar Schritte vorwärts. Sie und der Wolf schauten sich an, als redeten sie stumm miteinander. Von dem anderen Tier, das hier irgendwo sein musste, war nichts zu sehen.

»Ruf die Rettung, die sollen einen weiteren Wagen schicken! Derjenige, der uns am nächsten ist, soll herfahren! Der Georg Zechner hält noch länger durch als Martha. Sie hat sich wahrscheinlich die Pulsadern aufgeschnitten. Und ruf Kolanski an! Er soll sich am Hof ein Werkzeug suchen, mit dem man den Zaun durchschneiden oder aufzwicken kann, und sofort damit herkommen«, rief Stern Grünbrecht zu.

»Was hast du vor?«

»Schnell, wir haben keine Zeit.« Stern kletterte wie Martha auf das Geländer und sprang in die Tiefe. Er hatte dabei mehr Angst als die junge Frau, war er sich sicher. Diese wollte offenkundig sterben. Er nicht. Unsanft landete er auf der Seite. Für einen Augenblick blieb ihm die Luft weg. Sonst spürte er keinen Schmerz. Demnach hatte er sich nichts gebrochen, in seinem Alter keine Selbstverständlichkeit. Doch Adrenalin flutete seinen Körper und könnte verhindern, dass er eine Verletzung bemerkte. Was in diesem Fall gut war. Er hatte eine Aufgabe und rappelte sich hoch. Sah Martha und den Wolf vor sich. Wie sie einander anstarrten. Wie Martha auf das Tier zuschritt.

»Bleiben Sie stehen«, sagte er ruhig, da er den Wolf nicht durch eine erhobene Stimme reizen wollte.

Oder könnte er ihn dadurch verscheuchen?

Im schlimmsten Fall würde er das andere Tier anlocken. Er wusste zu wenig darüber, wie man sich in so einer Situation am besten verhielt. Groß machen musste er sich, erinnerte er sich an Eduard Grückels Worte.

»Ich kann net, doch Sie sollten verschwinden, bevor der zweite Wolf auftaucht«, erwiderte die junge Frau von ihm abgewandt.

»Sie werden sterben …«

»Das ist der Plan.«

»Ihre Mutter hat alle Schuld auf sich genommen.«

»Sie hat bis heute g'schwiegen.«

»Ihre Eltern machen sich große Sorgen.«

»Niemand macht sich um mich Sorgen, am wenigsten meine Eltern.« Martha breitete die Arme aus, von denen in Höhe der Armgelenke Blut auf den Boden tropfte. Sie hatte sich die Pulsadern aufgeschnitten. Also würde entweder der Blutverlust sie töten oder die Wölfe würden wegen des verlockenden Geruchs über sie herfallen. Stern tippte auf Letzteres, denn zwischen den Bäumen tauchten weitere gelbe Augen auf. Der andere Wolf hatte mitbekommen, was sich in ihrem Revier abspielte. Hatte das Blut gerochen und hoffte auf leichte Beute. Und Wölfe jagten im Rudel. Langsam kam das Tier aus der Deckung im Wald. Mit geöffnetem Maul und gebleckten Zähnen näherte es sich. Knurren war zu vernehmen, und es stellte die Nacken- und Rückenhaare auf.

Stern befürchtete, dass ein Angriff kurz bevorstand, dennoch folgte er Martha noch ein paar Schritte weiter. Bis er sie zu fassen bekam. Selbst in der Dämmerung konnte er sehen, dass ihre Gesichtsfarbe blass war, das Ergebnis des Blutverlustes. Oder der Aufregung. Vielleicht von beidem.

»Lassen Sie mich«, sagte sie schwach, doch sie wehrte sich nicht.

»Ich werde Sie hier nicht zurücklassen, Martha. Ich hab mich Ihretwegen in Gefahr gebracht …«

»Ich habe Sie net darum g'beten …«

»Und eines verspreche ich Ihnen: Ich werden den Mistkerl, der Ihnen das angetan hat, zur Rechenschaft ziehen …«

Martha sackte zusammen.

Stern fing sie auf und hob sie hoch. Rückwärts gehend nahm er sie mit. Er wollte den Wölfen nicht den Rücken kehren. Er wollte ihnen in ihre gelben Augen schauen. Denn jetzt, wo er Martha in seinen Armen trug, konnte er seine Glock nicht benutzen, sollten die Wölfe angreifen. Doch sie kamen nicht näher. Hielten Abstand. Liefen vor ihnen auf und ab.

»Ich hab sie im Visier«, sagte Grünbrecht hinter ihm auf der anderen Seite des Drahtzauns. Sie zielte mit der Pistole durch das Gitter auf die Tiere.

Als Stern endlich den Zaun erreichte, legte er Martha ab und zog seine Jacke aus, dann noch sein Hemd. Er vermochte es nicht zu zerreißen, also band er der Verletzten als Druckverband einen Ärmel um den ersten Arm.

Das Knurren der Wölfe wurde lauter. Sie näherten sich. Wahrscheinlich glaubten sie, dass er sich ihnen unterwarf, weil er auf dem Boden kniete. Oder dass er leichte Beute war, weil er ihnen nicht mehr so groß erschien wie vorhin.

In der Ferne war Sirenengeheul zu hören. Erleichterung stellte sich bei Stern trotzdem nicht ein. Den zweiten Ärmel seines Hemdes wickelte er um Marthas anderen Arm. Die junge Frau hatte inzwischen das Bewusstsein verloren.

»Martha, hören Sie mich!«, rief Stern. »Bleiben Sie wach!«

Ein Schuss donnerte durch die Stille in dem Tierpark.

Grünbrecht hatte einen Warnschuss in die Luft abgegeben, der die Wölfe zurückweichen ließ. »Die nächste Kugel trifft euch, wenn ihr nicht bleibt, wo ihr seid!«, schrie sie die Tiere an. »Ich werde schießen, ohne mit der Wimper zu zucken.«

Blaulicht wurde heller und das An- und Abschwellen von Folgetonhörnern immer lauter.

Stern saß mit nacktem Oberkörper und Martha im Arm vor dem Zaun, er hatte ihr seine Jacke über die Brust gelegt, um sie zu wärmen. Noch lebte sie, und er war unversehrt.

Die Kälte spürte er nicht. Er tätschelte ihre Wange, die blutig geworden war. Strich ihr die blonden Haare aus dem Gesicht, damit sie sie nicht störten, was widersinnig war, das wusste er. Gedanken an das, was die junge Frau hatte erleiden müssen, und dass dasselbe seiner Enkelin passieren könnte, fluteten sein Gehirn und ließen ihn Martha fester an sich drücken.

»Martha! Du musst leben!«, schrie er. »Bleib bei mir!« Tränen traten aus seinen Augen. »Wann kommt endlich der Notarzt?«

»Wir sind da, Chef!«, hörte er Kolanski rufen. Der Gruppeninspektor machte sich an der Tür im Zaun zu schaffen.

Stern vernahm metallische Geräusche, war aber nicht in der Lage, sich zu rühren. Er zitterte und bemühte sich, es nicht zu tun, da sich seine Bewegungen auf Martha übertrugen. Er hatte Angst, dass es ihren Zustand verschlimmern könnte.

»Wir übernehmen die Patientin«, drang eine Stimme an Sterns Ohr. Notarzt und Sanitäter betraten das Gehege. »Was ist passiert? Und wir brauchen den Grad der Verletzungen …«

Stern erzählte, was er wusste, und noch vieles mehr. Aber er hatte keine Angst mehr vor den Wölfen, sondern nur davor, dass Martha es nicht schaffen würde. Dass er zu spät gekommen war und ein junges Leben ausgelöscht wurde.

Notarzt und Sanitäter kümmerten sich um Martha, nahmen sie Stern ab. Jemand legte ihm eine Rettungsdecke über die Schultern und wickelte seinen Oberkörper darin ein. Erst jetzt bemerkte Stern, wie kalt ihm war. Nun durfte er das Zittern zulassen.

Die Menschen im Gehege wurden mehr und drängten

durch ihre Anwesenheit die Wölfe zurück. Sie bildeten ein größeres Rudel, als die beiden Tiere es waren.

Während der Notarzt Martha versorgte, schaute sich Stern um. Die Dämmerung war weit fortgeschritten, hilfsbereite Hände leuchteten mit Taschenlampen dem Arzt und seinen Helfern. In der Dunkelheit des Waldes entdeckte Stern gelbe Punkte. Die Augen der Wölfe, die das Geschehen beobachteten.

Martha wurde auf einer Trage aus dem Gehege transportiert und in den Fond des Rettungswagens geschoben. Nach und nach verließen alle Personen das Revier der Wölfe, auch der Chefinspektor.

»Wie stehen ihre Chancen, dass sie es schafft?«, fragte er den Notarzt.

»Könnte knapp werden«, antwortete dieser und sprang in den Wagen. Mit Blaulicht und Sirene fuhren die Einsatzkräfte ab.

»Bist du okay?« Grünbrecht musterte ihren Chef, als er dem davonfahrenden Rettungswagen hinterherschaute. Über seinen Schultern hing noch immer die goldene Rettungsdecke. Mittlerweile hatte er seine Jacke zurückbekommen, die er darunter angezogen hatte und die das ihrige dazu beitrug, dass ihm langsam wärmer wurde. Seine Hose war blutig, doch es war nicht sein Blut. Es war jenes von Martha Zechner.

»Mit mir ist alles in Ordnung«, erwiderte er. »Martha hatte da nicht so viel Glück. Wie seid ihr mit den Autos überhaupt in den Tierpark gekommen? Der Schranken war doch zu.« Stern hatte schon befürchtet, als er in dem Wolfsgehege mit Martha im Arm ausgeharrt hatte, dass die Rettung und Kolanski so wie Grünbrecht und er zu Fuß herkommen müssten.

»Ich hab ihn angerufen.« Kolanski trat zur Seite und gab den Blick auf eine abseits stehende Person frei. Harald Koman, der Tiergartenleiter, beobachtete durch den Zaun die Wölfe in dem Gehege. »Er wohnt gleich in der Nähe und hat uns den Schranken aufgemacht.«

»Ist Heinze noch bei den Zechners?«, fragte Stern.

»Ja. Er hält dort die Stellung, bis Verstärkung und die Rettung einlangen. Dann kommt er zu uns, vorausgesetzt, wir sind noch hier«, berichtete Kolanski.

»Was ist mit Martha? Du hast doch mit ihr geredet, bevor sie das Bewusstsein verloren hat. Ist sie die Mörderin von Walter Zechner?«, wollte Grünbrecht von Stern erfahren.

»Davon gehe ich aus. Ein klares Geständnis habe ich jedoch nicht. Zusammen mit der Aussage der Mutter wird das Gericht sie aber verurteilen. Hermann, du fährst mit Martin auf die Dienststelle, ihr bringt heute noch die Aussage der Mutter zu Protokoll, bevor die es sich wieder anders überlegt und die Schuld erneut auf sich nimmt. Mara und ich fahren ins Krankenhaus. Ich will wissen, welcher Scheißkerl Martha das vor fünf Jahren angetan und sie dadurch zur Mörderin gemacht hat!«

25. KAPITEL

Harald Koman hatte Stern frische Kleidung geliehen. Nun saß der Chefinspektor im Gewand mit dem Aufdruck des Tierparks Altenfelden im Wartebereich vor der Intensivstation des Kepler Universitätsklinikums Med Campus III. und wartete auf Nachricht, ob die Ärzte das Leben von Martha Zechner retten konnten. Aber selbst dann war es fraglich, ob er mit der jungen Frau überhaupt reden durfte. Dieser Fall ging ihm nahe. Zu nahe, gestand er sich ein, deshalb konnte er jetzt auch nicht nach Hause fahren, sich Marthas Blut abwaschen und morgen weitermachen, obwohl es bald Mitternacht war.

Grünbrecht saß neben ihm. Die Gruppeninspektorin schien zu spüren, dass er tiefer in der Sache drinsteckte, als gut für ihn war. Dass er immer wieder glaubte, Parallelen zu Melanie, die gerade in einer schwierigen Phase steckte, zu entdecken, wobei es objektiv betrachtet gar keine Parallelen gab, da die Probleme seiner Enkelin ganz anderer Natur waren. Doch als Marthas Leid begonnen hatte, war sie etwa im gleichen Alter wie Melanie heute gewesen. Ihre Situation führte ihm vor Augen, dass ein einziger Moment ausreichen konnte, um einem das Leben entgleiten zu lassen. Dass es in andere Bahnen gelenkt wurde, die auf den Abgrund zusteuerten. In Marthas Fall vielleicht sogar in den Tod.

»Sie schafft das!«, sagte Grünbrecht in Sterns Gedanken hinein.

Der Chefinspektor rieb sich die Augen. Müdigkeit quälte ihn. Doch noch war nicht die Zeit gekommen, um sich auszuruhen. »Was für ein Scheißtag!«

»Du hast alles richtig gemacht.«

»Ich hab die Zusammenhänge nicht erkannt. Wenn wir früher …«

»Das hilft niemandem. Wir haben unsere Arbeit getan. Wenn eine Familie beschließt, ein Verbrechen zu vertuschen, haben wir beinahe keine Chance, es aufzudecken. Irgendwann wird die Lüge zur Wahrheit und selbst die kleinsten Erinnerungen passen sich den neuen Gegebenheiten an. Manche werden sogar frisch geformt, entstehen, obwohl es die dazugehörigen Momente nie gegeben hat. Deshalb ist das mit Zeugenaussagen über Ereignisse, die lange zurückliegen, ja auch so schwierig, weil wir nie wissen, was wirklich passiert ist und was sich das Gehirn über die Jahre hinweg zusammengesponnen hat, oft unbewusst, weil es das Leben für die Betroffenen leichter macht.«

»Nur Martha hat sich nicht angepasst. Sie hat darunter gelitten, dass alles unter den Teppich gekehrt worden ist«, erwiderte Stern.

»Das Traurige ist, dass das kein Einzelfall ist. Gerade Misshandlungen und Vergewaltigungen werden oftmals nicht angezeigt und totgeschwiegen. In welcher Gesellschaft leben wir eigentlich?«

Die Tür vor dem Wartebereich ging auf und ein Arzt trat heraus. »Sind Sie von der Polizei?«

Stern bejahte. »Wie geht es Martha Zechner?«

»Sie ist stabil, aber sie braucht Ruhe«, informierte der Doktor sie.

Stern fiel ein Stein vom Herzen. »Das ist gut!«

»Sind Sie die Polizisten, die sie gefunden haben?«, wollte der Mediziner wissen.

»Ja.« Stern nickte.

»Sie haben ihr das Leben gerettet. Ohne Sie wäre die Patientin verblutet, auch wenn sie sich die Pulsadern quer statt längs aufgeschnitten hat. Das und Ihr Handeln hat ihr und uns ausreichend Zeit verschafft.«

»Können wir mit ihr reden? Es geht um die Aufklärung eines Mordfalls. Wir brauchen ein paar Antworten«, bat Stern.

Der Arzt zögerte. »Fünf Minuten, mehr nicht.«

»Das wird reichen, danke.«

Der Mediziner führte die Kriminalbeamten durch die Intensivstation zu einem Bett, in dem Martha Zechner wie eine zerbrechliche Puppe lag. Sie schien zu schlafen. Von ihrem Körper gingen mehrere Schläuche und Drähte ab. Auf einem Monitor wurden ihre Vitalfunktionen angezeigt.

»Martha, hören Sie mich?«, fragte Stern sanft.

Die Angesprochene öffnete die Augen und sah ihn an. »Sie geben wohl nie auf.«

Stern lächelte. »Nicht, bis ich alle Antworten kenne.«

»Warum haben Sie mich g'rettet?«

»Weil Sie es wert sind, gerettet zu werden.«

Martha Zechner wandte den Blick ab und richtete ihn auf die Decke. »Meinen Eltern war ich das net.«

»Erzählen Sie uns, was passiert ist.«

Martha schloss die Augen, als wollte sie nicht daran erinnert werden. Als könnte sie es nicht laut aussprechen, weil es dann zurückkehren würde.

»Nur wenn Sie uns einweihen, können wir den Mann, der Ihnen das angetan hat, zur Rechenschaft ziehen«, sagte Grünbrecht.

»Sie wissen davon?« Martha war sichtlich überrascht. Wahrscheinlich hatte sie es nicht mehr richtig mitbekommen, als Stern es ihr gegenüber erwähnt hatte, kurz bevor sie im Wolfsgehege das Bewusstsein verloren hatte.

»Ihre Mutter hat es uns gesagt.«

Martha schwieg eine Weile, bevor sie ihre nächste Frage stellte. »Warum wollen Sie mir helfen? Ich bin eine Mörderin, ich hab meinen Onkel erschossen.«

»Warum haben Sie das getan?«

»Weil er zug'schaut hat, wie ich verg'waltigt wurde.« Martha sprach es aus, als wäre es nicht ihr, sondern einem anderen Mädchen passiert. So distanziert. Emotionslos.

»Das war im Wald bei einer Jagd, richtig? Warum waren Sie da überhaupt dabei?«

»Das musste ich. Der Papa hat das von mir verlangt. Er wollt mit mir angeben, wie gut ich schieße. Vielleicht hat er aber auch dem Onkel Walter bloß zeigen wollen, dass sogar Mädchen besser mit einem Gewehr umgehen können als er.«

»Wo war Ihr Vater? Hat er gesehen, was der Mann mit Ihnen gemacht hat?«

Martha schwieg.

»Sie müssen mit uns reden, Martha.«

Die junge Frau wandte den Kopf ab und starrte wieder an die Decke. »Er hat angeblich versucht, den Rehbock in unsere Richtung zu treiben. Er und der Onkel Walter haben später behauptet, ich würde alles nur erfinden, um mich wichtigzumachen.« Wieder redete Martha, als ginge es um jemand anderen und nicht um sie selbst. Vielleicht war das ihre Strategie, damit irgendwie zurechtzukommen. Um zu überleben.

Der Arzt deutete auf die Uhr. Die fünf Minuten waren um.

»Wie heißt der Mann, der Sie vergewaltigt hat?«, fragte Stern.

Martha schwieg.

»Sie müssen gehen«, drängte der Mediziner. »Die Patientin braucht ihre Ruhe.«

»Frau Zechner, Martha, wir können den Mann nicht zur Rechenschaft ziehen, wenn Sie uns seinen Namen nicht nennen. Ihr Onkel ist tot, ihn können wir nicht mehr befragen, und Ihr Vater hat sich geweigert, uns überhaupt etwas zu erzählen. Ich hatte sogar den Eindruck, dass er Ihre Mutter lieber erschießen würde, als dass er es zuließ, dass sie mit uns redet. Also sagen Sie uns bitte, wie dieser Scheißkerl heißt!«, verlangte Stern eindringlich. »Damit er nie wieder einem Mädchen das Gleiche antun kann wie Ihnen.«

»Gehen Sie!«, forderte der Arzt die Kriminalbeamten in aller Deutlichkeit auf.

»Den Namen. Bitte!«

Martha schaute Stern an. Während ihr Mund stumm blieb, sagten ihre Augen so viel. Wut. Enttäuschung. Hilflosigkeit lag darin. Als Stern dem Druck des Arztes schon nachgeben wollte, flüsterte sie so leise, dass er es kaum hörte: »Georg Zechner.«

*

»Scheiße!«, stieß Stern aus. Er und Grünbrecht standen wieder vor der Intensivstation im Med Campus III.

»Der eigene Vater.« Grünbrecht schüttelte angewidert den Kopf.

»Wo haben die Rettungskräfte ihn hingebracht?«, wollte Stern wissen.

»Ich frag mal nach.« Die Gruppeninspektorin rief am Empfang des Krankenhauses an und erkundigte sich, ob Georg Zechner auch im Med Campus III. eingeliefert worden sei. »Er ist hier! Er wurde operiert und liegt im Aufwachraum.«

»Wo ist der?« Sterns Unterkiefer bebte.

Grünbrecht zeigte ihm den Weg.

»Kann es sein, dass Martha lügt?«, fragte sie, während sie durch die Krankenhausgänge liefen, die zu dieser Zeit beinahe menschenleer waren.

»Warum sollte sie das tun? Sie hat zugegeben, dass sie ihren Onkel umgebracht hat … Also, ich glaube ihr«, antwortete Stern.

»Aber warum bringt sie ihren Onkel um und nicht den Vater, der ja der eigentliche Täter ist?«

»Vielleicht hätte sie das noch getan, wenn wir nicht dazwischengefunkt hätten«, spekulierte Stern und lief weiter.

Minuten später saßen die Kriminalbeamten erneut in einem Wartezimmer. Man hatte ihnen versichert, dass der Patient die Operation gut überstanden habe, aber das war nicht der Grund, weshalb sie hergekommen waren. Stern wollte Georg Zechner persönlich mitteilen, dass sie sein schmutziges Geheimnis kannten. Und dass sie ihn dafür ins Gefängnis bringen würden. Denn ja, er glaubte Martha. Während sie warteten, informierte Grünbrecht Kolanski und Heinze über die neuesten Entwicklungen. Die Kollegen würden Gerlinde Zechner damit konfrontieren, um herauszufinden, ob sie über die Tat ihres Ehemannes Bescheid gewusst hatte.

Ein uniformierter Polizeibeamte hatte vor der Tür von Georg Zechners Krankenzimmer Stellung bezogen. Endlich durften die Kriminalbeamten es betreten. Der frisch Operierte schien zu schlafen.

So sanft, wie Stern Martha geweckt hatte, ging er bei ihrem Vater nicht vor. »Herr Zechner, aufwachen!«

Der Landwirt öffnete die Augen und schaute die Inspektoren an. »Was …? Was ist mit Martha?«

»Es geht ihr gut«, verkündete Stern und beobachtete sein Gegenüber dabei genau. Doch dessen Mimik verriet nicht, wie es im Innern des Mannes aussah.

»Das ist erfreulich«, erwiderte Georg Zechner.

»Ja? Ist das so? Oder hatten Sie gehofft, dass sich Martha etwas antut und Ihr Geheimnis mit in den Tod nimmt?« Stern hielt Blickkontakt mit dem Mann in dem Krankenbett. Der starrte ihn unbewegt an. »Martha hat uns erzählt, was vor fünf Jahren passiert ist«, fuhr Stern fort.

Der Bauer schwieg.

»Sie hat uns gesagt, wer sie vor fünf Jahren vergewaltigt hat.«

»Das war ein Kunde vom Walter, irgendein ranghohes Tier …«

»Sie waren es, Herr Zechner! Sie haben sich an Ihrer eigenen Tochter vergangen!«, brüllte Stern so laut, dass seine Stimme auf dem Krankenhausflur zu hören sein musste. Eine Krankenschwester steckte den Kopf zur Tür herein, doch Grünbrecht teilte ihr mit, dass alles in Ordnung sei. Widerwillig ließ sich die Frau abwimmeln, sagte jedoch, dass sie mit einem Arzt zurückkommen werde.

Der Unterkiefer des Landwirtes bebte.

»Was ist passiert? Und erzählen Sie uns keine Märchen.« Stern schaute auf den im Bett Liegenden hinab.

»Ich würde alles tun, um es rückgängig zu machen, glauben S' mir!«

»Weiter!« Der Chefinspektor empfand kein Mitleid mit dem Mann.

»Wir haben Schnaps g'trunken, der Walter und ich, bei uns in der Stube. Wir haben uns ständig g'stritten wegen dem Hof, weil ich ihn bekommen hab und net der Walter. An dem Tag aber haben wir uns versöhnt, und ich hab zu ihm g'sagt, dass wenn er den Hof noch haben will, er mir einen Batzen Geld dafür zahlen und erst einmal schießen lernen muss. Der Walter hat ja keine Waffe ang'rührt, der war ja net einmal beim Bundesheer. Ich hab ihn deswegen ständig aufg'zogen, das hat er sich aber mit genügend Promille im Blut net mehr bieten lassen. Wir sind in den Wald, weil der Walter auf ein Reh oder einen Hasen schießen wollt. Die Martha ist mitg'kommen, die hätt das ihrem Onkel schon g'zeigt. Und dann hat der Walter so blöd daherg'redet, wer sich was traut und wer net. Er hat der Martha Komplimente gemacht. Hat den Arm um sie g'legt, wie sie ihm g'zeigt hat, wie er das Gewehr in die Hand nehmen muss. Dann hat er sie an sich g'drückt, so lange, bis mein Gehirn völlig ausg'schaltet g'wesen ist, weil ich g'spürt hab, dass er sie haben wollte und ich ja irgendwie auch … Und dann ist es passiert …«

»Sie haben Ihre Tochter vergewaltigt«, sprach es Stern laut aus. »Aber damit nicht genug. Sie haben ein Lügenkonstrukt errichtet, damit nicht ans Tageslicht kommt, was Sie Martha angetan haben. Wie haben Sie das angestellt?«

Georg Zechner wirkte beinahe erleichtert, alles erzählen zu können. Nicht länger mit der Lüge leben zu müssen. Er berichtete, wie die Lüge zur Wahrheit geworden war. »Der Walter hat alles mit dem Handy aufg'nommen. Wenn er net mein Bruder g'wesen wär, würd ich behaupten, er hat es von Anfang an darauf ang'legt, dass das passiert, damit er etwas gegen mich in der Hand hat. Er wollte mich damit erpressen, ihm meinen Grund zu überschreiben, da der aus seiner Sicht sowieso ihm hätte g'hören müssen. Ich hab mich aber g'weigert, und er hat das Video nie veröffentlicht. Warum, weiß ich net.« Georg Zechner starrte für einen Moment an Stern vorbei auf die Wand. »Unseren Frauen haben wir g'sagt, dass die Ursache, warum wir uns plötzlich nimma verstanden haben, ein gemeinsames Bauprojekt und die unterschiedlichen Meinungen darüber g'wesen sind. Und der Martha haben wir klarg'macht, dass sie niemandem erzählen darf, was im Wald vorg'fallen ist. Als sie trotzdem der Gerlinde gegenüber so Andeutungen g'macht hat, dass etwas Schlimmes passiert ist, haben der Walter und ich behauptet, dass sie sich das nur einbildet und dass das die Fantasien eines Teenagers sind. Wochen später hat sie dann g'sagt, dass ein Mann sie vergewaltigt hat, aber net, wer es g'wesen ist. Wahrscheinlich hat sie aus Scham meinen Namen net g'nannt oder weil sie noch so jung g'wesen und net damit klarg'kommen ist. Aber die Gerlinde ist misstrauisch g'worden, also haben der Walter und ich das mit dem Kunden vom Walter erfunden, dass der an dem Tag mitg'wesen ist, dass er der Martha das wahrscheinlich angetan hat. Die Gerlinde war ja net dabei, die hat das net wissen können, ob das mit dem Kunden stimmen kann oder net. Und irgendwann hat die Martha das g'glaubt und sogar selber so wiedergegeben.«

»Wieso war Ihr Bruder an dem Abend, an dem er ermordet wurde, wirklich bei Ihnen?«, fragte Stern.

»Ich hab immer mit dem Wissen g'lebt, dass mich diese Sache eines Tages einholen würde, hab jedoch g'hofft, dass ich mich irre. Der Walter hat in den letzten Jahren so viele Bauvorhaben g'habt, da ist der Gedanke an meinen Grund bei ihm wohl in Vergessenheit geraten. Aber durch die vielen Krisen der letzten Jahre können sich die Menschen das Bauen net mehr so leisten, und das Geschäft vom Walter ist zurückg'gangen. Da hat er wieder Druck g'macht. Jetzt muss es sein, hat er g'sagt, jetzt musst du mir den Grund geben und wir bauen eine ganze Siedlung aus Wohnungen, so wie wir unseren Frauen das erzählt haben. Wenn wir das net machen, gehen wir alle vor die Hunde. Ich mit der Firma und du wegen dem, was du der Martha ang'tan hast. Und dass er die alten Aufnahmen noch immer hat, die er damals im Wald g'macht hat, wie ich …« Zechner brach ab und holte tief Luft. »Das hat er g'sagt. Und das hat die Martha an dem Abend g'hört, wie er bei uns g'wesen ist.«

»Und warum hat sie dann ihren Onkel umgebracht und nicht Sie, wenn Sie ihr das doch angetan haben?«, überlegte Stern laut.

»Das wollte sie. Sie ist plötzlich mit der Flinte in der Hand in der Tür g'standen und hat auf mich g'zielt. Ich hab in ihren Augen g'sehen, dass sie mich hasst … Aus irgendeinem Grund hat sie aber net abg'drückt«, sagte er mit brüchiger Stimme. »Stattdessen ist sie davong'laufen, und der Walter ist ihr nach. In den Tierpark.«

»Sie sind verhaftet, Herr Zechner. Für das, was Sie Ihrer Tochter angetan haben, gehen Sie ins Gefängnis. Und ich werde dafür sorgen, dass das für eine sehr lange Zeit sein wird.«

26. KAPITEL

Stern las den Bericht in den OÖ. News über den abendlichen Polizeieinsatz im Altenfeldener Tierpark, bei dem zwei Polizisten einer jungen Frau das Leben gerettet hatten. Darin war keine Rede vom bösen Wolf, wie in den sozialen Medien oftmals fabuliert wurde. Die Printmedien und Nachrichtensendungen thematisierten die Sorgen und Ängste der Menschen und forderten mehr Hilfe und Unterstützung für die Betroffenen.

Der Chefinspektor legte die Zeitung beiseite, nahm seine Brille ab und trank einen Schluck Kaffee, der ihm ausgezeichnet schmeckte. Er hatte für die Abteilung eine neue Espressomaschine angeschafft. Als Bormanns Vertretung hatte er das Budget hierfür auf kurzem Weg genehmigt.

»Ich kann es immer noch nicht glauben, dass sich der Vater an der eigenen Tochter vergangen hat. Und ich hatte beinahe Mitleid mit ihm, wie wir in der Bauernstube auf die Rettung gewartet haben und er wegen der Schmerzen so gejammert hat.« Heinze schaute in die versammelte Runde in dem Großraumbüro am Landeskriminalamt. Alle hatten sie ein dampfendes Kaffeehäferl vor sich stehen, sogar Grünbrecht, die oftmals Tee bevorzugte. »Wenn ich gewusst hätte, was für ein Mistkerl das ist, dann hätte ich …«

»Vorsicht!«, unterbrach Kolanski den Kollegen. »Hier sitzen lauter Polizisten.«

»Und ein Gerichtsmediziner«, ergänzte Dominik Weber, der gekommen war, um Genaueres über den nun abgeschlossenen Fall zu erfahren. Martha und Georg Zechner lagen zwar noch im Krankenhaus, waren jedoch schon von den Inspektoren sowie von einer Kriminalpsychologin ausführlich befragt worden.

»Was ich nicht verstehe, ist, warum Martha ihren Onkel umgebracht hat und nicht ihren Vater. Kann mir das jemand erklären?«, fragte Heinze in die Runde.

»Die Psychologin, die mit Martha gesprochen hat, meint, dass sie sich über die Jahre, die seit der Vergewaltigung vergangen sind, in eine andere Welt zurückgezogen hat. Das geschieht häufiger bei Kindern und Jugendlichen, die schlimme Erfahrungen verarbeiten müssen. Und je jünger die Kinder sind, umso stärker ist die Abspaltung vom realen Ich. In Marthas Fall begünstigte die Verdrängung des wahren Täters wahrscheinlich, dass alles unter den Tisch gekehrt und eine Version erfunden wurde, mit der jeder – außer Martha natürlich – mehr oder weniger leben konnte. Nämlich, dass ein Kunde von Walter Zechner Martha vergewaltigt hat und nicht der Vater. Der hat sich sogar noch weiter aus der Affäre gezogen, indem er behauptet hat, er sei bei der Vergewaltigung gar nicht anwesend gewesen. Erst als sich die Brüder an dem Abend, an dem der Mord geschah, darüber unterhalten haben, was damals wirklich passiert ist, und Martha das Gespräch mitangehört hat, ist alles in ihr hochgekommen. Die Erinnerungen sind zurückgekehrt. Sie wollte ihren Vater erschießen, hat es aber nicht gekonnt und ist davongelaufen«, erzählte Stern, was er von der Psychologin erfahren hatte. »Der Walter Zechner ist Martha daraufhin in den Tierpark gefolgt. Er wollte mit ihr reden, weil die Brüder dachten, es sei besser, wenn er das übernimmt. Sie hat ja gerade versucht, ihren Vater zu erschießen. Dort ist die Sache dann aus dem Ruder gelaufen, weil er von ihr verlangt hat, dass sie weiterhin den Mund hält, und Martha hat auf ihren Onkel mit der Schrotflinte gezielt. Er hat sie ausgelacht und ihr nicht zugetraut, dass sie abdrücken würde. Das hat sie bei ihrem Vater schließlich auch nicht gemacht. Ein Fehler, wie wir heute wissen. Er ist rücklings in das Wolfsgehege gefallen, mit unzähligen Schrotkugeln in der Brust.

Für einen Augenblick herrschte bedrücktes Schweigen.

»Martha war damals 13 Jahre alt, also zu jung, um mit so einer Erfahrung ohne Rückhalt der Eltern oder Hilfe von außen klarzukommen«, nahm Grünbrecht als Erstes das Gespräch wieder auf.

»Wusste die Mutter Bescheid, was wirklich passiert war?«, fragte Dominik Weber.

»Sie hat der Tochter nicht geglaubt, als die es ihr erzählt hat, da Georg und Walter ihr es ja anderes geschildert hatten. Und das mit dem Geschäftspartner, dass er Martha das angetan haben könnte, war ja auch bloß eine Erfindung der beiden. Vielleicht hat sie etwas geahnt, aber das Bequemere für sie war halt anzunehmen, dass sich ihre Tochter alles tatsächlich nur ausgedacht hat. Sie hat wahrscheinlich gehofft, dass Martha es eines Tages vergisst. Als sie ihren Fehler erkannt hat, wollte sie zumindest den Mord auf sich nehmen, damit Martha nicht ins Gefängnis muss«, antwortete Stern.

»Sie ist die Mutter! Sie hätte für Martha da sein müssen«, stieß Heinze aus.

»Möglicherweise wollte sie sich nicht eingestehen, mit welchem Monster sie das Bett teilt.« Alles andere war für Stern kaum vorstellbar.

»Wir haben die Flinte, mit der Walter Zechner erschossen wurde, zusammen mit einem Gewehr und Munition im Wald gefunden, wo Martha sie versteckt hat«, erzählte Grünbrecht weiter. »Beide Waffen haben tatsächlich Zechner senior gehört.«

»Kaum zu glauben, dass es Menschen gibt, die fordern, dass jeder ein Recht darauf haben soll, eine Waffe zu besitzen, wie die Amerikaner«, tat Weber seine Meinung kund.

»Bei dem Gewehr und der Flinte befand sich ebenso das Handy von Walter Zechner. Und darauf haben wir das Video gefunden, das er von seinem Bruder gemacht hat, wie dieser seine Tochter vergewaltigt hat«, ergänzte Stern ein weiteres Puzzlestück in dem Fall.

»Heißt das, der Georg und die Gerlinde Zechner hätten gar keine Millionen für ihr Land und den Hof erhalten?«, schlussfolgerte Weber aus dem Gehörten.

»Wenn es nach Walter Zechner gegangen wäre, ganz sicher nicht. Eine späte Rache dafür, dass er den Hof nicht bekommen hat.« Stern nahm einen weiteren Schluck aus seiner Tasse und gab dann zu: »Mir ist erst im Nachhinein aufgefallen, dass Martha nicht gefragt hat, wie ihr Onkel gestorben ist, als wir der Familie die Todesnachricht überbracht haben. Sie ist ja erst später hinzugekommen und hätte demnach nicht wissen können, wie es passiert ist.«

»Das wollen Angehörige eigentlich immer als Erstes erfahren«, bestätigte Grünbrecht.

»Wieso ausgerechnet im Tierpark?«, fragte Heinze.

»Ganz offensichtlich fühlt sie sich dort wohl. Nach Aussagen ihrer Eltern besucht sie den Park regelmäßig«, erklärte Stern und schüttelte den Kopf. »Als wir der Familie die Nachricht von Walters Tod überbracht haben, ist Martha zu ihrem Vater gegangen und hat ihn gefragt, ob sie etwas für ihn tun könne. Dadurch entstand bei mir das Bild einer heilen Familie und ich hab mich täuschen lassen«, sagte er selbstkritisch.

»Ich doch auch«, schloss sich Grünbrecht ihm an.

»Was ist schon eine heile Familie? In jeder gibt es das eine oder andere dunkle Geheimnis, über das man lieber schweigt. Allerdings natürlich nicht in diesem Ausmaß, wie es bei den Zechners der Fall war«, meinte Weber. Er hielt seine Tasse hoch. »Apropos Geheimnis: Der Espresso schmeckt ausgezeichnet. Habt ihr den wieder bei den Kollegen vom Verfassungsschutz geschnorrt?«

»Hat sich das herumgesprochen?« Kolanski war überrascht.

»Nichts bleibt geheim. Irgendwann kommt alles ans Tageslicht«, philosophierte Weber.

»Unser Chef hat für die Abteilung eine neue Espressomaschine gekauft«, erzählte Grünbrecht.

Weber nickte zufrieden. »Das wurde eh Zeit! Ab nun an macht es mir doppelt so viel Spaß, euch den Obduktionsbericht zu überbringen. Ich hab übrigens recht behalten …«

»Womit?«, fragte Heinze.

»In dem Kot der Wölfe, den die Tierparkmitarbeiter in den letzten Tagen eingesammelt haben, waren tatsächlich Schrotkugeln enthalten und …«

»So genau wollen wir das gar nicht mehr wissen«, wehrte Stern den Redefluss des Gerichtsmediziners ab.

Die Tür zum Großraumbüro ging auf und Bormann kam schnaufend herein. »Stern …?«

»Grüß Gott, Chef! Sie sind ja schon wieder da.« Stern hatte angenommen, dass der Dienststellenleiter weiterhin das Bett hüten musste.

»Geht ja nicht anders, wenn Sie solche …« Bormann brach ab und hustete. Als er wieder zu Atem kam, fuchtelte er mit den Armen herum, als suchte er nach den richtigen Worten. »… wenn Sie solche Dinge in meinem Namen veranstalten.«

Bestimmt echauffierte sich der Dienststellenleiter über die Anschaffung der teuren Espressomaschine, dachte Stern. »Wir haben lange genug dieses Gesöff aus dem Automaten hingenommen. Wenn wir ordentliche Arbeit leisten sollen, brauchen wir einen anständigen Kaffee.«

»Ach! Mich interessiert doch nicht die Kaffeemaschine«, winkte Bormann ab und wurde von einem Hustenanfall geschüttelt. »Ich rede von dem runden Tisch, den Sie beim Landeshauptmann eingefordert haben. Und das in meinem Namen! Und zu einem Thema, wo ich mich nicht einmal auskenne.«

Die Köpfe der Anwesenden wandten sich dem Chefinspektor zu. Niemand schien zu wissen, wovon Bormann redete.

»Ich finde es halt gut, wenn sich die Politik, die Fachleute und die Betroffenen mal zusammensetzen und darüber reden und nicht immer alles über die Medien ausgetragen wird, wovon nur ein Teil seriös berichtet und der andere sich etwas aus den Fingern saugt«, trug Stern seine Beweggründe vor.

»Über was?«, hakte Grünbrecht nach, da immer noch nicht klar war, um was es eigentlich ging.

»Über Wölfe!«, platzte Bormann heraus und schnäuzte sich. »Wir sollen über Wölfe reden. Der Landeshauptmann ist dabei, der Wolfsbeauftragte des Landes, Tierschützer, Landwirte und Menschen aus der Bevölkerung aus Gegenden, wo bereits Wölfe gesichtet wurden.« Es war dem Dienststellenleiter anzusehen, dass er daran keinen Gefallen fand.

»Wie hast du das denn hingekriegt?«, fragte Grünbrecht ihren Vorgesetzten.

»Ich hab bei der Landesregierung angerufen und ihnen mitgeteilt, dass es in dieser Sache dringenden Handlungsbedarf gibt. Immerhin hat im Mühlviertel ein Kindergarten verkündet, dass sie mit den Kindern nicht mehr in den Wald gehen, weil sie Angst haben, dort einem Wolf zu begegnen«, antwortete Stern.

»Und ein Telefonat hat genügt?« Kolanski wollte es nicht glauben.

»Ich hab natürlich ergänzt, dass Bormann als Leiter des Landeskriminalamtes das Gespräch aufgrund des aktuellen Mordfalls als wichtig erachtet. Und der Chef und der Landeshauptmann gehen miteinander golfen …«

»Das werden Sie noch bitter bereuen«, krächzte Bormann und hustete.

»Ach was, Chef! Selbst die Europäische Kommission schlägt vor, den Schutzstatus dieser Tiere zu senken, dann kriegen wir in Österreich das wohl auch hin. Und über die Wölfe reden eh die Experten. Sie nutzen die Gelegenheit, um darzustellen, wie wichtig die Polizeiarbeit auch in solchen Dingen ist«, schlug Stern dem Dienststellenleiter vor. »Dass wir Streit schlichten und bei Demonstrationen auf die Sicherheit aller achten. Sie wissen schon, rühren Sie die Werbetrommel für uns! Die Polizei ist leider meist mit negativen Schlagzeilen in den Medien. Über das Gute redet keiner. Und wenn es so weitergeht, will bald niemand mehr Polizistin oder Polizist werden.« Stern war stolz auf sich, dass ihm selber eingefallen war, dass er hier gendern könnte, und lugte zu Grünbrecht hinüber, die ihm zulächelte.

»Ist das Ihr Ernst?« Bormann schien verunsichert.

»Klar! Niemand kann das so gut wie Sie.« Stern meinte es durchaus ehrlich. »Ich bin absolut ungeeignet, vor laufender Kamera zu reden. Das hat man ja bei der letzten Pressekonferenz gesehen.«

»Ach, so schlecht waren Sie gar nicht«, sagte Bormann ein wenig besänftigt.

»Aber bevor Sie dort auftreten, Chef, müssen Sie völlig gesund werden.« Grünbrecht reichte Bormann ein Taschentuch.

»Das werde ich«, antwortete dieser und schnaufte, als würde er gleich eine Ladung Viren in den Raum schleudern. Die Kriminalbeamten hielten die Luft an, doch die Explosion fand nicht statt. »Weitermachen!« Der Dienststellenleiter verschwand zur Tür hinaus.

»Hätte nicht gedacht, dass du etwas für Wölfe übrighast«, sagte Kolanski in Richtung seines Vorgesetzten.

»Das wusste ich bis zu diesem Fall auch nicht«, gab Stern zu und dachte an seine Begegnung mit dem Wolf, als er alleine in dem Tierpark gewesen war und geglaubt hatte, eine Verbindung existiere zwischen ihnen. Das hatte er sich gewiss eingebildet, dennoch war das Gefühl so stark gewesen, dass es bis heute andauerte.

»Chef! Kann ich mir für ein paar Tage freinehmen?«, fragte Heinze. »Ich möchte nach Wien fahren und Zeit mit Mia verbringen. Wie ich sie kenne, will sie bestimmt in den Prater. Vielleicht gehen wir aber auch in den Schönbrunner Tiergarten.«

»Klar, Martin! Ich halte das für eine gute Idee«, erwiderte Stern.

»Ja, tu das, bevor Mia in die Pubertät kommt. Dann geht sie nämlich mit Jungs dorthin und nicht mehr mit ihrem Vater«, stichelte Kolanski.

»Mia ist erst sechs Jahre alt!«, begehrte Heinze auf.

»Ein wenig Zeit bleibt dir also noch.« Kolanski lachte.

Heinze seufzte. »Was haltet ihr von einem Absacker? Der Fall ist abgeschlossen und der Bericht geschrieben, also steht dem nichts im Weg.«

»Gerne!« Kolanski schaltete den Computer aus und zog seine Lederjacke an.

»Wartet noch«, bat Stern die Kollegen. »Was ist eigentlich mit Manuel Kredinzky?«

»Der wurde auf freiem Fuß angezeigt. Stellt euch vor, der hat die Sachen, die die Mädchen für ihn geklaut haben, auf Ebay und Willhaben verkauft. Der wollte das ganz groß aufziehen! Mittlerweile haben wir schon acht Mädchen ausfindig gemacht, die auf diesen Typen reingefallen sind und sich aus dieser Falle von selbst nicht mehr befreien konnten, weil der Kerl sie mit ihren Raubzügen durch die Einkaufshäuser erpresst hat«, berichtete Heinze. »Der Untersuchungsrichter hat ihn zwar gehen lassen, ihm aber seine Ausweisdokumente abgenommen für den Fall, dass er doch auf die Idee kommen sollte, vor der Gerichtsverhandlung die Fliege zu machen.«

»Erpressung scheint gerade hoch im Kurs zu stehen«, fiel Weber durch die Erzählungen auf. »Der Walter Zechner hat seinen Bruder mit dem Video und dieser Kredinzky die Mädchen mit den gestohlenen Sachen unter Druck gesetzt.«

»Der eine ist tot und der andere erhält seine gerechte Strafe durch die Justiz.« Stern war zufrieden, wenngleich es ihm lieber gewesen wäre, der Richter hätte Kredinzky in Untersuchungshaft genommen. Vielleicht war das der Grund, warum er nicht mit den Kollegen auf einen Umtrunk in die Stadt gehen wollte, auch wenn sie das beinahe jedes Mal taten, wenn sie einen Fall abgeschlossen hatten. Doch er hatte anderes im Sinn. »Danke, Leute, das war gute Arbeit! Ihr müsst heute aber ohne mich ein Bier trinken gehen, ich hab noch etwas zu erledigen.«

»Du kommst nicht mit?« Grünbrecht schien enttäuscht zu sein, was Stern verunsicherte. Denn natürlich war nach einem geklärten Fall das beinahe schon zu einem Ritual gewordene Abschlussbier mit seinem Team auch für ihn wichtig. »Ich werde später zu euch stoßen«, entschied er deshalb.

»Wir warten auf dich!«

*

Stern fuhr zu der Wohnung seiner Tochter. Fälle wie der von Martha Zechner nagten besonders an ihm. Jedes Mal, wenn Frauen Gewalt angetan wurde, stieg sein Bedürfnis, seine Familie vor solchen kranken Individuen zu beschützen. Ebenso zeigte ihm der Fall mit den Kaufhausdiebstählen, wie schnell es möglich war, dass Verbrecher ihre Krallen auch nach seinen Lieben ausstreckten.

Und wo hätte das aufgehört?

Stern wollte gar nicht daran denken, wie die Sache mit Melanie ausgegangen wäre, wenn sie diesen Typen nicht erwischt hätten.

»Papa? Ich hab dich so spät gar nicht erwartet«, empfing Barbara ihren Vater an der Wohnungstür.

»Hallo, Liebes, darf ich reinkommen?« Der Chefinspektor lächelte seine Tochter an.

»Sicher. Ist alles in Ordnung?«

Stern trat in die Wohnung und umarmte Barbara. Er war so unendlich froh, sie an sich zu drücken und zu wissen, dass es ihr gut ging. »Ist Melanie auch da?«

»Natürlich! Wo sollte sie um diese Uhrzeit sonst sein? Sie ist 14.«

»Opa?« Melanie stand plötzlich im Flur und beobachtete die Szene.

»Komm her!« Stern winkte seine Enkelin zu sich.

Melanie kam herbei, zuerst zögernd, dann ließ sie sich von ihrem Großvater in die Arme nehmen. »Bist du krank?«

Stern lachte, obwohl in seinen Augen Tränen glitzerten, doch die blinzelte er rasch weg. »Nein, mit mir ist alles in Ordnung. Ich bin nur ausgesprochen froh, dass es euch gut geht.«

»Was macht ihr da?« Tobias steckte den Kopf aus seiner Zimmertür und beobachtete seine Familie aus sicherer Distanz.

»Komm her und lass dich umarmen«, forderte Stern auch ihn auf.

»Sicher nicht!«, antwortete Tobias und knallte die Tür zu.

»Die Pubertät?«, fragte Stern verdutzt.

»Oh Gott, nein«, seufzte Barbara.

»Du musstest ja unbedingt zwei Kinder haben«, sagte Melanie zu ihrer Mutter und löste sich aus den Armen ihres Großvaters.

NACHWORT

Das Thema Wolf bewegt die Menschen in unserem Land. Fast jeder hat eine Meinung dazu, die berechtigt ist und ernst genommen werden muss. Als ich mich für dieses Buch mit den freilebenden Wölfen in Österreich beschäftigt habe, wurden mir gute Gründe dafür genannt, dass der Wolf wieder bei uns leben sollte, aber genauso oft und mit derselben Vehemenz habe ich Argumente dagegen vernommen. Einen für alle richtigen Weg wird es in dieser Angelegenheit wohl nicht geben.

Ich bedanke mich ganz herzlich bei Barbara Laher, dass ich in Ihrem wunderbaren Tierpark in Altenfelden meinen Krimi spielen lassen darf. Sie hat mir so vieles über Wölfe erzählt, dass mir gar nichts anderes übrig bleibt, als diese Tiere zu mögen. Wenn Fehler diesbezüglich enthalten sind, gehen sie auf mein Konto. Natürlich sind alle Figuren, die im Krimi auftauchen und etwas mit dem Tierpark zu tun haben, frei erfunden.

Johanna Böker und ihrem Team danke ich, dass ich Stern und Grünbrecht in ihr Gasthaus zur Post zum Mittagessen schicken durfte. Wie immer wurden die Kriminalbeamten ausgezeichnet verköstigt.

Ich danke dem Gmeiner-Verlag, der mit »Mühlviertler Leichenschmaus« bereits den siebten Fall für Chefinspektor Oskar Stern in die Buchhandlungen bringt. Danke an alle im Verlagsteam für die gute Zusammenarbeit. Vor allem danke ich meiner wunderbaren Lektorin Katja Ernst, die jede Ungereimtheit in dem Text entdeckt hat und dadurch ein Buch entstanden ist, das Sie, liebe Leserinnen und Leser, für wenige Stunden wieder in eine unterhaltsame Welt entführen vermag. Ich danke Ihnen aufrichtig dafür, dass Sie meine Bücher kaufen, lesen und weiterempfehlen. Ohne Sie würde es meine Bücher nicht geben.

Auch bedanke ich mich ganz herzlich bei meinen Testleserinnen (hier muss nicht gegendert werden, es sind ausschließlich Frauen) für ihre Offenheit, was euch gefällt und was lieber nicht geschrieben werden sollte. Danke für eure Mühen!

Wie immer an dieser Stelle danke ich meiner Familie, die für mich Inspiration und Stütze zugleich ist. Ohne euch würden meine Bücher nicht so sein, wie sie sind. Ich liebe euch!

Wenn Sie mir mitteilen wollen, ob Ihnen »Mühlviertler Leichenschmaus« gefallen hat, schreiben Sie mir bitte unter mail@eva-reichl.at. Ich freue mich auf Ihre Nachricht!

Ihre Eva Reichl

Alle Bücher von Eva Reichl:

Chefinspektor Oskar Stern ermittelt:

1. Fall: Mühlviertler Blut
ISBN 978-3-8392-2238-6

2. Fall: Mühlviertler Rache
ISBN 978-3-8392-2515-8

3. Fall: Mühlviertler Grab
ISBN 978-3-8392-2741-1

4. Fall: Mühlviertler Kreuz
ISBN 978-3-8392-0063-6

5. Fall: Mühlviertler Gift
ISBN 978-3-8392-0288-3

6. Fall: Mühlviertler Todesspur
ISBN 978-3-8392-0497-9

7. Fall: Mühlviertler Leichenschmaus
ISBN 978-3-8392-0717-8

Thriller mit Diana Heller:

Todesdorf
ISBN 978-3-8392-0203-6

Rachedorf
ISBN 978-3-8392-0403-0

Lügendorf
ISBN 978-3-8392-0628-7

GMEINER SPANNUNG

WWW.GMEINER-VERLAG.DE
Wir machen's spannend